Perfeita
(na teoria)

Também de Sophie Gonzales:

Fica entre nós

SOPHIE GONZALES

Perfeita
(na teoria)

Tradução

SOFIA SOTER

O selo jovem da Companhia das Letras

Copyright © 2021 by Sophie Gonzales
Publicado mediante acordo com St. Martin's Press.

O selo Seguinte pertence à Editora Schwarcz S.A.

Grafia atualizada segundo o Acordo Ortográfico da Língua Portuguesa de 1990, que entrou em vigor no Brasil em 2009.

TÍTULO ORIGINAL Perfect on Paper

CAPA E ILUSTRAÇÃO DE CAPA Jenifer Prince

PREPARAÇÃO Mariana Oliveira

REVISÃO Marise Leal e Márcia Moura

Dados Internacionais de Catalogação na Publicação (CIP)
(Câmara Brasileira do Livro, SP, Brasil)

Gonzales, Sophie
   Perfeita (na teoria) / Sophie Gonzales ; tradução Sofia
Soter. — 1ª ed. — São Paulo : Seguinte, 2023.

   Título original: Perfect on Paper.
   ISBN 978-85-5534-235-6

   1. Bissexualidade – ficção 2. Escolas – ficção 3. Ficção
juvenil 4. Namoro – ficção. I. Título.

22-137392   CDD-028.5

Índice para catálogo sistemático:
1. Ficção : Literatura juvenil   028.5

Daniela Sanches More – Bibliotecária – CRB 8/9077

Todos os direitos desta edição reservados à
EDITORA SCHWARCZ S.A.
Rua Bandeira Paulista, 702, cj. 32
04532-002 — São Paulo — SP
Telefone: (11) 3707-3500
www.seguinte.com.br
contato@seguinte.com.br

*Para minha mãe e meu pai, que me mostraram a beleza
das palavras quando eu ainda era bebê, e me deram as mãos
enquanto eu me apaixonava por histórias*

um

Todo mundo da escola sabe a história do armário 89: o armário inferior direito no final do corredor, perto do laboratório de ciências. Faz anos que não tem dono; na verdade, deveria ter sido concedido a algum aluno para que ele o enchesse de livros, papéis e um pote abandonado de comida mofada.

Em vez disso, parece haver um acordo tácito de que aquele armário serve a um propósito maior. Como mais se explica o fato de todo ano, quando recebemos os horários e as senhas, e os armários 88 e 90 ganham novos donos, o 89 continuar vazio?

Bem, "vazio" talvez não seja a palavra certa. Porque, apesar de não ter dono, o armário 89 costuma guardar vários envelopes com conteúdo quase idêntico: dez dólares, normalmente em nota, e às vezes em moedas; uma carta, às vezes digitada, às vezes escrita a mão, às vezes manchada de lágrimas; e, no fim da carta, um endereço de e-mail.

É um mistério a chegada dos envelopes, pois é raro ver alguém enfiá-los pela fenda. Mistério ainda maior é como eles são recolhidos, já que *nunca* se vê *ninguém* abrir o armário.

Ninguém chega a um consenso quanto ao responsável. Será um professor sem hobby? Um ex-aluno que não consegue abandonar o passado? Um faxineiro generoso querendo complementar a renda?

Mas sobre uma coisa todos concordam: se você estiver enfrentando problemas no relacionamento e enfiar uma carta no armário 89, receberá, em menos de uma semana, um e-mail anônimo com conselhos. E, se tiver a sabedoria de seguir o conselho, seu problema se resolverá, com certeza — ou seu dinheiro de volta.

E eu raramente preciso devolver o dinheiro.

Em minha defesa, nos poucos casos que não deram certo, a carta não mencionava informações importantes. Por exemplo, mês passado, Penny Moore escreveu que levou um pé na bunda de Rick Smith por comentário de Instagram, mas convenientemente esqueceu de citar que isso aconteceu depois de ela combinar de matar aula para sair com o irmão mais velho dele. Se eu soubesse disso, nunca teria aconselhado Penny a tirar satisfação com Rick no almoço do dia seguinte. Foi culpa dela. Admito que foi, sim, um pouco satisfatório ver Rick recitar no meio do refeitório como se estivesse numa peça as mensagens entre ela e o irmão dele, mas eu preferia um final feliz. Porque faço isso para ajudar as pessoas, e para saber que causei um impacto positivo no mundo; mas também (e talvez principalmente, neste caso) porque doeu largar dez dólares no armário de Penny só porque *ela* é orgulhosa demais para admitir que tinha errado. O problema é que eu não poderia defender todo o meu conhecimento sobre relacionamentos se Penny decidisse espalhar por aí que não tinha recebido o dinheiro de volta.

Porque ninguém sabe quem eu sou.

Tá, não é bem assim. Muita gente me conhece. Darcy Phillips. Penúltimo ano do ensino médio. A garota de cabelo loiro na altura dos ombros e os dentes da frente separados. Melhor amiga de Brooke Nguyen, do clube queer da escola. Filha da sra. Morgan, professora de ciências.

O que ninguém imagina é que também sou a garota que fica até mais tarde na escola, enquanto a mãe termina seu expediente no laboratório de ciências, bem depois dos outros alunos irem embora. A garota que vai de fininho até o armário 89 no fim do corredor, abre o cadeado com a senha que sabe de cor — desde certa tarde quando a lista de senhas foi largada por um momento na mesa da secretaria — e recolhe carta e dinheiro como se fossem impostos. A garota que passa as noites analisando histórias de desconhecidos sem nenhum julgamento e depois envia instruções cuidadosamente elaboradas pelo e-mail anônimo que criou no nono ano.

Só eu conheço meu segredo.

Ou só eu conhecia, pelo menos. Até este preciso instante.

Tive a impressão assustadora de que a situação estava prestes a mudar. Porque, mesmo tendo conferido se havia algum aluno atrasado ou funcionário da escola no corredor, como sempre faço, menos de vinte segundos atrás, tive treze mil por cento de certeza de ouvir alguém pigarrear em algum lugar *bem atrás de mim, cacete.*

Enquanto eu estava com o braço enfiado dentro do armário 89.

Merda.

Mesmo ao me virar, mantive o otimismo e esperei o melhor. Parte do motivo de ter passado tanto tempo sem ser notada era a localização favorável do armário, bem no canto de um corredor em L sem saída. Já tinha corrido alguns riscos antes, mas o som das portas pesadas sendo abertas e fechadas sempre me dava o sinal necessário para esconder qualquer prova. A única chance de alguém chegar até mim sem ser percebido era pela porta de emergência que dava na piscina, e ninguém usava a piscina naquela hora.

Considerando o garoto encharcado atrás de mim, contudo, eu tinha cometido um erro fatal de cálculo. Pelo visto, alguém usava a piscina naquela hora, sim.

Puta que pariu.

Eu conhecia aquele garoto. Ou, pelo menos, já tinha ouvido falar dele. Seu nome era Alexander Brougham, mas pelo que eu sabia só o chamavam pelo sobrenome. Era do último ano, amigo íntimo de Finn Park, e, na opinião geral, um dos veteranos mais gatos da St. Deodetus.

De perto, ficou nítido que essa opinião era categoricamente equivocada.

O nariz de Brougham parecia já ter sido quebrado, e os olhos azul-escuros estavam quase tão arregalados quanto a boca, o que dava a ele uma aparência interessante, porque os olhos já eram meio saltados naturalmente. Não chegava a ser aquele olhar de peixe morto, mas parecia que as pálpebras tentavam engolir os olhos. E, como mencionei, ele estava encharcado a ponto de o cabelo, já escuro, ficar totalmente preto, e de a camiseta, grudada no peito, estar transparente.

— Por que você está molhado assim? — perguntei, cruzando as mãos para trás para esconder as cartas, e me recostando no armário 89 para fechá-lo. — Parece que caiu na piscina.

Provavelmente era uma rara ocasião em que um adolescente totalmente vestido e pingando da cabeça aos pés no corredor da escola uma hora depois do fim das aulas *não* era a polêmica da vez.

Ele me olhou como se eu tivesse dito a maior idiotice do mundo. E foi bem injusto, considerando que não era eu quem estava pingando pela escola.

— Eu não "caí na piscina". Estava nadando.

— De roupa?

Tentei enfiar as cartas no cós da saia sem mexer as mãos, mas foi mais complexo do que eu esperava.

Brougham olhou para a calça jeans, e aproveitei a oportunidade para enfiar as cartas dentro do elástico da meia-calça. Pensando bem, nada disso seria capaz de convencê-lo de que não tinha me visto mexer no armário 89, mas, até eu arrumar uma desculpa melhor, só me restava a negação.

— Não estou tão molhado — disse ele.

Pelo visto era a primeira vez que eu ouvia Alexander Brougham falar, porque eu não fazia ideia do sotaque britânico dele. Finalmente entendi por que o cara fazia tanto sucesso: Oriella, minha youtuber preferida que falava de relacionamentos, já tinha feito um vídeo sobre esse assunto. Nem pessoas com um histórico perfeito de bom gosto para parceiros eram imunes a sotaques. Deixando de lado toda a história de *quais* sotaques eram considerados atraentes em quais culturas, e por quê, no geral eles eram um jeito de a natureza dizer: "Procrie com *aquele* ali, que deve ter um código genético variado pra cacete". Ao que parece, poucas coisas deixam alguém excitado em tão pouco tempo quanto saber inconscientemente que a chance de estar paquerando um parente é ínfima.

Por sorte, Brougham quebrou o silêncio, porque eu mesma fiquei quieta.

— Não tive tempo de me secar direito. Assim que acabei, te ouvi aqui. Achei que conseguiria pegar a pessoa por trás do armário 89 se viesse pela saída de emergência. E consegui.

Ele estava triunfante. Parecia ter ganhado uma disputa que só agora eu começava a notar que era contra mim.

Por acaso, aquela era a expressão facial que eu mais detestava. Fato descoberto naquele momento.

Forcei uma risada nervosa.

— Eu não *abri*. Estava botando uma carta.

— Acabei de ver você fechar.

— Não fechei. Só dei uma esbarrada nele quando botei, hum… a carta.

Legal, Darcy, manipulando o coitado do aluno britânico.

— Fechou, sim. E tirou um monte de cartas também.

Bom, como eu já tinha me sujeitado a enfiar as cartas na meia-calça, era melhor ir até o fim, né? Estiquei as mãos vazias para a frente.

— Não tenho carta nenhuma.

Ele ficou meio chocado.

— Onde você... Mas eu vi.

Dei de ombros, com uma cara inocente.

— Você... você enfiou as cartas na meia? — insistiu.

O tom dele não era exatamente de acusação. Era mais uma espécie de leve perplexidade, mas paternalista, como um pai perguntando delicadamente *por que* o filho pequeno achou que seria uma boa ideia comer ração de cachorro no lanche. Isso só me deu ainda mais vontade de teimar.

Fiz que não e ri um pouco alto demais.

— *Não.*

O calor no meu rosto indicou que minha cara me entregava.

— Vira.

Encostei nos armários, fazendo o papel farfalhar, e cruzei os braços. A ponta de um dos envelopes espetou meu quadril.

— Não quero.

Ele me olhou.

Eu olhei para ele.

É, ele não estava acreditando em nada.

Se meu cérebro estivesse funcionando direito, eu teria dito alguma coisa para desconcertá-lo, mas, infelizmente, minha cabeça decidiu começar uma greve bem naquele instante.

— Você é, *sim*, a pessoa por trás disso aí — disse Brougham, com tanta certeza que eu sabia que não adiantava mais protestar. — E preciso muito da sua ajuda.

Eu ainda não tinha chegado a uma conclusão do que esperava acontecer se fosse pega. Sobretudo porque preferia não esquentar muito a cabeça com isso. No entanto, se fosse obrigada a chutar, provavelmente diria que a pessoa que me pegasse no flagra iria "me entregar à diretoria", "espalhar pra escola toda" ou "me acusar de estragar a vida dela com meus conselhos ruins".

Mas isso? Não era tão ameaçador. Talvez fosse ficar tudo bem. Engoli em seco, tentando empurrar o nó na garganta para mais perto do coração a mil.

— Ajuda com o quê?

— Para reconquistar minha ex-namorada — disse ele, e hesitou, pensativo. — Ah, por sinal, eu me chamo Brougham.

Brougham. Pronunciado BRO-um, não Brum. Era fácil lembrar, porque a pronúncia era toda esquisita, o que tinha me deixado nervosa desde a primeira vez que o ouvi.

— Eu sei — falei, baixinho.

— Quanto você cobra por hora? — perguntou ele, puxando a camiseta para arejar o peito.

A roupa bateu na pele com força assim que ele soltou. Viu? *Completamente* encharcado.

Desviei o olhar e processei a pergunta.

— Como é que é?

— Quero te contratar.

Ele estava insistindo nesse papo de dinheiro em troca de favor.

— Como...?

— Coach de relacionamento. — Ele olhou ao redor, então sussurrou: — Minha namorada terminou comigo mês passado, e preciso voltar com ela, mas nem sei por onde começar. Um e-mail não vai resolver essa situação.

Nossa, que cara dramático.

— Hum, olha, foi mal, mas não tenho tempo de ser coach de ninguém. Faço isso só de hobby antes de dormir.

— Com o que você anda tão ocupada? — perguntou ele, calmo.

— Hum, lição de casa? Amigos? Netflix?

Ele cruzou os braços.

— Posso pagar vinte dólares a hora.

— Cara, eu falei...

— Vinte e cinco a hora, mais um bônus de cinquenta se eu voltar com a Winona.

Espera aí.

Esse cara estava mesmo me dizendo que me pagaria cinquenta dólares, líquido, se eu passasse duas horas dando conselhos de como voltar com uma garota que já tinha sido apaixonada por ele? Estava bem dentro da minha competência. O bônus de cinquenta dólares era praticamente garantido.

Poderia ser o dinheiro mais fácil que já ganhei.

Enquanto eu refletia, ele continuou:

— Sei que você quer manter o anonimato.

Voltei à realidade e estreitei os olhos.

— O que quer dizer com isso?

Ele deu de ombros, com um jeito todo inocente.

— Está andando de fininho por aí depois da aula, com a escola vazia, e ninguém sabe quem manda os e-mails. Existe alguma razão para você não querer que descubram. Não preciso ser o Sherlock Holmes para entender isso.

E aí estava. Eu sabia. Eu *sabia* que minha intuição gritava "perigo" por um bom motivo. Ele não estava me pedindo um favor, mas sim dizendo o que queria de mim, sem deixar de mencionar por que seria má ideia recusar. Como se fosse a coisa mais natural do mundo. Uma chantagem discreta.

Mantive a voz o mais firme possível, mas não consegui conter o leve veneno.

— E deixa eu adivinhar. Você quer me ajudar a manter o segredo. É aí que quer chegar, né?

— Bom, é isso. Exatamente.

Ele fez biquinho e arregalou os olhos. Meus lábios se contorceram involuntariamente, e tudo de bom que eu ainda sentia por ele desapareceu de uma vez.

— Nossa. Que generosidade.

Brougham, sem mudar de expressão, me esperou falar. Como eu não disse nada, ele balançou a mão.

— E aí... o que acha?

Eu *achava* um monte de coisas, mas não era boba de dizer nenhuma delas para alguém que estava me ameaçando. Que opção eu tinha? Não podia contar para minha mãe que estava sendo ameaçada. Ela não fazia ideia que era eu por trás do armário 89. E eu não queria *mesmo* que ninguém descobrisse isso. Sabe, só o constrangimento do tanto de informações pessoais que eu desconfiava de todo mundo... Nem meus amigos mais íntimos imaginavam o meu envolvimento. Sem o anonimato, meu negócio de aconselhamento amoroso ia para o ralo. E era a única coisa importante que eu já tinha conseguido fazer. A única coisa que de fato fazia bem para o mundo.

E... nossa, tinha toda a história da Brooke no ano passado. Se Brooke descobrisse, me odiaria.

Ela não podia descobrir.

Trinquei os dentes.

— Cinquenta de entrada. Mais cinquenta se funcionar.

— Fechado?

— Ainda não acabei. Por enquanto, aceito um limite de cinco horas. Se você quiser mais tempo, eu que decido se vamos continuar ou não.

— Só isso? — perguntou.

— Não. Se você disser uma palavra sobre isso para qualquer pessoa, vou espalhar para todo mundo que você é tão ruim de jogo que precisa de uma professora particular te ensinando a namorar.

Foi uma ameaça bem meia-boca, e não chegava nem perto da criatividade de outros insultos que passaram pela minha cabeça, mas eu não queria exagerar na provocação. Houve uma pequena mudança na expressão neutra dele, tão rápida que quase não notei. Era difícil dizer. Ele tinha levantado um pouco as sobrancelhas?

— Isso foi desnecessário, mas está combinado.

Cruzei os braços.

— Foi *mesmo*?

Ficamos em silêncio por um instante, enquanto eu repensava o que havia dito, que soou mais babaca do que eu planejava — não que babaquice caísse mal no momento. Então, ele balançou a cabeça e começou a dar meia-volta.

— Quer saber? Esquece. Só achei que você pudesse estar disposta a fazer um acordo.

— Espera, espera, espera — falei, e avancei na frente dele, levantando as mãos. — Foi mal. Estou disposta, sim.

— Tem certeza?

Ah, pelo amor de Deus, ele ia me fazer implorar? Parecia injusto esperar que eu aceitasse a chantagem sem nenhuma reclamação ou nenhum desaforo, e, apesar de gostar menos dele a cada segundo, eu ia topar. O que quer que ele pedisse, eu toparia. Só precisava manter o controle da situação. Confirmei com a cabeça, firme, e ele pegou o celular.

— Então tá legal. Todo dia treino natação no clube antes da aula, e nas tardes de segunda, quarta e sexta a gente treina fora da piscina. Terça e quinta eu nado aqui. Vou pegar seu número pra gente combinar isso tudo sem eu precisar te catar aqui na escola, tá?

— Esqueceu o "por favor".

Droga, eu não deveria ter dito isso. Só não consegui me conter. Peguei o celular dele e digitei meu número.

— Pronto — falei.

— Excelente. Aliás, qual é o seu nome?

Não consegui nem *começar* a segurar a gargalhada.

— Sabe, normalmente as pessoas perguntam o nome antes de fechar "acordos". Ou é diferente na Inglaterra?

— Sou da Austrália, não da Inglaterra.

— Seu sotaque não é australiano.

— Como australiano, te garanto que é. Só não é do tipo que você está acostumada a ouvir.

— Tem mais de um tipo?

— Tem mais de um tipo de sotaque estadunidense, né? Seu nome?

Ah, pelo amor…

— Darcy Phillips.

— Amanhã te mando mensagem, Darcy. Tenha uma ótima noite.

Considerando a expressão dele, de boca apertada, queixo erguido e olhar baixo, Brougham tinha gostado tanto quanto eu daquela primeira conversa. Essa constatação me irritou. Que direito ele tinha de não gostar de mim, se foi por causa *dele* que a discussão tinha ficado tão tensa?

Ele enfiou o celular no bolso molhado, sem nem ligar para o risco de estragar o aparelho, e deu meia-volta. Eu o olhei por um momento e arrisquei arrancar as cartas da posição extremamente desconfortável dentro da meia e enfiá-las na mochila. Foi bem a tempo, porque, menos de dez segundos depois, minha mãe apareceu.

— Te achei. Pronta? — perguntou, já dando meia-volta, os sapatos de salto baixo fazendo eco no corredor vazio.

Como se eu não estivesse sempre pronta. Quando ela acabava de arrumar o material, responder e-mails e corrigir discretamente uns trabalhos, eu era a última aluna a sair dessa parte da escola — todos os outros ficavam do lado oposto, na sala de artes ou na pista de corrida.

Exceto por Alexander Brougham, aparentemente.

— Você sabia que tem alunos que ficam na piscina até essa hora? — perguntei para minha mãe, apertando o passo para alcançá-la.

— Bom, não é época de competição do time da escola, então imagino que não fique muito movimentado, mas sei que a piscina fica aberta aos alunos. Vijay libera até a recepção fechar. Darc, pode mandar uma mensagem para a Ainsley e pedir para ela tirar o molho de tomate do congelador?

Minha mãe se referia ao treinador, sr. Vijay Senguttuvan. Uma das partes mais esquisitas de ser filha de uma funcionária da escola era que eu conhecia os professores por nome e sobrenome, e precisava tomar cuidado para não chamar do jeito errado na aula ou nas conversas com meus amigos. Alguns dos professores eu conhecia praticamente a vida inteira. Pode parecer fácil, mas jantar com John todo mês, vê-lo nos aniversários dos meus pais, ir na festa de ano-novo dele há quinze anos e de repente ter que chamá-lo de sr. Hanson na aula de matemática era um campo minado para a minha imagem.

Mandei mensagem com o pedido da minha mãe para minha irmã e sentei no banco do carona do carro. Para minha alegria, vi que tinha recebido uma mensagem de Brooke.

Não quero fazer esse trabalho. Por favor,
não me obriga a fazer esse trabalho.

Como de costume, receber uma mensagem de Brooke me dava a impressão de que a lei da gravidade tinha parado de funcionar para mim por um instante.

Ela obviamente estava pensando em mim em vez de fazer a lição de casa. Quantas vezes ela pensava em mim quando estava distraída? Pensava em outras pessoas também, ou eu era especial?

Era muito difícil saber se poderia ter esperança.

Respondi rápido:

> Você vai conseguir! Acredito em você.
> Se ajudar, posso te mandar minhas
> anotações mais tarde?

Minha mãe murmurou baixinho quando saímos do estacionamento, incrivelmente devagar, para não correr o risco de atropelar nenhuma tartaruga distraída.

— Como foi seu dia? — perguntou.

— Bem tranquilo — menti.

Era melhor não mencionar que tinha sido contratada e chantageada.

— Entrei em uma discussão com o sr. Reisling na aula de sociologia a respeito dos direitos das mulheres, mas isso já é esperado. O sr. Reisling é um babaca.

— É, ele é mesmo um babaca — disse minha mãe, distraída, antes de me olhar abruptamente. — Não conta para *ninguém* que eu disse isso!

— Vou tirar da ata da reunião de amanhã.

Minha mãe me olhou de soslaio e abriu um sorriso carinhoso no rosto redondo. Quando eu ia retribuir pensei em Brougham e na chantagem e desanimei. No entanto, ela não notou. Estava concentrada na rua e perdida em pensamentos. Uma das vantagens de ter uma mãe cronicamente distraída era não precisar se esquivar de perguntas intrometidas.

Eu só esperava que Brougham soubesse guardar segredo. O problema, claro, é que eu não fazia a menor ideia de que tipo de pessoa ele era. Que maravilha. Um cara que eu não conhecia direito, de quem não sabia nada, tinha o poder de destruir meu negócio — e meus relacionamentos. Isso não era nem um pouco estressante, imagina...

Eu precisava conversar com Ainsley.

dois

Oi, Armário 89,

Então, minha namorada tá me deixando maluco. Ela não entende o conceito de espaço!! Se eu OUSAR não mandar mensagem para ela um diazinho sequer, ela quase explode a porra do meu celular de tantas ligações e mensagens. Minha mãe mandou eu não cair nesse joguinho psicopata, então só respondo no dia seguinte, para ela saber que surtar não vai me fazer ter vontade de conversar. Aí, quando respondo, de repente ela fica toda monossilábica e passivo-agressiva. Porra? Quer falar comigo ou não, caceta? Agora tenho que sentir essa merda de culpa porque não peguei o celular no meio da aula de biologia? Não quero terminar, porque na real ela é bem maneira quando não tá surtada. Juro que sou um bom namorado, só não posso ficar mandando mensagem o tempo todo só pra ela não surtar!!

Dtb02@hotmail.com

Armário 89 <armario89@gmail.com> 15:06 (há 0 min.)
para Dtb02

Oi, DTB!

Recomendo que você pesquise sobre tipos de apego. Não tenho
certeza, mas parece que sua namorada tem o tipo de apego ansioso.
(São quatro tipos, em resumo: o seguro, quando as pessoas
aprenderam, ainda bebês, que o amor é confiável e previsível.
O evitativo, quando a pessoa aprendeu, na infância, que não pode
depender dos outros e acaba tendo dificuldade de permitir que se
aproximem. Aí tem o ansioso, de quem aprendeu que o amor só é
dado às vezes, e pode ser arrancado sem aviso, o que deixa a
pessoa com medo constante do abandono na vida adulta. E,
finalmente, vem o desorganizado, quando a pessoa tem ao mesmo
tempo medo de abandono e de permitir a aproximação. É confuso!)
Resumindo, ela é sempre supersensível a qualquer coisa que pareça
abandono e entra em pânico quando se sente abandonada. É o que
chamam de "ativação". Não é "surtar" (por sinal, essa não é uma
palavra legal), é um medo primordial de se sentir sozinha e em perigo.
Mas, tendo dito isso, entendo total que você possa se sentir sufocado
quando esse medo é ativado.

Recomendo impor limites, mas também tomar medidas para
tranquilizar sua namorada e reafirmar que você gosta dela.
Ela pode precisar disso mais do que outras pessoas. Deixe claro
que acha ela incrível mas que quer arranjar uma solução para ela
não entrar em pânico quando você não mandar mensagem.
Cheguem a um acordo bom para os dois, porque a sua
necessidade de espaço é válida! Talvez você não se incomode de
mandar mensagem para ela todo dia antes da aula, nem que seja

só para desejar um bom-dia? Ou talvez ache ok mandar uma resposta rápida quando for ao banheiro, tipo "Foi mal, tô na aula, te mando mensagem quando chegar em casa para a gente conversar melhor, mal posso esperar". Ou, se não estiver a fim de papo, pode dizer "Estou tendo uma noite esquisita, não tem nada a ver com você, te amo, a gente se fala amanhã?". O importante é ser algo que funcione para os dois.

Vai ser necessário ceder um pouco, mas você não imagina como é fácil acalmar uma pessoa que sofre com apego ansioso só de não deixá-la em silêncio, imaginando o pior. Ela só quer saber que há um motivo para a sua distância que não seja "ele não me ama mais".

Boa sorte!
Armário 89

Quando chegamos, Ainsley não só tinha tirado o molho do congelador, como tinha posto um pão para assar na máquina, enchendo a casa com um cheiro delicioso de padaria artesanal. Um barulho de água correndo indicou que a máquina de lavar louça estava ligada, e o piso de linóleo estava brilhando. Mesmo depois de uma faxina, contudo, nossa casa em geral tinha tralha demais para parecer limpa, especialmente a cozinha. Todas as bancadas estavam repletas de cacarecos decorativos, suculentas em vasos de argila, caixas de utensílios de culinária e prateleiras de canecas variadas. As paredes eram cobertas de panelas e facas em ganchos de madeira, e a geladeira era decorada por ímãs em celebração a cada grande momento da nossa vida familiar, entre viagens à Disney, férias no Havaí, minha formatura do jardim de infância e uma foto de Ainsley e mamãe na frente do cartório no dia em que minha irmã mudou oficialmente o nome.

Desde que entrou na faculdade local, Ainsley começou a querer "pagar" com trabalho doméstico sua estadia prolongada em casa, como se minha mãe não tivesse passado o penúltimo ano inteiro de escola da minha irmã dando mil pretextos para ela fazer faculdade aqui em vez de ir para Los Angeles. Minha mãe, ao que parecia, não estava pronta para ficar totalmente sozinha quando eu fosse para a casa do meu pai, semana sim, semana não. Não que eu reclamasse; Ainsley não só cozinhava muito melhor do que mamãe, como era, por acaso, uma das minhas melhores amigas. Isso inclusive tinha sido uma das armas no arsenal de "convencer Ainsley a continuar por aqui".

Larguei a mochila na mesa da cozinha e sentei em um dos bancos, tentando, inutilmente, chamar a atenção de Ainsley. Como de costume, ela estava vestida em uma customização própria: um suéter cor de creme com mangas três-quartos e babados laterais que lembravam asas.

— Está pensando em fazer pão de alho, meu amor? — perguntou mamãe, abrindo a geladeira para pegar água.

Ainsley olhou para a máquina de pão.

— É uma boa ideia, na verdade.

Eu pigarreei.

— Ainsley, você disse que ia ajustar um vestido seu para mim.

Explicando, Ainsley jamais diria algo assim. Ela podia ter muitas qualidades, mas nunca havia curtido, nem nunca curtiria, emprestar roupas e maquiagem. Por isso mesmo funcionou. Ela finalmente olhou para mim, apesar de confusa, e aproveitei para arregalar os olhos, tentando mandar a mensagem.

— Ah, claro — mentiu ela, colocando uma mecha do cabelo castanho e comprido atrás da orelha.

Era o que ela sempre fazia ao mentir, mas, por sorte, nossa mãe não estava prestando atenção.

— Tenho alguns minutos livres agora, se quiser dar uma olhada — falou.

— Quero, quero, vamos lá.

Eu não ia ao quarto de Ainsley com a mesma frequência com que ela ia ao meu, e por um bom motivo. Enquanto meu quarto era relativamente organizado, com decorações no lugar certo, cama feita e roupas arrumadas, o de Ainsley tinha uma organização caótica. As paredes listradas em verde e rosa mal apareciam atrás dos cartazes, das pinturas e das fotos coladas em todos os cantos (a única foto posicionada com algum cuidado era o retrato enorme e emoldurado do Clube Queer e Questionador, tirado no fim do último ano de escola). A cama vivia desfeita — não que desse para notar, considerando as quatro ou cinco camadas de roupa jogadas ali —, e ao pé do móvel ficava um baú, aberto, lotado de tecido, botões e coisinhas que ela jurava que um dia teriam utilidade, tudo se derramando pelo carpete felpudo cor de creme.

Assim que entrei, meu olfato foi agredido pelo aroma pesado de caramelo e baunilha da vela preferida de Ainsley, que ela sempre acendia ao planejar um novo vídeo para o YouTube. Ela dizia que ajudava na concentração, mas minha inspiração era inibida pela crise de enxaqueca causada por excesso de perfume, então eu não entendia.

Ainsley fechou a porta, e eu me joguei na pilha de roupas na cama dela, fingindo ânsia de vômito.

— O que houve? — perguntou ela, abrindo um pouco a janela para deixar entrar o delicioso oxigênio.

Me arrastei para mais perto da janela e respirei fundo.

— Me pegaram, Ains.

Ela não perguntou fazendo o quê. Não precisava. Sendo a única pessoa no mundo que sabia do meu lance do armário, tinha plena consciência do que eu fazia todo dia logo depois da aula.

Ela desabou com tudo na beira da cama.

— *Quem?*

— Aquele amigo do Finn Park. Alexander Brougham.

— *Ele?* — perguntou ela, com um sorriso malicioso. — Ele é uma graça. Parece o Bill Skarsgård!

Escolhi ignorar que ela tinha comparado Brougham com um palhaço de filme de terror como se isso fosse um elogio.

— Por quê? Por causa dos olhos esbugalhados? Não curto.

— Porque é um garoto ou porque não é Brooke?

— Porque não faz meu *tipo*. Qual o problema ser um garoto?

— Sei lá, é que você é mais das garotas.

Aff, não era só porque eu *por acaso* tinha ficado a fim de uma garota atrás da outra que não podia gostar de um cara. Como no momento estava sem energia para cutucar *aquele* vespeiro, voltei para o assunto em questão.

— Enfim, ele apareceu de fininho hoje. Disse que queria descobrir quem estava por trás do armário para me contratar como *coach de relacionamento*.

— Ele vai te pagar?

Os olhos de Ainsley brilharam. Provavelmente já delirando com vários batons da MAC que minha mais nova galinha dos ovos de ouro poderia proporcionar.

— Vai, sim. E vai me *chantagear*. Ele basicamente falou que contaria para todo mundo quem eu sou se eu não topasse.

— O quê? Que babaca!

— Né? — falei, jogando as mãos para o alto antes de cruzar os braços. — E aposto que ele contaria mesmo.

— Bom, sejamos sinceras, mesmo se só contasse para o Finn, a cidade toda ia saber no dia seguinte.

Embora Finn Park ainda estivesse no fim do ensino médio e, portanto, fosse um ano mais novo que Ainsley, ela o conhecia bem — assim como seus amigos, por tabela. Ele fazia parte do Clube

Queer e Questionador desde que Ainsley o fundou, em seu penúltimo ano da escola, quando começou a transição.

— E aí, o que você vai fazer? — perguntou Ainsley.

— Falei que encontraria ele amanhã depois da aula.

— Ele pelo menos vai pagar bem?

Eu contei o valor, e Ainsley ficou impressionada.

— É melhor do que meu salário na Crepe Shoppe!

— Sorte sua que seu chefe não te extorque.

Fomos interrompidas pelo celular vibrando no meu bolso. Era uma mensagem de Brooke.

Tô com umas amostras novas. Posso dar um
pulo aí antes do jantar?

Tudo dentro de mim começou a quicar e dar cambalhotas, como se eu tivesse virado de um gole só um copo cheio de gafanhotos.

— O que a Brooke quer? — perguntou Ainsley, na maior naturalidade.

Olhei para ela enquanto digitava a resposta.

— Como você sabe que é a Brooke?

Ela ergueu a sobrancelha.

— Porque só a Brooke deixa você assim…

Para ilustrar, abriu um sorriso bobo exagerado, ficou vesga e inclinou a cabeça.

Fiquei olhando aquela cena, séria.

— Que maravilha. Se é essa a cara que faço perto dela, nem imagino por que ela ainda não se apaixonou.

— Meu papel é te contar as verdades difíceis, e eu levo isso a sério.

— Você manda muito bem. É muito dedicada.

— Obrigada.

— Ela vai trazer umas amostras pra gente. Você ia filmar antes de jantar?

— Não, só mais tarde. Pode contar comigo.

Apesar de pagar as contas com o salário da Crepe Shoppe, fazia um ano que Ainsley dedicava o tempo livre ao canal do YouTube de customização de roupas garimpadas. Os vídeos são bem impressionantes. Passamos pela mesma pressão de nos adaptarmos à escola particular de rico, mas ela teve o agravante de fazer isso com o novo guarda-roupa limitado que nossos pais podiam pagar na época — considerando ainda que a maioria das roupas não havia sido feita para suas proporções —, então o jeito que deu foi investir em suas habilidades na costura. No processo, acabou descobrindo que era bem criativa. Ela garimpava as roupas mais horrendas nos brechós e, onde uma pessoa comum via uma peça que não vestiria nem por um decreto, Ainsley via potencial. Resgatava os itens e ajustava o quadril, acrescentava tecidos, alongava ou encurtava mangas, cobria de strass, renda ou retalhos, e os transformava completamente. No fim das contas, o processo de customização, somado aos comentários sarcásticos que ela gravava por cima, gerou conteúdo de qualidade.

Respondi a mensagem de Brooke. O que eu queria dizer era que ela podia vir, sim, sem dúvida, o mais rápido possível, e que também podia se mudar para minha casa, se casar comigo e ainda ser mãe dos meus filhos, mas meus estudos na área de relacionamentos tinham me ensinado que aquela obsessão não era atraente. Por isso, escrevi uma mensagem simples: "Vem sim, a gente deve comer lá pelas seis horas". Passava a mesma intenção geral, sem a intensidade assustadora.

Enquanto Ainsley voltava à cozinha, troquei de roupa e peguei as cartas do dia na mochila para começar o trabalho. Como fazia aquilo aproximadamente duas vezes por semana havia dois anos, tinha desenvolvido um bom sistema. O dinheiro, em notas e moedas, ia para um saquinho plástico, para ser depositado no banco (imaginei que o jeito mais fácil de ser pega seria aparecer com a carteira abarrotada de trocados o tempo todo). Em seguida, eu lia as cartas todas por alto e as dividia em duas pilhas. Primeira pilha: cartas que eu sabia responder na hora. Segunda pilha: cartas que apresentavam dificuldade. Eu me orgulhava de ver que, com o tempo, a segunda pilha foi ficando cada vez menor, e às vezes nem era necessária. Eram poucas as situações que me deixavam em dúvida.

Às vezes, temia que o processo fosse se tornar cansativo demais para meu último ano de escola. Mas, afinal, vários alunos trabalhavam em meio período. Qual era a diferença? Além da óbvia: daquilo, eu gostava. Muito mais do que a maioria dos adolescentes gostava de seus empregos temporários como caixa de mercado ou limpando pratos de clientes ingratos por um salário mínimo.

Quando Ainsley apareceu para enrolar e fugir das próprias responsabilidades, eu já tinha acabado a primeira pilha, que era a única do dia, e começado minha pesquisa no YouTube. Ao longo de dois anos de estudo, eu tinha cultivado uma lista de assinaturas de quem eu considerava os melhores especialistas em relacionamentos do YouTube, e fazia questão de nunca perder um vídeo sequer. Era terça-feira, dia de vídeo novo de Coach Pris Plumber. O da vez seria uma análise de pesquisas recentes a respeito da biologia do cérebro apaixonado, o que me interessava bem mais do que meu dever de biologia. O canal de Coach Pris era o meu preferido, depois do de Oriella.

Nossa, como descrever o enigma que era Oriella? Uma influencer de vinte e tantos anos que praticamente tinha inaugurado o nicho de conselhos amorosos no YouTube, ela postava vídeo dia sim, dia não. Imagina só, arranjar tanto tema assim? Inacreditável. E por mais conteúdo que ela postasse, por mais que eu achasse que certamente ela já tinha falado de tudo possível e imaginável, bum! Lá vinha um vídeo impressionante sobre como usar fotos elegantes de comida no Instagram para fazer o ex sentir saudade. Era simplesmente genial.

Ela também foi pioneira no uso de uma das minhas ferramentas preferidas para dar conselhos, que atendia pelo nome nada criativo de "análise de arquétipo". Oriella acreditava que todo problema poderia ser categorizado, e que, para encontrar a categoria certa, era preciso fazer um diagnóstico. Seguindo as instruções dos vídeos dela, eu havia aprendido a listar tudo de relevante sobre a pessoa em questão — no meu caso, sempre um autor complicado de uma carta — e, feito isso, quase sempre ficava mais fácil entender a situação.

Ainsley apareceu atrás de mim e olhou por uns três segundos para o vídeo, antes de se jogar na minha cama. Um sinal para que eu parasse o que estava fazendo e desse atenção a ela.

Quando virei, ela estava deitada, toda esparramada, com o cabelo castanho e liso espalhado na coberta.

— Tem alguma boa hoje? — perguntou.

— Tudo bem normal — falei, pausando o vídeo. — Qual *é* a dos caras que chamam as namoradas de doida e surtada? É uma epidemia.

— Homens adoram inventar desculpas para fugir da responsabilidade que eles mesmos têm no comportamento que criticam — disse Ainsley. — Você está lutando pelo lado certo.

— Alguém precisa lutar, né.

— E pagar as contas. Por sinal, a Brooke acabou de estacionar ali na frente.

Fechei o notebook com força, pulei da cadeira e fui me encher de perfume. Ainsley balançou a cabeça.

— Nunca vi você ser tão rápida.

— Cala a boca.

Chegamos à sala bem quando mamãe estava abrindo a porta para cumprimentar Brooke, o que significava que eu tinha pelo menos quinze segundos para me preparar enquanto elas se abraçavam e minha mãe perguntava sobre todos os parentes dela.

Me joguei no sofá, chutei várias almofadas para o chão e me ajeitei em uma posição que, esperava eu, desse a entender que estava ali, tranquila e casual, fazia horas, sem nem perceber que Brooke tinha chegado.

— Como está meu cabelo? — cochichei para Ainsley.

Ela me analisou com olhar crítico e mexeu um pouco nos fios ondulados que batiam nos meus ombros. Com um aceno de aprovação, desabou no sofá ao meu lado e pegou o celular, bem a tempo de completar o retrato da descontração e da tranquilidade antes de Brooke aparecer.

Senti um aperto no peito e engoli o coração, que tinha ficado engasgado atrás das amígdalas.

Brooke entrou na sala sem fazer barulho, só de meia no chão acarpetado. Para minha secreta alegria, ela não tinha trocado de roupa depois da escola.

O nosso uniforme era um paletó azul-marinho com o logo bordado no peito e uma camisa branca de botão, que deveriam ser comprados da loja oficial. Quanto ao resto, as regras eram um pouco mais flexíveis. A parte de baixo podia ser calça ou saia, desde que fosse bege, meio cáqui, e a gente podia comprar onde quisesse. Os garotos tinham que usar gravata, mas a cor e o estilo ficavam a critério de cada um, só não eram permitidas estampas inadequadas. Essa última regra tinha sido implementada no meu segundo ano do ensino médio, quando Finn arranjou uma gravata com estampa de folhas de maconha.

Assim, tínhamos chegado a um meio-termo que não provocava a revolta estudantil. Era regrado o suficiente para satisfazer a maioria dos pais e do corpo docente, mas dava liberdade o bastante para não nos sentirmos presos em um internato britânico careta que proibia a individualidade.

Pode parecer que eu estava reclamando do uniforme, mas quero deixar claro que não é nada disso. Como eu reclamaria, se Brooke ficava linda nele? Com a saia plissada e a meia-calça preta revelando suas pernas compridas, o pingente dourado pendurado por cima da camisa abotoada e o cabelo escuro e liso caindo pelos ombros do paletó, Brooke era uma visão divina. Eu tinha certeza que, até o dia da minha morte, ver o uniforme feminino da St. Deodetus me daria frio na barriga, só por causa de Brooke Amanda Nguyen.

— Oi — disse Brooke, se ajoelhando no meio da sala.

Ela virou a sacola que trazia, esparramando no carpete as dezenas de sachês e tubos.

Uma das grandes vantagens de ser amiga de Brooke — além, é claro, da presença dela na minha vida todo dia, irradiando luz e alegria — era o fato de ela trabalhar como vendedora em uma loja de departamentos.

Era sem dúvida o trabalho mais maneiro que uma adolescente poderia ter, se não contássemos o meu, que, diria eu, era ainda mais legal. Ela passava o dia todo falando de maquiagem, recomendando produtos e testando coisas novas. E, melhor ainda, tinha desconto de funcionária e podia levar para casa todas as amostras grátis. Por isso, eu herdava uma quantidade enorme de maquiagem.

Com um gritinho de alegria, Ainsley se jogou no chão para pegar um sachê antes que eu pudesse começar a analisar as opções.

— Ai, cacete, eu queria *tanto* experimentar isto aqui — falou.

— Pode ficar, eu nem queria mesmo — falei, fingindo estar chateada. — Oi, Brooke.

Ela me olhou e sorriu.

— Oi, oi. Trouxe presentes.

Graças a Deus, consegui conter a vontade de soltar uma cantada cafona sobre a presença dela ser meu verdadeiro presente. Em vez disso, mantive o contato visual na medida certa — que, infelizmente, ela interrompeu antes de criar um clima — e falei com um tom cuidadosamente despreocupado, mas sem exagerar, pois também não queria parecer desinteressada.

— Como tá indo a redação?

Brooke torceu o nariz.

— Já escrevi o resumo. Estava esperando suas anotações.

— É só pra semana que vem. Ainda tem tempo.

— Eu *sei*, eu sei, mas levo uma *vida* para escrever. Não digito rápido que nem você.

— O que você tá fazendo aqui, então? — perguntei, brincando.

— Porque você é muito mais divertida do que minha redação.

Fiz que não com a cabeça, fingindo estar decepcionada, mas minha expressão de êxtase provavelmente me entregou. Por um segundo, ela havia me olhado de um jeito que poderia significar alguma coisa. Tá, também poderia ser um caso de afeto platônico, mas *talvez* fosse uma dica. Um sinal. *Prefiro ficar com* você. *Eu me divirto com você. Sacrificaria uma nota boa para aproveitar mais uma hora do seu lado.*

Ou talvez eu estivesse interpretando demais e escutando só o que queria. Por que meus problemas amorosos eram tão mais difíceis de resolver do que os dos outros?

Enquanto Brooke e Ainsley papeavam sobre o produto que Ainsley tinha escolhido — um esfoliante químico, pelo que entendi —, fui olhar o resto das amostras e encontrei um minibatom líquido no tom de rosa-pêssego mais perfeito que eu já tinha visto.

— Ah, Darc, vai ficar lindo em você — disse Brooke.

Pronto, eu precisava daquele batom mais do que já tinha precisado de qualquer outra coisa.

No entanto, enquanto testava a cor na mão, notei que Ainsley estava fazendo cara de cachorrinho abandonado. Olhei para ela.

— O que foi?

— É o batom que eu queria comprar no fim de semana.

Agarrei a amostra.

— Você já pegou o esfoliante!

— Tem umas cem coisas aqui, eu posso pegar mais de *uma*.

— Você nem é loira! Pêssego não fica bem em você!

Ainsley se sentiu ofendida.

— Hum, licença, eu fico *maravilhosa* de pêssego. E sua boca fica ótima sem cor. Já a minha precisa de toda a ajuda do mundo.

— Pode pegar emprestado sempre que quiser.

— *Não*, você tem herpes labial. Se eu ficar com o batom, deixo você usar se for sempre de pincel, que tal?

— Ou pode ficar comigo, eu só usar de pincel, e *você* pegar emprestado.

— Não confio em você. Você vai ficar com preguiça e acabar esfregando tudo na herpes para não ter que me emprestar.

Levantei as mãos e olhei para Brooke, pedindo apoio.

— Nossa. *Nossa*. Está ouvindo essa calúnia? — perguntei.

Brooke me olhou como se achasse graça, e toda a irritação que eu sentia foi embora. Ela estufou o peito e levantou as mãos.

— Tá bom, relaxa, não precisa acabar em sangue. Que tal resolver no pedra, papel ou tesoura?

Ainsley me olhou.

Eu olhei pra ela.

Ela deu de ombros.

Droga, ela sabia que eu ia ceder. Ela *sabia*, e não tinha *nenhuma* vergonha de se aproveitar disso, e era só por ela, *só por ela*. Sabendo que Ainsley queria tanto assim, a vitória seria amarga.

— Guarda compartilhada? — ofereci.

Adeus, lindo batom.

— Ah, *Darc* — protestou Brooke.

Ela sabia tão bem quanto eu que, se o batom desaparecesse no quarto de Ainsley, nunca mais seria visto. Mesmo assim, eu precisava negociar, senão pareceria trouxa. O que eu era mesmo, pelo menos para Ainsley, mas essa não era a questão.

Ainsley levantou a mão para calá-la.

— A guarda é minha. Mas você pode fazer visitas sem restrições.

— E se você passar o fim de semana fora? Ou se eu precisar ir na casa do papai?

Apesar de Ainsley às vezes ir comigo visitar nosso pai, eu era a única obrigada pela justiça a ir em fins de semana alternados. Quando Ainsley completou dezoito anos, passou a poder visitá-lo só quando quisesse, e, sendo uma universitária, fazer a mala e ir para o outro lado da cidade duas vezes por mês normalmente dava trabalho demais.

Ains hesitou.

— Depende do caso. Se uma de nós tiver um evento especial no fim de semana, é quem fica com o batom.

Viramos para Brooke ao mesmo tempo. Ela juntou as mãos e nos olhou, franzindo a testa. Fiquei feliz de vê-la levar a sério o papel de juíza. Depois de refletir por alguns segundos, ela se pronunciou:

— Acho que vou permitir, na condição de Darcy ter o direito de escolher mais duas coisas, agora mesmo, que serão automaticamente dela. Combinado?

— Combinado — falei.

— Vai com tudo, Darc — disse Brooke.

Levei as mãos ao colo.

— Com certeza.

— Ah, mas o Eve Lom, não — disse Ainsley, esticando a mão.

Brooke lançou um olhar severo para ela, que fez biquinho.

— Tá, combinado — disse Ainsley. — Sem limites.

Fiquei muito tentada a pegar o demaquilante da Eve Lom só de birra. No entanto, acabei escolhendo um hidratante com cor, que era do meu tom e não do da Ainsley, e uma amostra de perfume, ignorando o olhar de julgamento de Brooke.

O que dizer? Ter Brooke por perto me dava vontade de espalhar o amor.

Que bom que ela estava sempre por perto.

E eu não ia deixar Alexander Brougham atrapalhar de jeito nenhum.

três

Autoanálise:
Darcy Phillips

Sei que sou bissexual desde os doze anos, quando fiquei tão interessada em uma personagem de um programa infantil que sentia frio na barriga toda vez que ela aparecia e pensava nela antes de dormir.

E, apesar desse fato, nunca beijei uma garota. Preciso resolver isso.

Beijei um garoto uma vez só, no estacionamento de uma loja. Ele enfiou a língua na minha boca do nada, como se fosse um buraco que precisava abrir de britadeira.

E, apesar desse fato, ainda fico a fim de garotos também, sem dúvida.

Tenho quase certeza que estou apaixonada por Brooke Nguyen.

Acredito que o amor pode ser simples... para as outras pessoas.

O Clube Queer e Questionador — ou Q&Q, como era chamado por quem não tinha paciência para nove sílabas — se encontrava toda quinta-feira, na hora do almoço, na sala F-47. Brooke e eu fomos as primeiras a chegar e começamos a arrumar as cadeiras em semicírculo. Já sabíamos como funcionava.

O sr. Elliot apareceu um minuto depois de arrumarmos tudo, com a aparência cansada de costume, carregando um sanduíche pela metade.

— Obrigado, meninas — falou, revirando a pasta. — Fui parado por um fã obsessivo. Falei que não tinha tempo para dar autógrafos, mas ele não parava de insistir que eu era "professor" e precisava "assinar o formulário" para ele "ter acesso à sala de música". É o peso da fama, né?

O sr. Elliot era um dos professores mais jovens da escola. Tudo nele gritava "acessível", dos olhos brilhantes, às covinhas, ao corpo arredondado e macio. Tinha pele negra retinta, andava com os pés para dentro, e o rosto rechonchudo de criança quase o fazia parecer um aluno. Além do mais, sem querer ser dramática, eu seria capaz de matar por ele.

O restante das pessoas do clube foi chegando. Finn, que tinha saído do armário havia um ano, veio direto até mim e Brooke. Ele estava usando uma gravata de tom amarelo gritante, estampada com inúmeras fileiras de patinhos de borracha. Aparentemente, ainda estava testando os limites da definição de "adequado". Em comparação com sua aparência impecável, o cabelo preto bem penteado, os sapatos pretos envernizados e os óculos retangulares de alta qualidade, a gravata se destacava ainda mais. Eu adoraria e detestaria em igual medida ver o que aconteceria se os garotos pudessem usar meias estampadas. Finn Park viraria sinônimo de anarquia.

Raina, a outra bissexual do grupo, chegou em seguida, olhou para a gente com uma expressão decepcionada e se instalou em uma das pontas do semicírculo. Raina era líder do grêmio e tinha concorrido com Brooke pelo cargo no semestre anterior (na nossa escola, alunos do último *e* do penúltimo ano podiam liderar o grêmio). A disputa tinha sido acirrada, e as duas não se bicavam. Por um minuto, até achei que Brooke tinha chance de ganhar de Raina.

Lily, que estava em algum ponto do espectro assexual, mas não sabia bem onde ainda, chegou com Jaz, que era lésbica como Brooke, e Jason, que era gay. Por fim, Alexei, pansexual e não binárie, entrou na sala, e fechamos a porta para começar a reunião.

Cada semana um conduzia, e era a vez de Brooke. Ela estufou o peito e cruzou os tornozelos. Quando a gente se conheceu, no primeiro ano do ensino médio, Brooke detestava falar em público, a ponto de eu precisar acalmá-la com técnicas de respiração no corredor antes de apresentar trabalhos. Depois de um ano de terapia com a psicopedagoga, ela tinha ficado mais confiante, e às vezes até se oferecia para falar. Nas reuniões do clube, por exemplo, ou quando tinha concorrido a líder do grêmio. Acho que ela não adorava se apresentar, mesmo depois disso tudo, mas era muito mais exigente consigo mesma do que com qualquer outra pessoa, então, quanto menos quisesse fazer alguma coisa, mais se obrigava a fazê-la.

— Vamos começar com… — disse, olhando para o bloco que segurava nas mãos trêmulas — atualização. Em sentido horário, começando comigo. Minha semana foi boa, no geral, a saúde mental anda bem, e tudo está ótimo lá em casa. Finn?

Um a um, falamos todos, incluindo o sr. Elliot. Nas reuniões, ele tentava não desempenhar um papel de muita autoridade. Segundo dizia, quando a porta era fechada, poderíamos vê-lo mais como mentor queer do que como professor, e o espaço era aberto para discutir comportamentos e comentários inadequados de outros professores, sem nos sentirmos desconfortáveis com a presença dele.

A atualização foi rápida daquela vez. Em algumas reuniões, não dava nem para passar dessa primeira parte, quando alguém mencionava uma dificuldade que estava vivendo e o resto do grupo oferecia sugestões, apoio e escuta. Não era raro todo mundo acabar chorando.

— O próximo item seria a reunião interescolar, mas adiamos para o mês que vem porque Alexei vai para o Havaí... — disse Brooke, tão baixinho que parecia estar falando sozinha.

Fiz um gesto para que falasse um pouco mais alto, e ela aumentou um pouco o tom, com um sorriso tímido.

— A sra. Harrison aprovou a apresentação para o pessoal do primeiro ano sobre como contribuir com a segurança na escola — continuou. — Alguém tem sugestões de temas específicos a abordar?

Finn pigarreou.

— Estava pensando que a gente deveria aproveitar o momento para recrutar — disse, em um tom sério que não combinava com o brilho nos olhos. — Imaginei bastante purpurina e plumas, coreografia, talvez uma iluminação colorida se a gente arrecadar dinheiro com os doces, essas coisas... No fim, se a gente não tiver aumentado em duzentos por cento a quantidade de membros, podem me trancar na solitária.

— Repito, Finn — interveio o sr. Elliot —, não somos uma seita, nem temos metas de recrutamento.

— Mas pense nas crianças, senhor. Em nós. Somos nós, as crianças. Queremos mais amigos pra brincar com a gente.

— Nossa, Finn, você me dá medo — falei, e Jaz riu do outro lado, jogando o cabelo.

— Alguém conhece algum ícone queer? — insistiu Finn. — Acho que um convidado famoso ia mesmo impressionar.

— Serve eu? — perguntou o sr. Elliot.

— Com todo o respeito, senhor, essa pergunta é um pouco complicada.

Naquele momento, Brooke deveria intervir e retomar o foco da conversa. No entanto, ela estava tensa, e quando erguia a mão do colo logo voltava a baixá-la, como se perdesse a coragem.

Raina revirou os olhos, suspirou e cruzou as pernas, esfregando as mãos na legging bege. Ela já tinha cara amarrada, com um maxilar largo e a boca fina, e o cabelo liso e castanho-acinzentado preso em um rabo de cavalo apertado não ajudava. Fiquei surpresa pelos olhos estreitos dela não transformarem Finn em uma gárgula. Finalmente ela falou, firme, mas sem perder a paciência:

— Legal, Finn, obrigada. Lily, fala aí um tema.

Lily piscou os olhos verdes arregalados e ficou toda vermelha por ser chamada de repente.

— Hum... punições mais rígidas para quem usa termos queer como ofensa?

— Maravilha — disse Raina, e apontou para Brooke. — Anota aí, Brooke.

Fiquei irritada ao ver Brooke anotar. Raina *sabia* que não estava no grêmio, né?

— Alexei? O que acha? — continuou ela.

— Podemos falar um pouquinho de pronomes e da importância de usá-los adequadamente? — sugeriu elu.

— Perfeito, adorei. Jaz?

Meu celular vibrou no bolso da saia — mais uma peça de roupa que Ainsley generosamente garimpou e customizou —, e dei uma olhada discreta. Era uma mensagem de Brougham.

Combinado hoje?

Fui tomada pelo pavor, senti o coração apertar. Depois de passar o dia anterior estressada e me revirar a noite toda, finalmente tinha conseguido deixar Brougham e suas ameaças para lá e me concentrar na escola e na vida normal. De repente, tudo aquilo voltou de uma vez. Respondi rápido.

Sim. 15h45.

Sem querer, encostei de leve o braço em Brooke, em busca de conforto. Ela não se aproximou, mas também não se afastou.

Assim continuou a reunião, conduzida por Raina, que de vez em quando lançava ordens para Brooke. O sr. Elliot olhou para Brooke em alguns momentos, acho que para ver se ela estava chateada, mas não se meteu. Normalmente, ele só se envolvia se a coisa saísse de controle.

Em alguns momentos, eu quase, *quase*, falei alguma coisa, mas não tinha coragem de começar uma discussão com Raina na frente de todo mundo. No entanto, fiquei ardendo de raiva em silêncio por Brooke pelo resto da reunião. Finalmente, o sinal tocou, e todo mundo voltou para a aula. Como líder, era responsabilidade de Brooke ficar na sala para arrumar as cadeiras. Vale notar que *essa* tarefa Raina não quis assumir.

Assim que os outros foram embora, Brooke deixou transparecer seu incômodo.

— Você viu isso? — perguntou, sentando na beirada de uma mesa e cruzando os braços, irritada.

— A tentativa de golpe da Raina? Pois é, ela não é nada discreta.

Brooke balançou a cabeça, enojada.

— Ela acha que só por ser líder do grêmio tem autoridade sobre todo mundo, em todos os contextos. Daqui a pouco vai brigar com o juiz nos jogos de futebol.

— Ela sempre foi metida. As pessoas prestam atenção em você por carinho e respeito. Você não precisa brigar por isso.

— Como assim? Você acha que ela se sente ameaçada por mim?

— Não acho. Eu *sei* que ela se sente ameaçada — falei, sentando na mesa na frente dela.

Ela levou a mão ao peito.

— Por *mim*?

Mesmo parecendo duvidar, senti que ela gostava um pouco da ideia.

Dei um chutinho no pé dela.

— Por você, sim! Você deu um mega susto nela na eleição. Aposto que ela nunca perdeu para ninguém na vida.

— É, mas também *não* perdeu para mim.

— O que é um *absurdo* que eu nunca vou superar, sério mesmo. Além do mais, e daí? Foi ela que ficou com cara de palhaça hoje. Todo mundo sabe que você tem muito mais elegância.

— Eu sei, não deveria ficar chateada — disse Brooke, olhando para as mãos. — Normalmente, não ficaria.

Era verdade. Ela era praticamente um Ursinho Carinhoso de tão fofa.

— O que foi? Está tudo bem?

A expressão dela se suavizou.

— Tá, tá, tranquilo. Ai, só tô estressada com essa redação besta. Caí na gargalhada.

— Você *ainda* não escreveu?

Ela soltou um gemido e jogou a cabeça para trás.

— Nem metade!

— E aqueles grupos de monitoria que tem na biblioteca depois da aula? Na real, acho que é quinta, né? Vai hoje!

— Não *posso*, Darcy, hoje eu trabalho.

— Não pode dizer que está doente?

Brooke revirou tanto os olhos que só vi a parte branca e os cílios pestanejando.

— Nada disso. Hoje vão lançar uma paleta hypada, a loja deve lotar. Tiveram que chamar mais cinco vendedoras só por garantia. Deixaram no ar que quem faltar não precisa nem voltar, a não ser que a pessoa tenha entrado em coma.

— Pesado. Só por causa de uma paleta?

— É de pigmento — disse Brooke, como se isso explicasse tudo.

— Ah, tá, pigmento, é óbvio.

— Também trabalho sábado e domingo. Como vou acabar esse negócio?

— Quer que eu te ajude?

Ela se endireitou e abriu um sorriso amarelo.

— Darc, eu te amo, juro, mas quero tirar uma nota *boa*.

Eu caí na gargalhada e fingi me encolher de dor.

— Ai! Maldade, hein?!

Brooke também começou a rir.

— Poxa, não, isso saiu muito mais terrível do que eu queria.

— Pode ser sincera da próxima vez.

Um movimento na porta chamou minha atenção, cortando o clima. Brooke notou na mesma hora, e nós duas paramos de rir e viramos juntas.

Raina estava na porta, hesitante.

— Acho que esqueci... o celular.

Em silêncio, ela veio andando até o semicírculo. O iPhone dela, protegido por uma capinha de couro, estava mesmo no chão, embaixo de uma das cadeiras. O silêncio ia ficando cada vez mais intenso, mas já era tarde para quebrá-lo. Deve ter ficado óbvio que a presença de Raina tinha me incomodado. O momento que ela interrompeu parecia ter sido especial.

Mas, aparentemente, não a ponto de resistir a uma intromissão.

Quanto mais se aproximava a hora de me encontrar com Brougham, mais nervosa eu ficava.

Embora não quisesse admitir, eu não tinha ideia do que ia fazer. Dar conselhos no computador era uma coisa. Eu podia escolher as palavras com cuidado e consultar um livro ou o YouTube se pipocasse algo que eu não sabia. Cara a cara era totalmente diferente. E se eu me atrapalhasse ou ficasse em dúvida? Ou se não lembrasse direito de uma recomendação e tomasse a decisão errada? Ou, ainda mais provável, e se deixasse a personalidade irritante de Brougham me impedir de tratar da situação de forma sistemática e lógica?

Para com isso, briguei comigo mesma. *Você já deu centenas de conselhos. Sabe fazer isso de olhos fechados. Não deixa um garoto idiota e arrogante te intimidar. Você que é a especialista aqui.*

Ainda assim, meu coração estava aos trancos e barrancos quando tocou o último sinal.

Arrumei minhas coisas e fui à biblioteca para adiantar a lição de casa. Eu poderia ter aproveitado a sala de aula da minha mãe, mas era só eu sentar lá que ela não conseguia parar de me contar sobre seu dia, mesmo que eu dissesse que precisava de concentração.

Os minutos foram se arrastando como se o tempo estivesse atolado em um lamaçal, até o relógio *finalmente* marcar 15h25, a hora de pegar meu material, ir à piscina e acabar com aquele inferno.

Cheguei ao armário 89 um pouco antes da hora marcada com Brougham e aproveitei para confirmar que não tinha testemunhas e recolher as cartas do dia. Eram três. Nada mal. A festa de formatura aconteceria dali a poucos meses, então era a época de receber muitas súplicas dos alunos do último ano. No início, me causava certa emoção aconselhar alunos tão mais velhos do que eu, que não me tratavam com qualquer cerimônia, ou melhor, nem olhavam na minha cara no corredor. Essa emoção já tinha passado fazia tempos e fora substituída por empatia.

Não havia bancos no corredor, e, sinceramente, eu nunca fui fresca com sujeira, então me acomodei no chão mesmo, recostada nos armários, e fiquei mexendo no celular, esperando.

E esperando.

E esperando.

Três vidas depois, eu já estava de saco mais do que cheio de esperar. Puta que pariu, Alexander Brougham. Ele que tinha marcado às quinze para as quatro. Eu estava lá. E ele? Onde tinha se enfiado?

Resmunguei uns palavrões bem selecionados, me levantei e fui batendo os pés pelo corredor, porta afora, e centro aquático adentro. Eu não gostava dali; o ar era sempre úmido e denso, cheio de cloro, e tinha um eco esquisito. Parecia mais pesado, sabe-se lá como.

Estava tudo mais silencioso do que de costume, o que fazia sentido, pois eu normalmente só entrava ali quando era obrigada nos módulos de natação da aula de educação física. Normalmente, a acústica ficava engasgada de gritos, respingos e sapatos guinchando no chão de borracha antiderrapante, mas naquele momento fazia um silêncio assustador. Ouvia só o zumbido de... alguma coisa — provavelmente o sistema de ventilação — e o movimento ritmado de um único nadador na água.

Brougham não me viu chegar à beira da piscina. Estava com a cabeça mergulhada e, quando virava para o lado, para respirar, só encarava a parede. Ele avançava com velocidade impressionante. Tentei acompanhar caminhando, mas precisei começar a correr para manter o ritmo.

— Brougham — chamei, mas ele não me escutou.

Ou, se escutou, me ignorou. Para ser sincera, eu não duvidava.

— *Alexander.*

Ele chegou ao fim da piscina e girou por baixo d'água. Tendo mudado de direção, agora era obrigado a virar o rosto para o meu lado ao respirar. Numa dessas, parou de repente e sacudiu a cabeça que nem um cachorro encharcado.

— Já são quinze para as quatro? — perguntou, ofegante, afastando o cabelo molhado do rosto.

Ele nem se deu ao trabalho de me cumprimentar, o que não aumentou nem um pouco minha paciência.

— Já são quatro.

Apontei para o relógio na parede atrás dos blocos de partida. Ele olhou.

— Ah. É mesmo.

Sem se desculpar pelo atraso, ou agradecer por eu ter disponibilizado minha tarde, ele veio nadando até onde eu estava e saiu da piscina dando um único impulso com os braços, flexionando os músculos esguios. Que exibido. Se eu tentasse fazer aquilo, acabaria tombando de lado que nem uma baleia encalhada.

Dei uns passos para trás, para abrir espaço, e ele acenou com a cabeça. Aparentemente, não ia rolar um cumprimento melhor do que aquele. Ele foi andando até o banco onde tinha guardado o uniforme amarrotado, a mochila e a toalha, puxando a bermuda justa de natação, que batia logo acima dos joelhos, para desgrudar um pouco das pernas.

— Ainda preciso tomar uma chuveirada rápida — disse ele, de cabeça para baixo, esfregando o cabelo com a toalha. — Te encontro lá fora daqui a uns dez minutos?

— Ah, é *claro* — falei, com todo o sarcasmo que consegui injetar na voz.

Se o sarcasmo foi notado, não foi reconhecido.

Voltei para o corredor batendo os pés, soltei o cabelo para não aumentar a probabilidade de dor de cabeça por puro estresse e sentei no chão. Podia pelo menos aproveitar para começar a avaliar as perguntas da semana.

A primeira carta que peguei tinha sido escrita em uma folha de fichário cor-de-rosa e florida, com uma letra muito bonita e fácil de ler. Li por alto e imediatamente notei o problema da pessoa: o uso constante do verbo "precisar". "Precisava" receber mensagens do namorado. "Precisava" da atenção dele.

Eu não era fã desse verbo porque carregava um peso grande de expectativa, o que piorava qualquer decepção. Tinha conseguido anotar umas coisas no bloco de notas do celular, preparando o e-mail de resposta, quando Brougham apareceu no corredor. Ele tinha trocado o uniforme por calças limpas — pretas, mas justas no tornozelo, que nem as beges que usava com o uniforme — e uma camiseta branca simples, o cabelo ainda úmido esfregado pela toalha e espetado para todo lado. Pelo menos ele estava praticamente seco.

— Pronta? — perguntou ele, pendurando a mochila no ombro.

Como de costume, não estava sorrindo. Pensando bem, eu nunca tinha visto uma expressão mais alegre do que "indiferença calculada" na cara dele.

— *Eu* estou pronta já faz uns quarenta minutos.

— Legal, vamos lá.

Ele começou a andar, e precisei correr para alcançá-lo enquanto dobrava a carta e enfiava de volta no envelope.

— Brougham? — chamei, e ele me ignorou. — *Alexander!*

Ele parou de repente.

— O que foi?

Eu o alcancei e parei de andar, cruzando os braços. Precisei levantar o rosto para encará-lo; por mais que fosse alta, ele era mais.

— Não sou sua empregada.

— Como assim?

— Não é só por estar pagando que você pode me dar ordens. E, se estiver atrasado, você precisa pedir desculpas.

— Ah — disse ele, chocado. — Ainda posso te pagar pelo tempo que combinamos...

— Isso... Alexander, não é essa a questão.

Ele continuava confuso. Bom, dinheiro certamente não comprava bom senso.

— Hum, foi mal, qual é a questão, então? E me chama de Brougham.

Bom, ele *dizia* para chamar de Brougham, mas atendeu por "Alexander".

— A questão é: não seja um babaca. Você não vai morrer se me der um "oi" quando me vir. Eu ia preferir estar fazendo outra coisa agora, então um pouco de simpatia seria bom.

Eu *juro* que ele quase revirou os olhos. Dava para ver uma briga interna para se conter.

— *Oi, Phillips.*

Ele era tão sarcástico quanto eu.

— Me chama de Darcy. *Oi*, Brougham — retruquei, com o mesmo tom seco dele. — Como foi o seu *dia*? Como é bom te *ver*. Aonde você quer *ir* para conversarmos sobre *aquilo*?

— Pode ser na minha casa — respondeu ele, voltando a andar.

Eu o olhei, engolindo aquela afronta. Vinte e cinco dólares por hora. Vinte e cinco dólares por hora. Se eu o conhecesse melhor antes de firmar o acordo, teria acrescentado uma taxa de babaquice e só toparia de cinquenta para cima.

quatro

Querido Armário 89,

Não sei se é hora de terminar com ele. Vivo tentando me comunicar, mas parece que ele não me escuta. Já falei umas vinte vezes que preciso que ele me mande mais mensagens, preciso que me dê mais atenção e que venha sentar do meu lado no refeitório pelo menos ÀS VEZES. Mas, quanto mais comunico minhas necessidades, mais ele evita atendê-las. Um dos amigos dele chegou a me chamar de exigente outro dia! Estou sendo exigente? Não faz sentido que eu saiba do que preciso e diga pra ele? Pergunta sincera. Pode responder com honestidade. Eu aguento.

strangerthings894@gmail.com

Armário 89 <armario89@gmail.com> 17:06 (há 0 min.) para strangerthings894

Oi, strangerthings!

Vamos redefinir algumas coisas. Faz todo o sentido você comunicar suas necessidades. Mas parece que está se confundindo um pouco sobre o que precisa de fato. Você não *precisa* de nada do seu namorado. Você quer essas coisas. Dizer que *precisamos* de alguma coisa de alguém nos dá a sensação de que não vivemos sem essa pessoa, ou de que ela controla completamente o que sentimos, o que não é verdade. Quando você diz que *precisa* que ele faça xyz, o que escuto é que sua necessidade de verdade é sentir que é amade, especial e desejade. E você pode suprir essa necessidade com outras pessoas além do seu namorado! Recomendo reformular o jeito de explicar sua necessidade para ele. Diga o que você realmente precisa e depois explique o que ele *pode* fazer para você se sentir amade, especial e desejade.

As pessoas respondem melhor a encorajamento do que a críticas. Aí, é com ele. Quando seu namorado entender que a questão não é ele nem o que ele está fazendo de errado, mas você e como ele pode fazer você se sentir incrível, talvez ele dê conta do recado!

E, se não der, aí é hora de se perguntar se basta para você suprir essas necessidades em relacionamentos platônicos, ou se talvez ele não seja o cara para você.

Boa sorte!
Armário 89

Engoli em seco no banco do motorista do carro de Ainsley — ela tinha me emprestado para eu cumprir minhas obrigações de chantagem — quando Brougham virou da rua para o que eu imaginei ser sua casa. Na verdade, sendo mais precisa, não era uma casa. Era uma mansão. Uma mansão gigante pra cacete.

Tinha um milhão de partes diferentes, cômodo atrás de cômodo, janelas salientes, lucarnas, varandas, colunas e pedras angulares, vidraças francesas elegantes e uma mistura de telhados arredondados

e quadrados. Os tijolos eram de um tom frio e relaxante de cinza-
-arroxeado, que, combinado com o telhado azulado e os detalhes em
creme, dava ao lugar um clima de contos de fadas. O quintal da
frente era impecável, com sebes aparadas ladeando uma entrada de
carros enorme, de duas pistas.

Fala *sério*.

Eu não entraria com o carro ali de jeito nenhum. Era que nem
comer um cupcake bonito. Aquela entrada era para ser vista, não
para ser usada, né?

Então, em vez disso, estacionei rente ao meio-fio na frente do
portão. Brougham, que tinha entrado direto e estacionado perto da
porta, se recostou no carro e ficou me olhando, de sobrancelhas
erguidas, subir a trilha sinuosa. *Quando* finalmente o alcancei, ele
estava claramente me julgando, mas me conduziu à porta.

— Você tem mordomo? — perguntei quando entramos, de repente animada. — Ou, sei lá, um chef ou coisa do tipo?

Olha, não estou dizendo que eu necessariamente aceitaria comida como propina, mas digamos que, se Brougham tivesse um chef
que pudesse nos oferecer lanches finos pós-escola, como sanduíches
sem casca ou salada de pitaia, eu ficaria muito mais disposta a fazer
aquelas visitas à mansão.

Contudo, para minha enorme decepção, Brougham me olhou
com desdém.

— Não, Phillips, não temos mordomo.

Ele não ia mesmo me perdoar por chamá-lo de Alexander, né?

— Foi *mal* — falei. — Só parece ser um trabalhão limpar essa
mansão toda sozinho.

Brougham teve a coragem de soltar um suspiro impaciente.

— Bom, é claro que temos *faxineiras* — falou, no mesmo tom
que alguém diria "é claro que temos telhado", ou "é claro que temos
pia na cozinha".

Deixei ele passar a minha frente para fazer uma careta às costas dele.

— Ah, é *claro* — resmunguei. — Óbvio. Quem não tem faxineiras? *Pfft.*

— E não é uma mansão.

— Ah, não, imagina… — falei, irritada.

Como era possível Brougham ser igualmente irritante quando se gabava da riqueza *e* quando a desmerecia?

— Não é. Talvez fosse considerada uma mansão em, sei lá, San Fran. Mas numa cidade dessas, longe disso.

A expressão dele era metade pena, metade julgamento. Perdão por não estar tão atualizada sobre a conjuntura regional de mansões antes de me pronunciar, nossa, mil desculpas.

Entramos em um amplo espaço aberto, como um saguão grandioso, onde tinha até um mezanino com grade de ferro fundido no alto — provavelmente para as pessoas poderem olhar com desdém para as visitas lá do alto do segundo andar —, piso de mármore cor de creme e um lustre de cristais no pé-direito extremamente alto. Virei o pescoço em um ângulo perigoso de quase noventa graus, porque a integridade dos meus músculos era menos importante do que admirar aquilo tudo. Quando atravessamos até um corredor, meu pé deslizou no chão de mármore e diminuí o passo para manter o equilíbrio. Eu não precisava escorregar e dar de cara com uma mesa de mogno ou um vaso inestimável da dinastia Ming.

Brougham foi andando um pouco à minha frente, sem fazer esforço algum para me esperar. Parecia até que estava tentando me apressar. Provavelmente para proteger os vasos, o que era bem compreensível.

O primeiro sinal de que não estávamos a sós foi o ressoar de saltos no mármore, um elemento percussivo a mais no coro de passos já dessincronizados meus e de Brougham. Uma mulher saiu de um arco à esquerda e surgiu no corredor à nossa frente, em uma nuvem de perfume francês. Ela era confiante, elegante, e, a não ser que eu estivesse muito errada sobre a expressão em seu rosto, tinha se irritado ao nos ver.

Era a sra. Brougham, supus.

Ela parecia o filho usando um filtro do Snapchat de mudança de gênero. Esguia, magrinha, tinha os mesmos olhos azul-escuros arregalados e o cabelo castanho-chocolate e grosso, só que com luzes sutis em um tom quente. Usava uma roupa que, em teoria, não deveria combinar, mas nela parecia ter saído diretamente de um editorial de moda casual da *Vogue*: uma camiseta branca bem passada enfiada em calças largas de um material semelhante a couro sintético preto, sapatos de saltinho baixo e uma pulseira preta trançada.

Brougham parou de repente, e eu fiz o mesmo. A mãe o analisou com uma expressão seca e estreitou os olhos.

— Alexander, hoje seu pai vai trabalhar até tarde novamente — disse ela a Brougham, sem nem me notar —, então vou receber visita. Estaremos na ala reformada. Não nos incomode, a não ser em caso de emergência.

Brougham não pareceu surpreso com a hostilidade da mãe.

— Tá bem.

— Se ele disser que vai voltar mais cedo, me avise por mensagem.

— Tá bem.

Eles se encararam, e eu senti um calafrio estranho. Era óbvio que havia algo entre eles, mas eu não fazia a menor ideia do quê. Só sabia com certeza que o clima era extremamente desconfortável e que eu queria sair dali correndo.

Com um aceno brusco de cabeça, a sra. Brougham saiu deslizando. Sério, deslizando. Se não fosse pelo barulho ritmado do sapato, eu teria jurado que ela havia sido carregada por uma esteira invisível.

— Também foi um prazer conhecer a senhora — cochichei, sem conseguir me conter.

Provavelmente não era a *melhor* coisa a dizer, visto que o filho dela estava bem ali.

No entanto, se ofendi Brougham, ele não demonstrou. Apenas desviou o olhar da porta pela qual ela passara e contorceu a boca.

— Com meus pais, é melhor diminuir as expectativas — falou. — Podemos ir à sala dos fundos.

No caminho pelo labirinto que era a casa dele, Brougham fez uma parada na cozinha mais chique que eu já tinha visto. Tudo era brilhante e lustroso, como se alguém tivesse photoshopado a vida. Balcões brancos reluzentes e armários embutidos de vidro impecáveis que guardavam pratos e taças de cristal. Uma ilha de mogno tão lustrosa que dava para ver minha cara perplexa refletida na madeira. O chão tão polido que me senti uma mal-educada por andar ali com os sapatos da escola.

Brougham, ainda ignorando meu fascínio, revirou a geladeira — que certamente continha apenas os ingredientes mais caros, chiques, orgânicos e locais — e tirou dali um monte de uvas e uma pequena peça de queijo brie inteira. Ele arrumou a comida em um prato, junto de umas bolachas de água e sal, e só então ergueu o olhar e notou minha expressão.

— Foi mal, isso serve? — perguntou.

Sinceramente, nenhum cozinheiro particular teria preparado nada que me desse mais prazer do que aquela peça inteira de brie. Não é que eu nunca comesse queijo, mas não era comum na casa da minha mãe, nem do meu pai. Tudo ali era tão *chique*.

— Dá pro gasto.

Nos fundos, havia uma segunda sala de estar que cheirava a água de rosas, com janelas do chão ao teto e vista para o jardim impecável atrás da casa, a grama tão verde que não parecia natural. Brougham se jogou em uma poltrona de couro creme e pôs o prato, com um estalo, na mesinha de vidro.

— E aí, como isso funciona?

Larguei a mochila, ajeitei a saia debaixo das pernas e sentei numa poltrona igual.

— Não desse jeito. Normalmente, escrevo e-mails, lembra?

— Tá, então, o que você faz quando recebe uma carta?

— Depende da carta.

Brougham estava pensativo quando tirou uma uva do cacho e me ofereceu com expressão de dúvida. Assenti, com um pouco mais de entusiasmo do que pretendia, então ele a jogou e eu a peguei no ar. Ele ainda era um babaca chantagista, então eu não queria demonstrar muita gratidão, mas era legal que me oferecesse algo para comer.

Brougham me observou, paciente, e notei que esperava que eu iniciasse o processo. Parte de mim queria insistir que eu não tinha ideia do que estava fazendo, porque não tinha mesmo, mas acho que seria provocação demais. Talvez o melhor fosse explorar o terreno conhecido, na esperança de que o desconhecido fosse se revelando naturalmente.

Sem dizer mais nada, peguei as três cartas do dia na mochila. Dei uma olhada por alto e, por sorte, uma era tão vaga que certamente Brougham não identificaria a identidade do remetente.

— Tá, então — falei. — "Querido Armário 89, estou super a fim de uma garota, mas somos no máximo só colegas. Ela está um ano abaixo de mim na escola, então não estamos nas mesmas turmas, nem temos amigos em comum. Às vezes, sinto que ela me manda uns sinais quando a gente se vê, mas tenho medo de estar enxergando só o que quero. Como a chamo para sair sem meter os pés pelas mãos, nem agir de um jeito megabizarro? 'Oi, você é uma gata, quer sair comigo?' seria estranho."

Por favor, me ajude, assinado rayo_de_sol001@gmail.com, concluí em pensamento, caso Brougham soubesse de quem era aquele e-mail.

Ele enfiou uma uva na boca e a empurrou para a bochecha.

— Isso não nos ajuda muito — falou.

Estiquei a mão, com a palma para cima, e ele pegou outra uva e jogou para mim.

— É o suficiente — falei. — A gente só precisa analisar. Sabemos que a pessoa está no mínimo no segundo ano, porque está um ano acima ao dessa garota. Sabemos que não têm amigos em comum, então não temos que nos preocupar muito com restrições éticas. Sabemos que no mínimo se falam, porque a pessoa chamou a garota de colega, não de desconhecida. Sabemos que é uma pessoa com pelo menos um pouco de noção, porque pensou em como a garota reagiria se fosse chamada para sair do nada. Isso também indica que quem escreveu a carta não fez nada impulsivo que tenha assustado a garota antes, o que já ajuda bastante.

Brougham continuava pensativo. Por um breve momento, achei que eu tinha deixado ele impressionado. Então ele estreitou os olhos.

— Você acha que foi uma garota que escreveu — falou.

Era uma declaração, não uma pergunta.

— Não necessariamente.

— Você evitou determinar o gênero. Por que não deduziu que fosse um garoto? Ou foi alguma coisa no e-mail que sugeriu isso?

— Não acho que é um garoto nem uma garota. Não tenho como saber. Por que você acharia qualquer uma das duas coisas?

Ele não parecia notar que a pergunta era retórica.

— Bom, porque, estatisticamente, tem mais garotos héteros do que garotas que gostam de garotas. E — acrescentou, antes que eu pudesse intervir — pessoas de outros gêneros.

Por algum motivo, ele parecia convencido. Como se tivesse me vencido. Fiquei irritada.

— E daí?

— E daí que, se você fosse apostar dinheiro nisso, diria que é um garoto, baseado nas informações que temos. Né?

— Mas não tenho que apostar dinheiro em nada — falei, com a voz tensa.

— Agora você só está sendo teimosa. Não precisa levar para o pessoal. Estou só expondo os fatos.

— Eu também. E o fato é que não ganho nada apostando no gênero, então a estatística é irrelevante. Não sei o gênero da pessoa, então não vou supor. Não tenho motivo para isso. Existem formas de nos referirmos a uma pessoa mesmo não sabendo o gênero dela. Não é teimosia maior insistir em usar pronomes que não conhecemos se a língua nos permite ser neutros?

Eu o encarei. Ele sustentou meu olhar. Então, para minha surpresa, deu de ombros.

— Faz total sentido. Você está certa.

Essa resposta favorável de repente me deixou desconfiada.

— Mas?

— Mas nada. Foi um bom argumento.

Fiquei esperando a próxima provocação, mas não teve. Depois de um instante, tive que aceitar que *não* teria mesmo. Ainda assim, eu estava irritada por ter sido desafiada quanto a uma besteira daquelas, então não resisti e insisti mais um pouco.

— Seu melhor amigo não é o Finn? O que ele fala dessas coisas?

— Que coisas?

Ele só podia estar se fazendo de bobo.

— Você sabe que é grosseria supor o gênero das pessoas e sabe que faço parte do Clube Q&Q, e ainda assim quis debater sobre isso. Por quê? Para me irritar?

Brougham teve a coragem de ficar chocado.

— Desculpa. Não era para ser grosseria. Só estava interessado na sua linha de raciocínio.

— Bom, agora você tem a resposta.

— Sim, agora tenho a resposta.

Ele não chegou a sorrir, mas, por um momento, jurei ver um divertimento em seus olhos.

— Reparou que concordei com você? — perguntou ele.

— Acho que nunca ouvi uma concordância que parecesse tanto uma discussão — retruquei.

— Talvez, se não classificasse um diálogo educado como discussão, você não fosse achar isso. E, respondendo sua pergunta, Finn não se incomoda nem um pouco em explicar por que acha que alguma coisa está certa ou errada.

— Ah, aposto que ele *ama* explicar por que a sexualidade dele é certa ou errada — falei, seca.

— Não falei nada da sexualidade dele. E acho que ele não vê problema em me explicar nada, porque continua sendo meu amigo — disse Brougham, erguendo as sobrancelhas. — E *ele* faz isso de graça.

— Você não está me pagando para ser sua amiga. Está me pagando para te ajudar.

— É verdade. Talvez a gente deva voltar ao assunto, então.

Ele me passou mais uma uva. Eu bufei ao pegar, com um pouco de aspereza demais, e a esmaguei entre os dentes.

— Com prazer. Então, vamos começar com a parte mais importante. Quem terminou com quem?

— Não é óbvio? — perguntou Brougham. — Sou eu que quero voltar com ela.

— Pode acreditar que não.

Ele não pareceu convencido, mas aceitou.

— Ela terminou comigo.

— O que aconteceu?

Brougham estreitou os olhos, como se resgatasse uma lembrança muito antiga.

— Tinha a ver com eu ser bonito e talentoso demais.

— Nossa, isso parece mesmo ser verdade, pode continuar.

— Qual é a importância disso, afinal?

— Qual é a importância do motivo do término? — perguntei, incrédula. — Você perguntou isso mesmo?

— Assim, nem toda carta conta *tudo*, todos os detalhes, né? Mas mesmo assim você acerta muita coisa, né?

— Quase sempre.

— Viu? Não deve precisar saber tudo.

Hesitei, escolhendo bem as palavras.

— Normalmente, consigo identificar a questão central. As pessoas costumam ter uma boa noção do problema, só não necessariamente sabem a causa, nem a solução. Aí, conecto o problema a uma teoria e dou meu conselho com base na melhor combinação.

— Teoria?

— Teoria de relacionamento. Por exemplo, tipos de apego, como lidar com fobia de compromisso, a regra do corte de contato, homens são de Marte, como ocitocina é liberada em momentos diferentes dependendo da pessoa...

Ele me olhou inexpressivo.

— Você sempre soube disso tudo?

Não consegui deixar de me empertigar um pouco.

— Construí minha base de conhecimentos. Mas esse assunto sempre me interessou. Pelo menos desde a pré-adolescência.

— Quando começou?

Precisei pensar por um minuto para lembrar a primeira teoria que conheci e que despertou meu fascínio.

— Sabe aquele livro *Ele simplesmente não está a fim de você*?

— Com a Scarlett Johansson? Sei qual é, mas não sei do que se trata.

— Esse é o filme, *Ele não está tão a fim de você*, não o livro, mas enfim — resmunguei, baixinho. — A ideia geral é que, se o cara não entra em contato, nem se esforça, é porque não está a fim.

— Que revelação.

— Bom, para muita gente foi, sim, uma revelação. Li anos atrás e adorei, e comecei a ler tudo que encontrava sobre autoajuda voltada para relacionamentos. Aí achei canais no YouTube e podcasts, e assim fui.

— E o armário?

Era a primeira vez que eu contava aquele segredo para alguém (Ainsley não valia, porque tinha acompanhado a saga ao vivo.) Embora eu não fosse tanto com a cara de Brougham, até que era legal me abrir para alguém. Dois anos e meio era muito tempo para guardar um segredo.

— Comecei no início do nono ano. Eu tinha muito conhecimento sobre relacionamentos mas não tinha com quem usá-lo.

Honestamente, eu não sabia se queria sentir a emoção de ajudar os outros ou simplesmente de testar as teorias com as pessoas para ver se tinham base na realidade. Talvez fosse um pouco das duas coisas.

— E, como passo tanto tempo pela escola depois da aula, não é difícil saber... certas informações. Então acabei descobrindo qual armário não tinha dono e qual era a senha. A escola ainda usa registros físicos dessas coisas, vai entender, então foi fácil sumir com a folha do 89. Aí, certa tarde, enquanto eu esperava minha mãe, fiz uns panfletos e saí enfiando nos outros armários, oferecendo conselhos gratuitos sobre relacionamentos, e quem tivesse interesse era só enfiar uma carta anônima pela porta do 89 indicando um endereço de e-mail para resposta.

— E alguém quis? — perguntou Brougham.

— Uma pessoa. E acho que meu conselho funcionou, porque ela espalhou para os amigos que o panfleto era real, e a coisa cresceu. Depois, no mesmo ano, alguém deixou um dinheirinho com um bilhete de agradecimento no armário, e me dei conta de que quase todos os alunos da escola são milionários. Ou melhor, filhos de milionários, o que dá no mesmo. Por isso, com algumas semanas de antecedência informei no fim de cada e-mail que os conselhos não iam mais ser gratuitos. A fofoca fez o resto por mim. Comecei cobrando cinco, agora cobro dez. Provavelmente poderia pedir mais, mas não quero perder clientes.

Brougham me observava intensamente, sem reagir, mas sem tirar os olhos de mim. Pela primeira vez, entendi por que Ainsley o achava atraente. Aquele olhar me dava a impressão de estar contando a história mais interessante do mundo.

— E por que é anônimo? — perguntou ele. — Por que não faz o que estamos fazendo? As pessoas pagariam.

Ele não estava errado. As pessoas pagariam mesmo. E provavelmente Brougham não entendia o peso daquilo. Em uma escola onde a maioria dos alunos vem de família riquíssima, eu dei sorte de sermos obrigados a usar uniforme. Sem isso, meu status de bolsista teria ficado mais do que óbvio para todo mundo. No entanto, mesmo de uniforme, os alunos davam um jeito de ostentar a riqueza. Bolsas da Fendi, saias de camurça da Gucci e relógios da Cartier decoravam os looks. Sempre que saía um novo iPhone, todo mundo já tinha na semana seguinte. Ninguém chegava a fazer comentários maldosos, mas se algum aluno aparecesse mexendo num modelo antigo na frente da turma seria muito julgado.

Era impossível para meus pais acompanharem essa demanda. O dinheiro que eu ganhava com o armário era a única coisa que me dava a mínima chance de me adaptar àquela escola. Obviamente, dez dólares por e-mail não pagava Fendi e Gucci, mas servia para um plano decente de iPhone e coisinhas de brechó. Com a ajuda do talento de Ainsley para a costura, eu podia às vezes fingir que era da classe média alta. E, felizmente, isso bastava.

Então, é, um dinheiro a mais *não* cairia mal.

No entanto, se descobrissem que eu era a responsável pelo armário, nem todas as roupas mais caras do mundo me protegeriam do constrangimento que se seguiria. Como eu conseguiria ter uma conversa normal com um colega da aula de inglês que soubesse que eu estava por dentro de todos os detalhes da sua primeira vez? Ou com alguém que tinha traído o namorado? Ou tentado furar o olho da irmã?

E, um milhão de vezes mais grave, eu nunca, *nunca* poderia admitir que era a responsável pelo armário porque já tinha usado isso para fazer algo horrível com Brooke. Se ela descobrisse, não sei se me perdoaria. *Certamente* nunca mais confiaria em mim. Eu não confiaria, se fosse ela.

O armário 89 não podia virar uma pessoa de verdade.

Eu poderia ter baixado a guarda e explicado isso tudo para Brougham. O problema era que eu não gostava muito dele, e muito menos confiava.

Ao longe, ouvi uma porta bater. Distingui vozes murmuradas e passos que se aproximavam, mas não o bastante para identificar de quem eram. Uma das vozes era de homem. E furiosa. Era a "visita" que a mãe de Brougham mencionara? Ou o pai dele, que havia chegado mais cedo?

Eu me remexi na poltrona, de repente com muita vontade de passar despercebida. No geral, eu tinha uma vida feliz com minha família. Meus pais haviam se divorciado fazia anos. Ainda assim, ouvir adultos gritarem e baterem o pé me levava de volta para meus oito anos, quando eu me encolhia na cama de Ainsley para buscar um conforto que no fundo sabia que não era real.

Brougham nem se deixou abalar. Os únicos sinais de que notara alguma coisa foram uma piscadela e um leve movimento de cabeça na direção das vozes. Em seguida, pegou uma bolacha e mordeu, pensativo.

— Bom — falou —, acho que ficou bem óbvio que não chegaremos a lugar nenhum hoje.

— Como assim?

De início, achei que ele estivesse me despachando por causa da briga que ouvíamos, apesar de mal parecer ter escutado. No entanto, ele continuou:

— Você obviamente não veio preparada e, até agora, não aprendi nada de útil.

Fiquei boquiaberta.

— Você mal me deu oportunidade...

— Que tal pararmos por aqui hoje? Quando tiver preparado alguma coisa, me avisa, e aí podemos nos reunir.

Fechei bem a boca contendo a vontade de mandar ele acabar de vez com aquilo. Como era humanamente possível que os pais dele tivessem criado um filho tão mal-educado? Se eles não estivessem tão claramente ocupados com aquela briga no corredor, eu ficaria tentada a dar uma bronca naqueles dois por ter deixado o filho desenvolver uma personalidade assim.

Mas dei um jeito de me segurar. Cruzei os braços e acompanhei Brougham em silêncio até o corredor. Quanto mais perto chegávamos da porta da casa, mais alto altos ficavam os gritos do homem — alguma coisa sobre a mãe de Brougham ter mentido —, e mais eu me encolhia.

Sinceramente, fiquei feliz por Brougham escolher aquele momento para duvidar da minha capacidade. Tudo o que eu queria era sair daquela mansão impecável e sem charme, feita de ecos nos corredores e vastidão inóspita. Como eu tinha conseguido achá-la bonita ao chegar?

Se Brougham tinha sido criado ali, não era surpresa ser tão frio.

cinco

Armário 89 <armario89@gmail.com> 18:45 (há 0 min.) para rayo_de_sol001

Olá, Rayo de Sol,

É verdade. Chamar alguém para sair assim do nada pode ser o ideal para algumas pessoas, mas, para a maioria, é um pouco brusco demais, e a relação entre risco e benefício não é nada boa! Parece que você se encontra nessa segunda categoria. Nesse caso, eu diria para ir aos poucos. Encontre uma desculpa para passar mais tempo com a garota — de preferência a sós, mas em grupo também serve. O melhor é encontrar algo que vocês tenham em comum e usar como ponto de partida. "Ah, você também adora Stephen King? Faz um tempão que quero ver o filme novo dele, mas nenhum amigo meu teve coragem de ver comigo." Ou: "Notei você na arquibancada dos jogos nas últimas semanas! Você vai ao próximo? Meus amigos furaram comigo". Ou: "Também adoro cozinhar, e seria ótimo trocarmos umas dicas".

Vocês devem ter *alguma coisa* em comum (e, sendo bem direta, se não tiverem, talvez ela não seja mesmo a melhor pessoa para você).

Quando se encontrarem, você pode usar a oportunidade para a) desenvolver a amizade e b) analisar a química. Não se preocupe, *"friend zone"* não existe. Investir em um relacionamento platônico enquanto está planejando os próximos passos não é problema nenhum, e, na verdade, um relacionamento romântico tem mais chances de funcionar quando duas pessoas sabem que se dão bem, têm coisas em comum e se sentem confortáveis juntas. Só não force a barra e lembre que não é porque ela aceitou sair com você que aceitou namorar você.

Se quiser descobrir se é seguro perguntar o que ela sente, a linguagem corporal pode ajudar muito. Procure contato visual prolongado (se ela olhar para você a ponto de parecer *demais*, é bom sinal), contato físico casual (toques no braço, por exemplo), abraços demorados de oi e tchau da parte dela, muita aproximação, se ela passar muito tempo olhando para sua boca... esses são possíveis sinais de que ela está aberta a ser chamada para um encontro mais romântico. Boto fé em você, Rayo! É muito mais fácil convidar alguém para um encontro depois de ter a oportunidade de analisar o interesse e mostrar como é bom estar com você.

Boa sorte!
Armário 89

— Agora, não esqueçam que o prazo da redação é amanhã — disse o sr. Elliot na tarde de segunda-feira, enquanto os segundos do relógio se aproximavam do último sinal. — Não vou dar segunda chamada para ninguém que não tiver uma desculpa muito boa, e "Estava exausto" não está nessa lista. Por favor, lembrem que não sou pai de vocês, e não amo vocês, então apelar para minha compaixão é uma perda de tempo que poderiam usar para fazer a lição. Entendido?

Houve alguns murmúrios desanimados da turma, mas nenhuma exaltação. Levantei o rosto e encontrei o olhar de Brooke, na fileira da frente. Ela fez uma careta dramática. Então o sinal tocou, e todo mundo deu um pulo, arrastando as cadeiras, fazendo os sapatos ranger, gritando para os amigos do outro lado da sala. O sr. Elliot teve que falar ainda mais alto em meio àquela barulheira.

— Não estamos fazendo economia de papel, então peço que *cumpram o limite de palavras*. É muita generosidade de vocês me dar menos trabalho para corrigir, o que, devo dizer, faço *no meu tempo livre*, depois do jantar, mas se não souberem escrever mais de meia página sobre simbolismo pega mal para mim. E eu *odeio* passar essa vergonha, porque a sra. Georgeson sempre arruma um jeito de me dar uma alfinetada na festa de Natal dos professores. Querem estragar meu Natal?

Parei assim que saí da sala, me recostando na parede para evitar a enchente de estudantes de bege e azul-marinho que inundava o corredor, e esperei por Brooke. Antes da aula, ela tinha me avisado que queria conversar com o professor sobre a redação, mas combinou de me dar carona, porque minha mãe tinha uma reunião e Ainsley só saía da faculdade às quatro e meia.

Eu me distraí enquanto esperava, até que Finn e Brougham chamaram minha atenção. Eles estavam se juntando à artéria principal, vindo de um dos corredores capilares, acompanhados de dois amigos, Hunter e Luke.

Brougham e Finn pareciam ser os líderes do quarteto, mesmo que a posição não fosse oficial. Juntos, me lembravam um cachorrinho e um gato bem rabugento que eram melhores amigos. Enquanto Brougham se arrastava pelo corredor com olhar aguçado, mal reagindo às piadas e conversas dos amigos, Finn pulava, dava um tapa no ombro de Brougham, arrancava o celular da mão de Hunter e lia alguma coisa em voz alta que fazia Luke gargalhar.

Eu não queria ficar encarando eles daquele jeito, mas não conseguia deixar de me perguntar o que o cachorrinho via no gato. Até que o gato me notou, e eu fiquei paralisada, pega no ato.

Ele sustentou meu olhar, e eu senti que talvez devesse acenar, sei lá. Mas e se Finn notasse e perguntasse de onde a gente se conhecia? E se aí Brougham contasse a verdade, e Finn espalhasse para literalmente todo mundo, e minha vida desmoronasse?

Não acenei. Brougham também não.

Minha atenção foi arrancada dele quando fui abraçada por trás, e o perfume de baunilha almiscarada de Brooke encheu o ar. Ela me balançou de um lado para outro, cantarolando meu nome.

— Pois não? — falei, rindo.

Me desvencilhei e virei. Ela estava especialmente magnética naquele dia, o cabelo comprido e escuro caindo em ondas leves, com um pouco de delineador e um brilho de malícia nos olhos castanho- -escuros. Senti um frio na barriga e abri o maior sorriso que minhas bochechas permitiam. Ela não precisava ter encostado em mim, mas escolheu fazer isso. Será que queria dizer alguma coisa? Será que ela queria me abraçar tanto quanto eu queria abraçá-la?

— Então — disse ela, inclinando a cabeça e batendo um pé atrás do outro, como sempre fazia quando queria pedir um favor.

— Então?

Cruzei os braços e me recostei na parede. Ela avançou um passo para manter a proximidade, e uma mistura de esperança e prazer me percorreu como um choque. Tudo nos arredores tinha desaparecido, e só existia Brooke.

— Então, eu sei que fui tosca e ofendi sua capacidade de escrever uma redação — falou.

Dava para sentir o calor do corpo dela.

— Correto, foi uma enorme ofensa. Tenho chorado toda noite antes de dormir.

— Pois é, mil desculpas. Enfim, estou desesperada, sério. Já é tarde para aceitar sua ajuda?

Uau. Para Brooke admitir derrota — ou, no mínimo, a derrota iminente —, ela devia estar com dificuldade mesmo. Quando eu ia dizer "claro que te ajudo" antes mesmo de ela terminar a frase, lembrei que não dava. Brougham e eu tínhamos combinado uma reunião para a noite, depois do treino dele. Quer dizer, eu *poderia* desmarcar, mas meus pais tinham me dado educação, e furar com alguém no último minuto era uma baita grosseria.

O problema era que eu não podia explicar para Brooke qual exatamente era meu compromisso.

— Hum, eu, na verdade... tô ocupada hoje — falei, desanimada.

A expressão dela murchou, e tudo se desfez. Vai se foder, Brougham, vai se foder, Brougham, *puta que pariu*, Brougham, vai se foder.

— Ah — disse ela.

— Prometi que ajudaria a Ains com um vídeo.

Eu tinha acabado de mentir para Brooke. Eu não precisava mentir. Poderia ter parado no "tô ocupada". Só que dizer que eu estava ocupada parecia uma desculpa, e eu não suportava a ideia de Brooke achar que eu não queria vê-la, sendo que a verdade era justamente o contrário.

— Tudo bem. Vai dar tudo certo. É, acho que eu só preciso sentar a bunda na cadeira e me *concentrar*.

Ela não estava soando muito decidida. Claro que não. Não teria pedido ajuda se não fosse sua última opção.

— Se precisar de ajuda, literatura é minha melhor matéria.

A voz veio de trás de mim, e eu e Brooke olhamos para quem tinha falado.

Era Raina. Ela estava meio sem jeito, olhando para o chão e puxando a ponta do rabo de cavalo apertado. Só aquela pose já era estranha para Raina. Normalmente, ela era assertiva e confiante; quando abria caminho pela multidão, parecia uma tourada. Ali, contudo, estava quase hesitante.

Se eu já tinha ficado chocada de ouvi-la oferecer ajuda, Brooke ficou ainda mais.

— Eu, hum, ah. Oi, Ray.

— Oi — disse Raina, olhando para nós por um instante, sem sorrir. — Vocês estão lendo *O caçador de pipas*, né? É o livro que o sr. Elliot passa todo ano. Hoje não tenho nada para fazer, então posso te ajudar com todo o prazer.

Parecia até que doía dizer aquilo.

— Me... ajudar? — perguntou Brooke, atordoada.

Eu não podia julgar. Raina costumava tratar Brooke com um leve desdém, no melhor dos casos, ou com repulsa completa, no pior. E de repente isso? Era praticamente uma trégua.

— Por quê? — perguntei, seca.

Raina me encarou com o olhar gelado.

— Porque pega muito mal alguém do grêmio zerar uma matéria importante — respondeu.

Bom, isso fazia mais sentido para ela.

— Eu não vou *zerar* — protestou Brooke, mas parecia não ter certeza.

— Quer ajuda, ou não?

Brooke hesitou. Que bom. Ela não ia cair naquela armadilha. Por um segundo, eu...

— Preciso dar carona para a Darcy agora — disse Brooke.

— Bom, eu tô livre o dia todo. Se decidir aceitar, me manda uma mensagem no Insta?

Ela nem esperou a resposta de Brooke, só deu meia-volta e

praticamente saiu correndo pela escola, que ia se esvaziando rapidamente. Brooke e eu ficamos olhando a cena.

— Não manda mensagem para ela — falei.

—Acha que não devo?

—Acho que não. Foi *muito* esquisito.

— Foi mesmo, né?

— *Não* manda mensagem.

— Tá. Não vou mandar.

Brooke me olhou, e eu a olhei, e nós duas caímos na gargalhada com o ridículo da situação. Raina, oferecendo ajuda para Brooke de graça. O que viria depois? Brougham sendo acolhedor e fofo?

Depois daquela aleatoriedade bizarra, nada me surpreenderia.

Eu tinha mais ou menos meia hora antes de Brougham chegar para o segundo encontro. Apesar de ele ter me dado menos tempo do que eu gostaria para me preparar — e ainda estragado minha noite potencialmente romântica com Brooke —, pelo menos eu tinha conseguido roubar um caderno do armário de materiais para professores da escola. Já era um começo, né? O próximo passo era preparar o plano personalizado de Vossa Senhoria, Lorde das Exigências e da Condescendência, Alexander Brougham Primeiro.

Empurrei o notebook na escrivaninha para dar espaço e abri o caderno na primeira página. Depois de pensar um pouco, decidi um título.

O RETORNO DA EX-NAMORADA

PROTAGONIZANDO:
DARCY PHILLIPS — UMA VERDADEIRA MILAGREIRA
ALEXANDER BROUGHAM — SOLTEIRO, MAS NÃO NA PISTA

Dediquei alguns minutos a decorar a página com corações, boquinhas, faíscas e estrelas, até me sentir culpada demais por procrastinar. Tá, vamos lá, foco. Decidi começar com uma lista do que sabia a respeito dele. Parecia um bom ponto de partida.

Análise de Personagem:
Alexander Brougham

Se acha muito mais gostoso do que é.

Completamente babaca e metido.

Claro que levou um pé na bunda da Winona.

Não sabe lidar com os próprios perrengues, porque acha que dinheiro é a solução para tudo.

Só pensa em si mesmo!

Depois de pensar um pouco, arranquei e amassei a página. Era melhor não mostrar aquilo para Brougham. Mas tinha ajudado. Bom, pelo menos a definir qual seria a pauta do dia: recolher informação. Uma análise de relacionamento, ou autópsia, digamos. Eu não podia começar a ajudar Brougham até saber o que tinha dado certo e o que tinha dado errado.

Entusiasmada, fui correndo para o quarto da Ainsley. Mais uma vez, o ar estava saturado de baunilha e caramelo. Ajoelhada no carpete felpudo, cercada de tesouras, retalhos e moldes, estava minha irmã. Pelo visto tinha começado a trabalhar na nova criação assim que chegou da faculdade.

Ela deixava a porta fechada para filmar em paz. Uma vez, eu

interrompi a gravação do que deveria ser um vídeo em *timelapse*, e ela ficou tão furiosa comigo que a vizinha veio espiar pela cerca se estava todo mundo bem. A porta aberta, no entanto, era um sinal verde, então entrei sem hesitar, abrindo caminho com cautela pelo mar de tecido e alfinetes espalhados.

— No que você está trabalhando? — perguntei.

Ainsley estava riscando o molde no avesso de um tecido de algodão azul-claro, então não me olhou para responder.

— Encontrei um vestido de renda horroroso, que parece um saco de batata, na Jenny — falou, se referindo ao Brechó da Jenny, uma das suas lojas preferidas —, e acho que vai ficar legal como um conjunto de saia e cropped. Estou botando um forro, porque é praticamente transparente, e depois — explicou, pegando uma tesoura — pensei em fazer uma bainha franzida com elástico na blusa.

— Que legal. Vai ficar maravilhoso!

— Assim espero. Você topa servir de modelo?

— Para um cropped? — perguntei, com uma careta. — Fica para a próxima. Mas mal posso esperar para ver em você. Aposto que vai ficar linda.

Ainsley sorriu, feliz com o elogio.

Ela sempre foi alta e magra, de quadril fino, puxando o lado do nosso pai em altura e estrutura. Tinha ganhado um pouco de curvas no quadril e nos seios nos últimos anos, mas ainda assim era muito magra e lembrava mais nossas tias paternas. Eu também era alta — com um metro e setenta e cinco, era muito maior do que a maioria das garotas da minha idade —, mas tinha puxado os genes maternos. "Quadril de parideira", disse minha mãe depois que eu menstruei aos onze anos e de repente explodi com quadril e seios que não cabiam em nenhum uniforme escolar.

Na época, eu não queria nem saber se meus quadris me permitiam trazer bebês ao mundo com mais tranquilidade, só não queria ser a única menina da turma a ter que comprar um uniforme maior duas vezes no ano para acomodar os presentes da puberdade. Depois, passei a gostar do meu quadril e dos meus peitos. Mesmo que não pudesse aproveitar os uniformes antigos de Ainsley, que eram tamanho P.

Nem por isso eu queria servir de modelo para um cropped em um canal do YouTube com milhares de assinantes, muito obrigada. Amar meu corpo não me tornava magicamente imune à vergonha de falar em público, ou a comentários machistas e nojentos de desconhecidos sobre mulheres usando roupas curtas. Eu não sabia como a Ainsley aguentava. O anonimato era como um cobertor quentinho que me mantinha em um casulo protetor, longe de ataques pessoais.

— E aí, como vai? — perguntou Ainsley, revirando a cesta de palha em busca de uma fita métrica. — Como foi o Q&Q?

— Foi ontem. Mudaram para quinta-feira esse ano, por causa do sr. Elliot. Eu já te *falei* isso.

— Tá, mas é aquilo… eu não lido bem com mudanças e bloqueio essas coisas.

— Respondendo à pergunta, todos estão mortos de saudade de você.

— Ah, nossa, com esse tom, eu *quase* acreditei.

— Esculpiram uma estátua em sua homenagem.

— É o mínimo.

— Foi o que eu disse a eles. Olha, me empresta seu quadro de cortiça?

— Pode pegar, tá atrás da mesa. Por quê?

Fui engatinhando por cima da cama até a mesa e enfiei a mão atrás para puxar o quadro.

— O Brougham está vindo. Preciso de materiais.

Ainsley, que já sabia de todos os detalhes da primeira experiência com Brougham, bufou.

— Tipo o quê? Spray de pimenta?

— O quadro já serve. Obrigada!

— Ei, vocês podem falar baixo? — perguntou Ainsley, quando eu ia saindo com o quadro. — Daqui a meia hora vou gravar minha narração.

— Tranquilo.

De volta ao quarto, apoiei o quadro na cama e arrumei umas folhas de papel, umas canetinhas e meu novo caderno preferido na mesa. Bem quando acabei, alguém bateu na porta.

— Seja legal, Dá. Deixa o cara sair vivo! — gritou Ainsley do quarto quando fui abrir.

Eu a ignorei.

Ao abrir a porta e ver Brougham, a primeira coisa que me ocorreu foi como ele estava deslocado na entrada eclética de nossa casa. Eu esperava que ele viesse logo depois do treino, mas obviamente tinha passado em casa para se trocar. Estava todo arrumadinho, num estilo meio mauricinho, com calça social justa e uma camisa verde-garrafa bem passada, de mangas cuidadosamente dobradas até o cotovelo. Tinha repartido o cabelo de lado e penteado em ondas tão suaves e despojadas que certamente foram moldadas e fixadas com muito produto. Sob as botas marrons polidas e impecáveis, o assoalho gasto e lascado da varanda rangia e estalava. Ao redor dele, havia uma bagunça de duendes de jardim e vasos de plantas para todo lado com um pouco de terra caída no chão da última tentativa de jardinagem da minha mãe. Acima de nós, sininhos tilintavam entre mais vasos suspensos com plantas, algumas floridas, outras secas e murchas. Atrás dele, o gradil da varanda era envolto por várias camadas de pisca-piscas natalinos, que deixávamos lá para não precisar redecorar todo ano.

Brougham cruzou os braços, bem apertados, e franziu a testa com ainda mais força do que de costume.

— Que sorriso radiante — falei, num tom monótono, e ele entrou sem esperar o convite.

Pulei para o lado, abrindo espaço.

— Sim, claro, por favor, sinta-se em casa.

— Valeu — disse ele, entrando na sala, e olhou ao redor com uma expressão incompreensível antes de assentir para mim. — Vamos?

Parecia até que a casa era dele.

— Vamos subir para o meu quarto.

Pelo menos ele me deixou mostrar o caminho do meu próprio quarto. Depois de fechar a porta, fiquei mais tranquila. O resto da casa era meio bagunçado, graças a minha mãe e Ainsley, mas pelo menos meu quarto era organizado. Senti que Brougham teria menos a julgar ali.

Apontei para a cadeira da escrivaninha.

— Pode sentar aí.

Ele obedeceu, apoiou o braço na mesa, cruzou as pernas e colocou óculos de aro quadrado marrom-escuro que provavelmente eram mais caros que o carro da Ainsley. Os óculos combinavam perfeitamente com o rosto dele, e de certa forma suavizavam os traços duros, a mandíbula quadrada e a linha reta das sobrancelhas. Ele abriu o caderno.

— Uma verdadeira milagreira? — perguntou, lendo a folha de rosto.

Me estiquei por cima dele para pegar uma canetinha. De perto, dava para sentir seu perfume, uma mistura entorpecente de almíscar e doce. Não chegava nem aos pés do perfume de Brooke.

— Isso.

— Tem *tanto* brilho.

Eu pigarreei.

— Uhum. Tá. Então, primeira etapa: sua personalidade.

Brougham engasgou.

— É o *quê*?

— Você — falei, apontando para o peito dele — precisa ser menos *sério*. Não quero parecer aqueles caras que falam gracinha para mulheres na rua, mas um sorriso não faz mal. Se você sorrisse, tipo, *um pouco*, talvez fizesse as pessoas se sentirem mais confortáveis e acolhidas. Algumas pessoas consideram isso agradável, quando se trata de um namoro.

Brougham estava piscando bem rápido.

— Ela já me namorou.

— É, e aí te largou.

Bom, *enfim* ele mostrou alguma emoção de verdade naquele rosto: ódio ácido, precisamente.

— Então, vamos treinar como fazer a Winona se sentir mais confortável e acolhida — continuei. — Vai, conta uma piada, e eu te mostro.

— Eu prezo pela minha dignidade.

— Vai, um trocadilho qualquer, não precisa ser bom.

— Ah, não. Não, obrigado.

— Tá, tudo bem. Eu vou contar a piada, e você vai fingir que sou a Winona.

— Minha imaginação não é vívida o bastante para *tanto*.

— Foda-se, tenta!

Um olhar de raiva e um leve aceno, que aparentemente era um sinal para eu ir em frente.

— Brougham, qual meio de transporte permite cachorros?

Ele me olhou.

— Você tá falando sério?

— Não estou me sentindo muito seduzida agora, Brougham, então entra no jogo, tá?

Ele soltou um suspiro alto e barulhento o bastante para mostrar *exatamente* o que sentia por aquele exercício, então revirou os olhos e sugeriu:

— O *au*tomóvel?

Dei um pulo e bati palmas.

— Aaah, passou perto, na verdade é o *cão*minhão!

Meu tom de comediante era tão bom que eu poderia estar num stand-up.

Brougham pestanejou e torceu a boca, com certa pena. Não deu nem uma risadinha.

— Sabe, cão-minhão, em vez de ca-minhão.

— Ah, não precisa explicar, eu entendi.

— *Brougham!* Você não está se esforçando nem um pouco.

— Olha, se uma garota fizer uma piada dessas num encontro, qualquer vontade de dar em cima dela vai evaporar.

— E se ela estiver nervosa?

— Seria compreensível — disse ele, tranquilo. — Eu sou mesmo intimidador.

— Aí, quando estiver *rindo* — insisti, e levantei as sobrancelhas com firmeza —, pode segurar o braço dela e fingir que é porque está morrendo de rir. Tipo assim...

Fiz uma demonstração, me sacudindo em uma repentina gargalhada falsa, e agarrei o braço musculoso dele, que olhou para minha mão em seu bíceps com uma expressão de leve pavor.

— Quer saber? — perguntou, se desvencilhando delicadamente. — Acho que estou bem sem as dicas de paquera.

— Tá bom.

Eu não me deixei afetar. Tinha me *preparado.*

— Agora, vamos montar uma linha do tempo do seu relacionamento com Winona — falei.

— Por quê?

Levantei a cabeça e praticamente soltei fogo pelos olhos.

— Porque eu mandei, Brougham, *cacete.*

— Deixa o cara vivo, *Darcy!* — cantarolou Ainsley do corredor.

Brougham olhou de relance para a porta.

— Tá bom, foi mal — falou, sem soar arrependido. — Continua.

— Tá.

Enfiei a canetinha na boca e arranquei a tampa com os dentes. O cheiro ardido de tinta invadiu minhas vias respiratórias.

— Guando bocês se gonheceram?

— No ônibus, em uma excursão. Eu derrubei a mochila dela do banco sem querer.

Fiz que sim, me estiquei por cima dele e desenhei um boneco palito dando uma voadora em uma mochila ao lado de outro boneco palito com cara de choque em cima de uma vaga representação de um banco de ônibus.

— Não foi nada disso — disse Brougham.

— É licença poética, Brougham, aprenda.

Concluí o desenho com um floreio e o prendi no quadro de cortiça com uma tachinha.

— Perfeito — continuei. — Primeiro encontro?

— Na verdade foi um rolê em grupo, e...

— Não vale. Primeiro encontro de verdade.

Brougham me olhou como se desejasse que eu entrasse em combustão.

— Fomos ao boliche.

Desenhei dois bonecos de palito se olhando apaixonados e acariciando delicadamente uma bola de boliche.

Brougham suspirou quando viu o resultado.

— Ok. Pode pregar.

Preguei no quadro.

— Por quanto tempo vocês ficaram juntos?

— Uns seis meses.

— E aí, por que funcionava? Deve ter sido bom por um tempo.

Brougham levou um momento para responder, e sua expressão

se suavizou. Sem a máscara neutra de sempre, os olhos dele de certa forma pareciam mais azuis. Tinham ido de azul-marinho para azul-cerúleo. Assim, assumiam um ar dramático, talvez até expressivo, em vez de só esbugalhados. Ele passou de leve os dedos no canto da boca, em um gesto que não pareceu consciente.

— A gente se divertia. Eu me sentia um garotinho com ela. Às vezes a gente ia de carro até a praia e passava horas lá, conversando, brincando e tal. Subindo em árvores, jogando verdade ou consequência, esse tipo de coisa.

— Essa é sua memória preferida do namoro de vocês? Ir à praia?

Ele fixou o olhar ao longe. O que estava vendo?

— Não. Não, a melhor memória é de quando fomos à Disney.

— É?

— Uhum — murmurou, quase em um sussurro. — Chegamos na hora de abrir e passamos o dia indo de um parque para outro, e apostamos para ver quem tirava a foto mais ridícula nos pontos turísticos. Aí a gente viu o show de luzes, e eu falei que a amava.

Uma excursão que podia ficar mais longa ou mais curta, dependendo de como transcorresse. Muitas coisas a fazer. Momentos para serem relembrados com nostalgia depois. Várias oportunidades de mudar a rota e procurar alguma distração se a conversa morresse ou o clima ficasse esquisito. Bastante pretexto para contato físico e aumentar a intimidade.

Era perfeito.

Baixei a canetinha. Isso não precisava nem ir para o quadro. Eu já visualizava tudo. Tinha o plano inteiro em mente.

— Quanto tempo faz que você não fala com a Winona?

Brougham voltou a olhar ao longe. Quando respondeu, foi mais devagar do que de costume, cautelosamente.

— *Talvez* eu tenha sido imaturo.

— Pode ser mais específico?

— Decidi que, se fôssemos voltar a nos falar, ela que deveria tomar a iniciativa. Porque foi ela quem terminou, sabe? No começo, eu tinha esperança que ela não estivesse falando realmente sério e fosse ceder, se arrepender, sei lá. Mas aí caiu a ficha que ela não ia me procurar e que eu provavelmente tinha estragado tudo ficando um mês inteiro sem falar nada, então pedi sua ajuda.

Normalmente, ao receber uma carta, eu aceitava tudo que a pessoa me contava sem questionar. Desabafar anonimamente trazia certa liberdade, e as pessoas confessavam comportamentos péssimos. Já cara a cara, era outra história. Alguma coisa não estava batendo na versão de Brougham. Ele e Winona tinham um namoro ótimo, até que ela deu um pé na bunda nele do nada, e ele decidiu passar um mês sem falar com ela em retaliação? Não. Meu sensor de mentira estava quase explodindo.

No entanto, havia uma explicação possível.

Da primeira vez que li a respeito de fobia de compromisso, fiquei surpresa ao notar que isso não afetava pessoas solitárias e avessas a qualquer comprometimento. Na verdade, aprendi que, muitas vezes, era um problema de pessoas românticas, que acreditavam no "amor verdadeiro", mas inevitavelmente concluíam que o parceiro não cumpria seus critérios, bem quando o relacionamento começava a se estabilizar. Aí, elas ficavam frias e distantes, afastavam o parceiro, mas, o que era ainda mais estranho, muitas vezes passavam a idolatrar essa mesma pessoa que haviam descartado e queriam voltar depois do término. Isto é, até a coisa ficar séria de novo.

Era um caso clássico. Mas quer saber? Eu não era terapeuta de Brougham. Ele tinha me contratado para ajudá-lo a voltar com Winona. O que fizesse depois disso era problema dele. O importante era que, para fins de reconquistá-la, ele tinha feito exatamente o que eu queria.

— Você não estragou nada — murmurei.

Os olhos de Brougham brilharam.

— Não?

— Não.

Puxei o caderno da cadeira onde ele estava sentado e escrevi um título na página seguinte.

PRIMEIRA FASE: DISNEY

Brougham franziu a testa ao me ver escrever e mexeu no aro dos óculos.

— Quer que eu volte lá?

— Com Winona.

— Perdão, você não deve ter prestado atenção na parte em que contei que ela me largou.

Eu estava muito ocupada respirando fundo para reagir àquele tom petulante. Ele não era mais Brougham. Não estava sentado ao meu lado, deixando claro que achava tudo que eu dizia pura idiotice. Era apenas alguém que tinha deixado uma carta no armário. Eu sabia o contexto. A pessoa diante de mim estava perdida e precisava da minha ajuda.

— Você vai agir como se estivesse tudo tranquilo — falei, anotando enquanto explicava. — Já que não se falam desde o término, a barra está limpa. Mande uma mensagem amigável, mas não intensa. Você quer que o tom indique que não há ressentimentos, mas também não é para ela sentir que você tem segundas intenções. Se tiver uma piada interna, sei lá, pode usar. Tipo, "Nossa, aconteceu tal coisa, e eu sabia que você ia gostar de saber".

— A participante preferida dela em *The Bachelor* chegou na final semana passada. Pode ser?

Alexander Brougham: egomaníaco rico, sabichão arrogante, especialista em *reality*. Interessante.

— Perfeito. Use isso para entrar em contato de novo com ela. Seja agradável.

— Você não para de repetir isso. Acha que eu tenho dificuldade em ser agradável?

E um longo silêncio se instalou.

— Tenho certeza que você vai dar conta — falei, por fim. Na verdade, estava orgulhosa daquela diplomacia. — O amor suaviza as pessoas.

— Está dizendo que não sou suave? — perguntou ele, com a expressão neutra de sempre.

Continuei como se ele não tivesse dito nada:

— Assim que puder, entre no assunto Disney. Fala que estava a fim de ir e pergunta se seria esquisito vocês irem como amigos. Aí diz que era mais divertido com ela, alguma coisa assim. Se ela não te odiar de verdade, você tem uma boa chance de ela topar, acho.

— É para eu falar que quero ser amigo dela, sendo que não quero? — perguntou Brougham, erguendo as sobrancelhas escuras em uma expressão de julgamento e superioridade. — Parece manipulação.

— Bom, não é. Porque agora seu objetivo é, *sim*, a amizade. E pode ser que você só consiga isso mesmo. Mas, honestamente, *nunca* dá para pular de "não nos falamos mais" para um relacionamento saudável e renovado. Vocês precisam de um meio-termo.

Entreguei o caderno para Brougham, que leu por alto as etapas que eu tinha escrito na primeira fase. Quando voltou a me olhar, ele tensionou o maxilar, determinado.

— Quer saber, Phillips? Me parece promissor — falou, e suspirou. — Quando mando mensagem para ela?

Encontrei o olhar dele e sorri, atingida pela emoção daquilo tudo. Eu veria como meu conselho funcionaria em tempo real. E talvez conseguisse até devolver o amor à vida congelada e seca de Brougham.

— Hoje à noite. Manda hoje.

seis

Análise de Personagem:
Alexander Brougham

Acha que quer namorar, mas na verdade morre de medo de se abrir, porque tem pais terríveis.

Não, é muito feio dizer isso. O relacionamento dele com os pais é tenso, e isso afetou a perspectiva dele quanto à estabilidade de relacionamentos. Diz que amava Winona, mas deu gelo nela por um mês, apesar de descrever o relacionamento em bons termos.

Tem fobia de compromisso!

Precisa de terapia?

Até que tem olhos bonitos. Dá para o gasto.

Uma hora depois de Brougham ir embora, uma batida na porta chamou minha atenção. Era minha mãe, ainda com as roupas que tinha usado na escola. O vestido estampado de girassóis estava manchado com uma gosma azul — provavelmente de uma das experiências do dia —, e o cabelo estava se soltando do coque, cheio de frizz, mas, no geral, ela ainda estava linda.

Minha mãe sempre tinha rejeitado as roupas disponíveis na seção *plus size* da maioria das lojas. Ela defendia que não era só por ser gorda que uma mulher precisava usar roupas feitas para passar despercebida. Enquanto a sociedade quisesse que minha mãe ocupasse menos espaço, ela ocuparia um pouco mais, só de birra. Por isso, comprava quase tudo na internet e tinha um estilo que eu descreveria como *chamativo*. Sempre usava estampas e cores gritantes, de vestidos rodados cheios de cupcakes a blusas com babados e estampa zigue-zague vermelha e laranja, passando por botas rosa-framboesa de cano até o joelho.

— Ainda está estudando, é? — perguntou.

Como não fazia ideia da história do armário, ela supunha que, sempre que eu estava debruçada em um caderno, folhas de papel ou documento no Word, estava fazendo os deveres de casa da semana. Eu incentivava essa má interpretação com todo o prazer.

— Pois é — falei. — Um amigo passou aqui depois da aula, então ainda tenho bastante trabalho.

— Um "amigo"?

Entendi o tom da pergunta. A única amiga que normalmente ia lá para casa era Brooke, e eu nunca me referiria a ela de forma tão vaga. Brooke era *Brooke*. Brougham era *um amigo*, e isso já era muito generoso da minha parte.

— Sim. Alexander Brougham?

Minha mãe pestanejou, surpresa.

— Dou aula para a turma dele.

— Meus pêsames.

Ela cruzou os braços. Ah, não, lá vinha.

— E será que você tem interesse em ser *mais* do que amiga dele?

— Eu pagaria uma fortuna para impedir que Alexander Brougham pensasse assim.

Minha mãe riu.

— Que sentimentos fortes.

— Para dizer o mínimo.

— Bem, vamos ver no que dá.

Ela tinha falado com um tom irritante. Aquele tom sabichão, de dona da verdade, que os adultos adotavam quando achavam que entendiam a situação muito melhor do que a gente.

Eu estava prestes a retrucar, quando o celular vibrou na madeira da minha mesa. Olhei de relance, supondo que fosse Brougham me atualizando da história da Winona, mas era Brooke. Peguei o celular e abri a mensagem.

Entãaaaaao tenho muita novidade pra
te contar. Resumindo, Ray veio me ajudar
com o trabalho. Aconteceram umas paradas.
Posso te ligar?

— Meu Deus do céu — murmurei.

Cheguei a esperar que minha mãe perguntasse o que tinha acontecido, mas, quando olhei, ela já tinha ido embora. Reli a mensagem em silêncio, uma, duas, três vezes. A cada vez, meu estômago ia apertando mais, e meu coração começou a bater no ritmo da marcha fúnebre.

Não. Não, não, não, não, não.

Tentei desesperadamente pensar em outra explicação para "umas paradas". Aconteceram umas paradas: acabamos o trabalho todo? Aconteceram umas paradas: minha mãe arrumou briga com Ray por causa daquele jeito desagradável e da cara ridícula? Aconteceram umas paradas: conversamos sobre nossa árvore genealógica e descobrimos que somos primas?

Falei para mim mesma que todas as opções eram válidas. Mas

no fundo não acreditava nisso. Porque uma coisa que já deveria ter me ocorrido havia muito tempo finalmente estava óbvia.

Ray.

Rayo de Sol.

A filha da mãe da Rayo de Sol tinha arranjado uma desculpa para falar com "ela", e a "ela" em questão era Brooke, *minha* Brooke. Ray tinha conseguido sair com ela. Sendo realista, "umas paradas" só podia ser uma coisa. Rayo de Sol tomado uma atitude, seguindo minhas orientações.

E eu *raramente* tinha que devolver o dinheiro dos clientes.

Com as mãos trêmulas, comecei a abrir o contato de Brooke e parei para respirar. Eu não sabia se estava pronta para ouvir o que ela me contaria.

Mais ou menos sete meses antes, no fim do segundo ano, Brooke escreveu uma carta emocionada para o armário, sobre uma garota que tinha beijado. Segundo ela, tinha acontecido de repente, enquanto as duas organizavam um evento depois da aula, e não tiveram tempo de conversar, porque mais gente tinha chegado. E aí, na letra estilosa de Brooke, que eu conhecia bem, vieram as palavras: "*Acho que gosto mesmo dela. O que faço agora?*".

Eu lembrava bem demais da sensação que me atingira. Como se alguém tivesse pegado uma escavadeira e esmagado uma sala cheia de cachorrinhos e gatinhos bem na minha frente. Choque, pânico e um enjoo cada vez mais forte que ameaçava escapar à força da garganta. E meu coração tinha tentado fugir do peito, gritando de desespero. Porque, bem na época que aquilo tinha acontecido, eu estava começando a me perguntar se talvez estivesse rolando alguma coisa entre mim e Brooke. Eu andava notando alguns olhares, pausas cheias de tensão no ar, toques de dedos ao caminhar. E contatos visuais que duravam, na minha opinião, muito tempo.

Só que com toda a certeza do mundo eu não tinha beijado Brooke. Então de quem ela estava falando?

Na ocasião, liguei para Brooke como quem não queria nada. Puxei o assunto do evento de arrecadação do Q&Q que tinha rolado no começo da semana. Aquele que Brooke ajudara Jaz a montar. Então ela confirmou tudo que eu já sabia: que estava, sim, a fim de Jaz fazia um tempo. Que tinham, sim, se beijado. Que queria, sim, levar aquilo adiante.

Não, não, não. Então por que aqueles olhares? Por que flertar comigo? Eu tinha entendido tudo errado? Ou será que ela gostava de nós duas mas Jaz tinha saído na frente? Foi então que, cheia de dor, ciúme, medo e pânico, eu fiz uma coisa da qual não me orgulhava. Respondi a Brooke pelo armário.

Querida BAMN765,

O melhor a fazer nesta situação é fingir que nada aconteceu. Não fale sobre isso, não dê em cima dela e, acima de tudo, evite ficar a sós com essa garota, pelo menos por um tempo. Sei que parece contraditório, mas, se ficarem a sós, pode pintar um clima estranho, e o nervosismo faz a gente ficar ansiosa e dar uma de esquisita. Ela pode sentir essa vibe sua e perceber a sua expectativa — ou, pior, desespero —, o que seria um banho de água fria no interesse dela. Nada corta uma possibilidade de relacionamento tão rápido quanto a pressão de acelerar as coisas.

Não tenha medo de afastá-la: se ela gostar de você, vai dar um jeito de entrar em contato e demonstrar o que sente. Só trate de deixar que ela seja a pessoa que vai correr atrás. Aja com naturalidade, como se nada estivesse acontecendo, e mantenha o clima platônico.

Brooke não havia mencionado a carta para mim. Também não voltou a falar de Jaz. O assunto só voltou à tona uma semana depois, quando outra carta chegou ao armário.

Querido Armário 89,

Sou lésbica, e semana passada beijei uma garota que conheço e achei que ela estivesse a fim. Sei que ela é lésbica também, então esta não é uma carta perguntando se ela só estava confusa. Mas, desde que a gente se beijou, ela tem me evitado e fingido que nada rolou. Tem sido simpática comigo, mas só quando estamos em grupo, e não tem se aproximado, não mandou mais mensagem nem mencionou o beijo. Porra, eu estou pensando, tipo, será que imaginei isso tudo? Será que devo supor que não foi tão bom para ela quanto foi para mim ou eu deveria tentar conversar? Eu já teria entrado em contato, só que perdi a confiança quando ela se distanciou.

E, Deus nos acuda, eu respondi.

Cara hellsbells05,

Sei que não é o que você queria ouvir, mas parece mesmo que ela provavelmente não curtiu. É um comportamento estranho agir como se o beijo não tivesse acontecido — especialmente se vocês já se viram desde então — e, se sua intuição indica que ela está evitando sua companhia, provavelmente você está certa. Neste caso, meu conselho seria superar, a não ser que ela comece a agir diferente por um milagre. Você terá muitos primeiros beijos na vida, e garanto que a maioria será melhor do que esse. Você merece alguém que esteja doida para te beijar, que te deseje o tempo todo e que te ligue imediatamente depois para marcar um próximo encontro. Não se humilhe correndo atrás de alguém que já deixou claro não estar tão interessada. Você é boa demais para isso.

Sinto muito por não ter notícias melhores.

E tinha sido isso. Quando tentei puxar o assunto, Brooke deixou claro que não queria que eu mencionasse o beijo em Jaz, então fiquei quieta. E, nas férias, Jaz conheceu uma menina na igreja, e começaram a namorar sério.

Só depois disso Brooke e Jaz voltaram a se sentir confortáveis uma com a outra a ponto de conversar sobre a história do beijo. E aí descobriram.

— Parece até que o armário nos sabotou — reclamou Brooke, na nossa conversa seguinte. — Entendo que a pessoa que responde as cartas deve receber muitas perguntas por semana, mas será que não teria *mesmo* notado que eu e Jaz estávamos falando uma da outra?

E eu respondi, engolindo em seco:

— Sei lá. Talvez não tenha prestado atenção.

— Talvez — disse Brooke, ainda furiosa.

Eu havia passado a semana toda tendo pesadelos de tanta culpa, e neles Brooke descobria que eu era a responsável pelo armário e parava de falar comigo para sempre, enquanto Jaz chorava comigo no banheiro dizendo que tinha perdido o amor da vida dela.

Por pior que fosse, por mais que eu *odiasse* o que, sabia, estava prestes a ouvir, eu precisava compensar o que tinha feito no ano anterior. Dessa vez, daria apoio. Ficaria feliz por Brooke. Estaria do lado dela. Mesmo que me sentisse destruída por dentro. Eu só precisava me segurar durante a ligação e depois poderia chorar à vontade.

Assim que atendeu o celular, Brooke começou a falar:

— Tá, então, a Ray veio para cá, e a gente começou a trabalhar na redação, e estava tudo tranquilo e de boa, aí meus pais convidaram ela para jantar aqui, então ela ficou, e eles se deram superbem, e ela foi muito simpática, e na real ela é bem engraçada, o que eu *não* esperava, aí a gente ficou mais um tempo juntas depois e, enquanto a gente tava vendo um negócio no meu celular, Darcy, puta que pariu, ela *me chamou para sair.*

Eu tinha me preparado, me preparado e me preparado, mas ainda assim tremi na base. Soco no estômago. Ela interpretou minha tosse engasgada como uma surpresa alegre.

— Pois *é* — falou. — E eu topei! A gente se deu estranhamente bem fora da escola, e foi muita generosidade e fofura dela oferecer ajuda com a redação, né? Aí ela falou que está a fim de mim faz um tempão, e que sempre acaba me admirando no Q&Q e nas reuniões do grêmio, e *você* por acaso já pegou ela me admirando? Porque eu nunca percebi, e agora estou achando que fui uma idiota, sei lá.

Responde. Fala.

— Hum, não sei.

Demonstra mais alegria.

— Mas, nossa, que incrível! — acrescentei.

— Você acha? Eu tô achando! Não estava esperando por isso, sabe, é a *Ray.* Achei que ela me *odiasse.* Darcy, foi *legal* passar o dia com ela, consegue imaginar isso?

Ah, eu conseguia. Não *queria*, mas conseguia, e, nossa, estava marcado a ferro no meu cérebro, e eu não parava de pensar nelas rindo, encostando dedos, sentadas pertinho. Como aquilo podia estar acontecendo? Com *Raina*? De todas as pessoas que eu poderia ter considerado uma ameaça...

— Vocês agora estão, tipo, juntas?

— Não pergunta assim, vai dar azar. Ainda não sei o que vai rolar, só precisava te contar.

Tá. Bom, elas não estavam juntas.

Mas quem poderia dizer até quando?

Engoli o choro à espreita no fundo da garganta, respirei fundo e me forcei a sorrir.

— Aonde vocês vão?

Eu só sabia que, se a relação desse errado, não seria por minha causa.

Daquela vez, não.

No dia seguinte, Brooke estava só animação e brilho. Ela ria de tudo, e alto até demais, flutuava pelos corredores e sorria para todo mundo.

Enquanto isso, meus pés nunca tinham pesado tanto.

— Ela foi muito fofa com minha mãe, e minha mãe ficou admirada por ela fazer tantas atividades extracurriculares — Brooke contou para mim na sala de aula.

— Você tem ideia de como a Ray é inteligente? Assim, óbvio que é, mas é impressionante o quanto ela domina as palavras — cochichou Brooke enquanto eu tentava anotar a matéria de matemática.

— Achei que a gente fosse se beijar na despedida, mas não tivemos coragem — contou Brooke pela quarta vez no caminho da aula de história.

Toda vez, eu abria um sorriso tenso, fazia "humm" e "uau" nos momentos certos e torcia para a agonia não estar visível no meu rosto. Estava sendo uma tortura ficar do lado dela e saber que aquele rosto alegre, aquelas risadinhas e aqueles pés dançantes tinham sido causados por Ray, não por mim. Por isso, fiquei agradecida ao receber uma mensagem de Brougham pedindo para encontrá-lo no corredor, no meio da aula de história. Naquele dia, a garoa e as nuvens dele eram mais agradáveis do que o arco-íris de Brooke.

Pedi licença para ir ao banheiro e segui na direção do laboratório, onde encontrei Brougham à espera, verificando se não apareciam professores nem outros possíveis enxeridos. Além do paletó do uniforme, ele usava calça social justa bege e gravata bordô. Apesar do look harmônico, sua postura estava tensa, e ele não parava quieto.

— Ei, vem comigo — disse ele assim que me aproximei, e começou a avançar pelo corredor.

— Sim, senhor.

Ele ignorou meu tom.

— Eu fiz o que você falou, e foi *ela* que sugeriu que a gente passasse um dia lá, como amigos, então agora estou convencido de que ou você é uma bruxa, ou é genial.

— E nunca vou te revelar essa resposta. Que ótimo, quando vocês vão?

— Sábado.

— Quer se encontrar comigo mais uma vez para traçar uma estratégia antes de ir?

— Com certeza. Além do mais, preciso muito que você esteja comigo no dia.

Parei de andar.

— Na *Disney*?

Ele queria que eu fizesse a viagem de uma hora a Anaheim por causa dele, à toa?

— Não vou conseguir fazer isso sem você, estou basicamente ferrado se as coisas derem errado, e, sem ver a linguagem corporal dela, como você saberia o que aconteceu e me ajudaria a consertar?

— Ela vai me ver lá.

— Confio em você. Você não é idiota.

— Que bom você acreditar no meu talento para perseguir pessoas.

— Pode levar a Ainsley, se quiser. Eu pago a gasolina, os ingressos, a comida de vocês, o que quiser. Eu só... Eu preciso de você. Não vou conseguir sozinho.

Tínhamos voltado a andar. Convenientemente, pelo menos estávamos a caminho do banheiro feminino, onde eu deveria estar. Refleti sobre a proposta por um momento e balancei a cabeça, negando.

— Não. De jeito nenhum. Foi mal.

Brougham desacelerou, desanimado.

— Tem alguma coisa que eu possa fazer para você mudar de ideia?

— Não.

Ele respirou fundo, então trincou os dentes e assentiu.

— Tá bom. Tudo bem.

Esperei, mas ele não veio com chantagens tácitas, nem me lembrou do bônus que me aguardava. Nada.

— É isso?

— Hum, é.

Tá, bem, era um pouco melhor assim.

— Você pagaria toda a nossa comida e bebida?

— Uhum, dentro do limite do razoável.

Não perguntei mais nada. Brougham historicamente não demonstrava ligar muito para o preço de nada, então eu desconfiava que o "limite do razoável" dele era mais generoso do que o meu.

— Tá bom.

— Tá bom o quê?

— Eu topo.

Brougham segurou a nuca e inclinou a cabeça para trás.

— *Cacete*, como você é confusa.

— Eu só queria saber que você estava me pedindo ajuda, e não me dando ordens.

Ele revirou os olhos.

— É *óbvio* que não é uma ordem.

— Então, *de novo*, posso te lembrar que pedidos assim normalmente vêm junto com um "por favor"?

Ele ignorou o sermão.

— Então sábado, beleza? Tem alguma hora de preferência?

Suspirei, resignada.

— Estou livre o dia todo.

— Tá. Legal. Pode voltar para a aula.

— *Sim, senhor, obrigada* — falei, com uma reverência.

— E agora, o que foi que eu falei? — perguntou ele, indignado.

Nem adiantava.

— Me manda uma mensagem — falei com um sorriso a contragosto, antes de entrar no banheiro.

Me olhei no espelho, afofei e rearrumei meu coque bagunçado e limpei um pouco do delineador borrado do meu olho. Depois, visto que o banheiro estava vazio, telefonei para Ainsley, encostada na pia. Já que ia passar o dia perseguindo Brougham e a namorada, pelo menos queria companhia. E era quase certo que um dia na Disney com tudo pago convenceria Ainsley.

sete

Querido Armário 89,

Minha namorada me deu um pé na bunda. Não sei o que fazer. Tem uma semana, e foi do nada. A gente andava brigando um pouco, mas nada grave, só umas discussões que se resolviam depois de poucas horas. Ela diz não estar pronta para um relacionamento sério, mas também está claramente dando em cima de outra aluna da nossa turma de espanhol, e não sei se é para me causar ciúmes ou se ela está mesmo interessada. Não consigo parar de chorar. Vou ao banheiro o tempo todo porque não aguento cinco minutos sem cair no choro. Parece que estou morrendo. Tudo que quero é que ela me ame de novo. Era para nosso namoro ser eterno. A gente ia até morar juntas na faculdade. Isso não pode estar acontecendo. O que eu faço?

Junkmaillll@gmail.com

Armário 89 <armario89@gmail.com> 18:35 (há 0 min.) para Junk

Querida Junk Mailll,

Sinto muito que isso tenha acontecido. Términos são uma droga, não tem jeito. Tem até uma explicação biológica para serem tão ruins! Quando terminamos um namoro, nosso cérebro demonstra algumas das mesmas atividades de alguém que passa pela abstinência de drogas. Quase como se você estivesse viciada nessa pessoa e precisasse passar pela desintoxicação. Então, primeiro de tudo, se trate com carinho. E, em segundo lugar, não prometo que sua namorada vai querer voltar com você, mas sem dúvida posso te dar uns conselhos que são tiro e queda.

A) Pare de iniciar contato por um tempo. Não precisa ignorar ela completamente, mas, pelo menos por algumas semanas, não puxe conversa. Se ela falar com você, seja educada e amigável, mas não alimente o assunto. E *não* encha o celular dela de mensagens pedindo desculpas ou dizendo que está com saudades! Há dois motivos para isso: primeiro, assim você dá a ela a oportunidade de sentir sua falta, processar as razões para ter terminado e se lembrar dos bons momentos. Segundo, te dá a oportunidade de fazer um detox e se lembrar de quem você é sem ela. Você é uma pessoa completa, com ou sem parceira, e é hora de se reapresentar a si mesma. Você já tinha toda uma vida antes de conhecê-la, e continuará tendo agora que não está mais com ela.

B) Concentre-se em você. Comece um novo hobby, passe tempo com amigos e parentes, leia bons livros, saia para caminhar. Faça o que achar gostoso. Isso não só vai ajudar você a se reencontrar, e te tornar mais feliz e confiante, como sua ex provavelmente vai notar como você está bem!

Por que digo que meu conselho é tiro e queda? Porque o método só pode ter dois desfechos. Primeira opção: sua ex sente saudade, vê como você está bem, lembra o motivo para ter se apaixonado por você e se abre para a possibilidade de tentar de novo. Segunda opção: isso não acontece, mas você se dá espaço para se concentrar na própria felicidade e capacidade, o suficiente para superar sua ex e encontrar mais felicidade e sucesso do que nunca. De qualquer jeito, você sai ganhando.

Boa sorte!
Armário 89

Meu fim de semana começou cedo pra cacete, com o celular vibrando sem parar na mesinha de cabeceira de madeira. Abri os olhos remelentos e conferi. Era Brooke, que tinha o hábito de apertar "enviar" a cada poucas palavras digitadas, zoneando as notificações do remetente. Eu era apaixonada por uma pessoa de alinhamento caótico e neutro.

Oi!
Acordei cedo e tô entediada!
Quer fazer alguma coisa?
Nossa, fui ver os horários do cinema e tem três filmes que quero ver. Vamos ao cinema???
Eu pago a pipoca!
Acooooooordaaaaaaa

Cinema?
Qual era a intenção dela? Um cineminha romântico? Ela tinha ido para um encontro de verdade com a Ray no dia anterior e contou que elas ainda não haviam se beijado. Será que tinha motivo para isso? Por que ela queria sair comigo e não com a Ray? Tudo em mim ficou tenso de esperança, receio e...

Droga. Era sábado.

Tá, então, óbvio que eu não podia ir ao cinema. Merda, merda, merda. Eu queria *muito* ir — mesmo que Brooke tivesse um gosto duvidoso para filmes e detestasse terror — mas não podia. Cacete, Brougham, por que sua vida tinha que complicar tanto a minha? Será que eu podia furar com ele? Não, não. Ele tinha me convidado antes. Eu *odiava* quando alguém desmarcava o que já estava combinado só porque uma oferta melhor havia surgido. Eu não ia ser essa pessoa. Então, eu diria a Brooke que ia à Disney com Ainsley.

Ah, não, não podia fazer isso, porque ela ia querer ir junto. Então eu mentiria para Brooke e diria que tinha outro compromisso... O que colaria por aproximadamente uma hora, até um amigo nosso me encontrar lá. Metade da escola tinha passes anuais para o parque. Era que nem jogar roleta-russa, mas com todas as balas no revólver.

Acabei me decidindo por:

> Mil desculpas, mas já prometi para Ainsley um passeio de irmãs na Disney. Ela não deixou uma amiga ir junto, então não posso te levar também, mesmo que eu queira muito 😣. Vamos amanhã?

Amanhã não posso 😣😣
Trabalho.
Ai, tá bom. Mas tô com inveja.
Não me manda fotos, senão vou chorar por
estar perdendo esse rolê.

Eu tinha mesmo *certeza* de que não podia furar com Brougham?

— *Não* — falei para mim mesma em voz alta, jogando o celular na cama.

Por mais que odiasse, precisava considerar aquele compromisso como um horário inegociável de trabalho. Eu estava sendo paga, afinal.

Por isso, devastada e resmungona, arrumei o cabelo e a maquiagem (usando as amostras que *Brooke* tinha arranjado no trabalho inegociável dela), me vesti (um suéter de tricô levinho cor de cobre, uma camisa de manga curta e uma minissaia jeans que Ainsley tinha ajustado para caber no meu quadril) e passei perfume (de um frasco pela metade de Dior Poison que era da minha mãe mas ela me deu quando falei que amava o cheiro). Ao olhar o resultado no espelho de corpo inteiro preso na porta, me ocorreu que eu tinha sido arrumada pelas três mulheres mais importantes na minha vida. Era brega, mas meio especial. Especial de um jeito que um look comprado inteiro no Mastercard de platina provavelmente não seria.

Tá, eu tinha quarenta e cinco minutos até o horário marcado com Brougham. Era o tempo de responder as cartas que havia enfiado na mochila no dia anterior, para não precisar passar o dia todo preocupada com isso. Perfeito.

Enquanto meu pai andava pelo corredor com estrépito e o cheiro de torrada entrava pela fresta da porta do quarto, abri o notebook na mesinha vazia e comecei a trabalhar na resposta das cartas. Parecia que eu mal tinha acabado de sentar quando meu pai bateu na porta, mas quando olhei para o relógio notei que já fazia meia hora. Eu sabia que era ele, porque Ainsley, que tinha ido comigo dormir lá para sairmos juntas de manhã, não batia e esperava; ela já saía abrindo a porta.

— Entra — gritei.

Nem escondi as cartas. Meu pai era... distraído, para dizer o mínimo, e, se as notasse, provavelmente só ia achar que era meu dever de casa.

Ele enfiou a cabeça para dentro do quarto e torceu a boca, entortando o bigode.

— Tem um garoto aqui.

— Ah. Ele chegou cedo.

Ainda faltava uma carta. Brougham teria que dar um jeito de se distrair enquanto eu acabava. Eu não ia me atrasar no trabalho só porque ele achava que quinze para as quatro eram quatro e meia, e nove horas eram quinze para as nove. Talvez na Austrália a noção de tempo fosse meio vaga, mas, nos Estados Unidos, nove horas eram *nove* horas, cacete.

Meu pai empurrou mais a porta e parou no caminho, mesmo quando levantei.

— Quem é esse garoto? O que ele quer com você? Por que nunca ouvi falar nele?

Encarei meu pai, o que não era difícil, visto que puxei a altura dele, e cruzei os braços.

— Hum, a pergunta mais importante é por que você não faz esse interrogatório se garotas aparecem aqui?

Meu pai, que até pouco tempo antes dizia que eu tinha "virado" hétero ou lésbica de acordo com o gênero em que ele achava que eu estava interessada no momento, me surpreendeu com a resposta:

— Porque garotas adolescentes são simpáticas e responsáveis, e sabem o que é consentimento, e garotos adolescentes são o pesadelo de todo pai.

Hesitei, mas dei de ombros.

— Até que é uma boa resposta. Aceito.

— Nosso pai, nosso aliado — cantarolou Ainsley, toda alegre do quarto dela, de onde aparentemente estava escutando nossa conversa.

Ah, que bom que ela tinha acordado. Depois que fui dormir ontem, ela precisou voltar para a casa da mamãe porque tinha esquecido de buscar os hormônios. Uma das muitas complicações na vida de filhas de pais divorciados.

Meu pai me acompanhou até a porta e ficou parado atrás de mim, desconfiado, enquanto eu cumprimentava Brougham. Quando eu os apresentei, apesar de Brougham ser educado e apertar a mão dele com firmeza, meu pai mal conseguiu murmurar um breve "oi, como vai". Brougham não pareceu ligar muito para aquilo — e, sejamos justos, em comparação com o comportamento da mãe dele ao me ver, meu pai praticamente tinha desenrolado um tapete vermelho —, então nem tentei puxar um assunto qualquer para todos conversarem. Além do mais, provavelmente era a última vez que meu pai teria que falar com Brougham, então não fazia diferença.

— Vou demorar só mais uns minutos — falei para Brougham quando chegamos ao quarto. — Tenho que terminar de escrever um e-mail.

Sentei à mesa, e Brougham ficou para trás, admirando o quarto.

— Aqui é muito diferente — falou.

— Hum?

— É vazio. Não parece seu quarto.

— Só fico aqui poucos dias por mês — falei, sem me virar. — Dá para o gasto.

— Parece mais um quarto de hóspedes.

— Bom, quando não estou — falei, digitando a resposta —, é mesmo.

— Ah, é *claro* que é. Agora fiquei parecendo um babaca.

— Parecendo? — resmunguei, antes de olhar para ele de relance.

Ele virou o rosto para mim, de costas.

— Que foi?

— Nada. Enfim. É melhor que as brigas.

Ele pareceu murchar ao ouvir isso, e sentou, pesado, na beira da minha cama de casal.

— Bom argumento.

Nos minutos seguintes, Brougham ficou tranquilamente mexendo no celular enquanto eu acabava a última resposta. Felizmente essa era fácil, e não exigia pesquisa para decidir a melhor abordagem. Quando acabei, peguei meu celular para responder a algumas mensagens de Brooke reclamando de seu tédio sem fim.

Brougham pigarreou.

— Eu estava pensando numa coisa.

— Hum?

— Posso... Tenho muita curiosidade para saber como funciona seu negócio. Você toparia me mostrar?

— Tipo, mostrar os e-mails?

Ele deu de ombros e esperou.

Não era o que eu esperava e quase recusei. Por outro lado, era legal poder compartilhar com alguém. Ninguém além de Ainsley me via fazer aquilo.

— Hum, pode ser. Mas deixa eu encontrar um caso sem nomes nem nada, tá?

— Certo.

Dei uma olhada nos e-mails mais recentes e abri um bem anônimo. Brougham tomou meu lugar e se acomodou, afastando uma mecha de cabelo do rosto e estreitando os olhos para ler. Ele não tinha levado os óculos.

— Qual é a teoria usada nesse daqui? — perguntou, mexendo o cursor na tela.

Era um e-mail que eu tinha respondido no dia anterior.

— Usei a regra do corte de contato.

— E o que é isso?

Apesar da pergunta inocente, pressenti que estava preparando o terreno para detonar o que eu dissesse. Era a primeira pessoa de fora a ver meu trabalho, e, em vez de elogios, eu ia receber críticas. Que maravilha.

— É bem autoexplicativo. Depois de um término, você passa um tempo sem contato com a pessoa. Normalmente um mês, por aí. Mais ou menos o que você fez com Winona, na verdade. E, se não puder evitar contato total, se estiverem fazendo algum trabalho juntos, por exemplo, você deve manter a relação profissional e distante.

Brougham assentiu devagar.

— E as pessoas devem fazer isso para reconquistar alguém?

— Pode ser. Ou, como falei no e-mail, para superar alguém. É só vantagem.

— E garotas fazem isso?

— Qualquer pessoa pode fazer. Não depende de gênero.

— Tá, tá — falou, de frente para a tela, antes de me olhar. — Mas tenho uma pergunta.

— Óbvio que tem — resmunguei.

— Outro dia, você me contou que *Ele simplesmente não está a fim de você* diz que, se um cara não for atrás de você, é sinal de que ele não está interessado.

— Isso.

— E que, nesse caso, você tem que superar.

— É o ideal.

— Mas e se ele não estiver te ignorando por falta de interesse? E se estiver só seguindo a regra do corte de contato?

Ele fez uma cara triunfante ao virar na cadeira de rodinhas, cruzando as pernas. Mas eu não me deixei abalar.

— Bom, se ele estiver fazendo isso, o que ele quer de você? — perguntei.

— Que você queira voltar com ele.

— E por que escreveram o *Ele simplesmente não está a fim de você*?

— Para arrancar dinheiro de pessoas solitárias e desesperadas que acreditam que seguir uma regra absoluta vai ajudá-las a conquistar um indivíduo complexo?

— Se *gera* tanto dinheiro é porque as pessoas precisam *ouvir* que devem desistir quando forem ignoradas. E isso *porque* muita gente gosta desse processo de correr atrás do outro. E é exatamente por isso que a regra do corte de contato costuma funcionar.

— Tá, mas e se as duas pessoas estiverem seguindo manuais diferentes?

Eu pestanejei.

— Como é que é?

— Bom, e se eu estiver seguindo a regra do corte de contato, na esperança de reconquistar minha ex, mas ela tiver lido *Ele simplesmente não está a fim de você* e decidir que meu silêncio de um mês indica que ela deve ir atrás de outra pessoa?

— Bom, aí ela...

— E se eu souber da regra do corte de contato e não conseguir superar quando a outra pessoa se afastar porque no fundo tenho esperança de que seja um método para *me* reconquistar? Sendo que *na verdade* eu deveria estar levando em consideração o *Ele simplesmente não está a fim de você*? Não dá para as duas coisas serem verdade ao mesmo tempo.

— Não. É por isso que devemos buscar mais informações sobre o caso. Tipo, qual era o nível de investimento da outra pessoa durante o relacionamento? É normal essa pessoa ficar em silêncio para demonstrar raiva ou desinteresse? Quem terminou com quem, e por quê?

— Então não é uma receita de bolo que funciona para todos — disse Brougham, com ar triunfante, como se tivesse me encurralado.

Até parece.

— Concordo. É por isso que baseio meus conselhos em situações pessoais, carta a carta.

— Certo. E é por *isso*, é claro, que você nunca aceita o dinheiro de ninguém antes de ter todas as informações. Quem terminou com quem, o histórico do relacionamento, patati patatá. Mesmo que nada disso esteja incluído na primeira carta.

Eu hesitei.

Ele levantou a sobrancelha, só um pouquinho. Parecia bem orgulhoso. O mais irritante era que ele tinha *mesmo* me encurralado. Exceto por um mínimo detalhe.

— Em noventa e cinco por cento dos casos sou bem-sucedida, não é mesmo? — perguntei. — Eu sei identificar tudo de que preciso só pela vibe da carta.

— Você sabe todas as informações sem ter todas as informações? — disse Brougham, e levantou para me olhar de frente. — É um milagre.

Surpreendentemente, não matei aquele garoto.

— Podemos começar?

— Claro. Só uma perguntinha rápida antes, pode ser?

Bom, ele ia perguntar de qualquer jeito, né.

— Diga.

— Se alguém te mandasse uma carta dizendo "Socorro, meu namorado me ignora por dias se eu falar ou fizer alguma coisa que ele não gosta", o que você responderia?

Eu já sabia aonde ele queria chegar, mas minha cabeça não funcionava direito com ele me *encarando* daquele jeito, então cedi e deixei ele me prender na armadilha.

— Eu diria que silêncio como punição e manipulação é abuso emocional. Mas no caso dessa carta é diferente, não é uma punição…

— Mas se for para convencer alguém a mudar o que sente é manipulação, né?

Bom, sim, mais ou menos, mas... mas era diferente, não era? O objetivo ali era se afastar e dar um tempo para o outro, e não conquistar a pessoa. E mesmo se *fosse* para conquistar alguém, tudo bem fazer uma coisa dessas com uma intenção boa. E tinha intenção melhor do que reavivar amor e afeto?

Tá, talvez em parte o objetivo fosse fazer a outra pessoa se sentir sozinha, ou com saudade, ou mal, mas... Na verdade, pensando assim, talvez o argumento de Brougham fizesse sentido. No entanto, não me parecia a mesma coisa. *Não era* abuso emocional criar limites e se afastar depois de levar um pé na bunda. Que coisa ridícula.

Como ele tinha conseguido fazer eu *duvidar de mim mesma*? Quem era a especialista ali?

— A gente pode só...

Deixei a frase no ar e fiz um círculo com a mão.

— Só o quê?

— Só *não* fazer isso agora? Está muito cedo, e a gente não tem tanto tempo para te preparar para hoje.

Ele queria insistir. *Aah*, como eu via nos olhos dele que ele queria insistir! E eu tive a sensação horrível de que, se ele insistisse, eu ficaria muito tentada a digitar uma nova resposta ao e-mail e implorar para a pessoa ignorar o primeiro conselho.

Mas ele só deitou de costas na cama e abriu os braços, de queixo erguido e cheio de confiança.

— Então vamos deixar isso para depois. Diz aí, Phillips, qual é a sua ideia?

Me enfiei debaixo da cama e puxei o quadro de cortiça.

— Notei que falta uma coisa importante na linha do tempo do seu namoro com Winona.

Brougham fez que não com a cabeça, impressionado.

— Você trouxe esse negócio da casa da sua mãe só por isso?

— De nada. Sabemos muito do que funcionava entre vocês, mas ainda não sei o que não funcionava. Então: primeira briga?

— Nossa, não sei — disse Brougham, enquanto eu preparava a caneta e o papel para acrescentar ao quadro. — Como vou lembrar a *primeira*?

— Muitas brigas — murmurei, escrevendo a legenda.

— A gente... Não eram *muitas*.

— Se isso te faz se sentir melhor, ok, cara. Tá, que tal a briga mais recorrente?

— A maior parte das brigas era por causa da quantidade de mensagens que deveríamos mandar.

Assenti e comecei o desenho acima da legenda. Dois bonecos de palito, um homem e uma mulher, ambos com sobrancelhas furiosas. Desenhei um balão de fala acima da boneca e escrevi "Me mande mais mensagens!".

— Não — disse Brougham.

Olhei para ele.

— É por aí, não precisa ser exatamente isso.

— Não, eu quis dizer que... — falou, e de repente pareceu desconfortável. — Era eu quem queria conversar mais. Não ela.

Fiquei sem palavras. Como podia falar, se toda a minha imagem de Brougham estava se desfazendo em mil pixels e se rearrumando, contando a história de uma pessoa que não se parecia em nada com a versão dele na minha cabeça? A minha versão de Brougham tinha fobia de compromisso. Se afastava quando as pessoas se aproximavam demais. Era distante quando alguém ficava muito apegado. Tinha o coração fechado.

Nada disso, aparentemente, era verdade.

As palavras ficaram um tempo empacadas na minha boca até abrirem caminho.

— A-ah. Saquei.

Rasurei a setinha do balão e puxei para o boneco palito de Brougham.

— Você parece extremamente surpresa — disse ele.

Contraí os lábios e continuei a desenhar.

— Você deveria ser menos machista, Phillips — continuou Brougham, tranquilo, puxando uma bolinha do suéter. — Suposições desse tipo me mantêm preso às garras da masculinidade tóxica.

Uma dor no maxilar me indicou que eu estava rangendo os dentes. Passei a língua por dentro da minha boca toda para relaxar e acrescentei um balão de fala à bonequinha da Winona: "Não!! Eu odeio você!!".

— Como você sabe que ela disse isso? — perguntou Brougham, fingindo estar impressionado. — Você é *mesmo* uma milagreira.

— Foi a briga que levou ao término? — perguntei, enquanto prendia o desenho ao quadro.

— Mais ou menos. Acho que eu dei um ultimato.

Relaxei as mãos e virei na cama.

— Ah, *não*.

— Queria poder dizer que não.

— Por que você não jogou uma merda de uma granada na cara dela?

Brougham pestanejou, e uma mecha de cabelo perfeitamente arrumada se soltou, caindo no rosto.

— Fala sério, é grave *assim*?

Balancei a cabeça, incrédula.

— É grave assim, sim, Brougham. Qual foi o ultimato?

— Bom... Eu falei que, se ela não quisesse nem falar comigo direito, obviamente não estava interessada na relação, e eu não queria estar com ela se ela não pudesse fazer uma coisa tão simples.

— E o que ela disse?

— Que se sentia sufocada e que não queria mesmo continuar comigo.

Enfiei uma espada imaginária na barriga e fingi me debater de dor.

— É. Foi basicamente isso.

Levantei com um salto e fui para o outro lado do quarto, começando mais um desenho.

— Imagino que você tenha se arrependido?

— Pra ser sincero, eu nem queria fazer aquilo. Acho que só queria que ela percebesse que era sério, então ela ficaria preocupada e mudaria de atitude.

— Então, em suma, você achou que, ao ser ameaçada, sua namorada se encheria de amor e carinho por você e iria querer falar *mais* com você?

Ele contorceu a boca e respirou fundo, pesado.

— ... Isso.

Em um papel, desenhei bonecos de palito com um coraçãozinho acima da cabeça.

— O que é isso que apontei para o coração? — perguntou ele, olhando o desenho.

— Um arco e flecha.

— Ah. Claro.

— Tá, essa informação é útil. Agora sabemos que você precisa se concentrar em não sufocá-la!

— Uau, nossa, como nunca pensei nisso? — perguntou Brougham, os olhos soltando faíscas.

No entanto, aquela atitude não me afetaria. Eu estava transbordando de confiança.

— Tá, vamos treinar. O que você vai falar quando encontrar ela?

— Sei lá. Oi?

— Não! Não diga oi, porque aí, se ela só responder oi, a conversa vai morrer, vai bater aquele constragimento e aí vai tudo ladeira abaixo. Você precisa fazer perguntas que rendam algum papo.

— Tipo o quê? — perguntou Brougham, inclinando a cabeça para trás.

Deus do céu, será que era assim a vida de uma professora com alunos insolentes? Quando chegasse em casa ia dizer à minha mãe o quanto a admirava, porque, no lugar dela, eu já teria saído da sala no meio da aula, ido até o McDonald's e me entupido de nuggets para fingir que não tinha responsabilidades.

— Como vai você, como vão seus pais, essas coisas.

— Tá, saquei.

— Legal, vamos nessa. "Oi, Brougham!"

— Ah, que maravilha, você é a Winona de mentira de novo.

— Isso. *Oi, Brougham.*

— Isso é uma idiotice.

— Não é uma idiotice, você só não quer fazer. Dane-se.

Ele olhou para um canto do teto, respirando fundo e devagar. Eu me perguntava se era só uma reação natural ou um recurso que ele tinha arrumado para me aguentar.

— Oi, Winona. Quanto tempo. Como você vai?

O tom dele era exageradamente alegre, como se estivesse num teste de atuação para um comercial de produto de limpeza. Ele até forçou certa emoção nas expressões faciais.

— Tá legal, agora vamos expandir. Tenta dar a partida com alguma coisa mais dinâmica.

Ele pestanejou, e todo rastro de alegria desapareceu de seu rosto de uma vez.

— Tipo o quê?

— Tipo quebrar o gelo. Fala alguma coisa engraçada que aconteceu no caminho, ou alguma coisa que te lembrou ela.

— Saquei. Que tal: "Oi, e aí? Hoje passei a manhã toda com

uma garota me enchendo o saco e me criticando, e me lembrei daquela briga que a gente teve no carro no dia que eu conheci seus pais. Por sinal, como eles estão?".

— Se você não for levar a sério…

— Ei, Phillips — disse ele, levantando e cruzando as mãos. — Obrigado. Mas, por favor, confie em mim, eu conheço a Winona. Se eu ficar noiado com regras para tocar uma conversa, é *isso* que vai gerar constrangimento. Não preciso de ajuda nessa parte. Preciso de ajuda depois, quando a gente já estiver junto há mais tempo. É *aí* que ela começa a se distanciar.

Aquilo era um tapa na cara. Ele tinha *me* procurado, *me* pedido para abrir mão da minha manhã para ajudá-lo a conquistar Winona, mas não queria escutar nenhum dos meus conselhos. E eu não estava só inventando aquilo. Tinha passado a noite toda estudando vídeos do YouTube, especialmente do canal de Coach Pris Plumber, em busca dos fundamentos básicos da sedução. E pra ele nada daquilo servia.

Mas não era problema meu. Eu precisava só confiar nele.

— Tá bom — falei. — Entendi.

— Maravilha. Então, vamos nessa?

— Um segundo. Deixa eu só… Peraí… — falei, e passei os dedos pelo cabelo, para dar mais volume. — Pronto. Agora vamos.

Eu podia jurar, por um momento, que ele *quase* tinha sorrido.

oito

Análise de Personagem:
Alexander Brougham

Tem tanto medo de rejeição que ataca as outras pessoas para manter o controle.

Não recebeu amor consistente dos pais quando bebê, então não acredita que o amor é infinito e incondicional. Não se afasta porque a proximidade o sufoca; se afasta porque quer desesperadamente ser acompanhado.

Tem tipo de apego ansioso!

Havia uma perfeição na Disney que era difícil de pôr em palavras.

Eu não sabia se a magia vinha do ambiente, da animação contagiante emanando das centenas de crianças que saltitavam e vibravam nas filas lotadas da entrada, ou de pura nostalgia. Se me perguntassem, eu apostaria numa soma das três opções. Andando naqueles ladrilhos vermelho-alaranjados, cercada de famílias posando para fotos na frente de gramados aparados cheios de flores roxas e brancas que formavam o Mickey, respirando o cheiro de enroladinho de salsicha e água reutilizada, Ainsley e eu voltávamos a ser crianças. Ela estava de mãos dadas com nossa mãe. Eu, com nosso pai. Ninguém brigava, e eu nem concebia a ideia de minha família ser cindida ao meio, porque a única coisa importante era comprar o tíquete do próximo brinquedo.

Acho que esse era o verdadeiro significado de nostalgia. Apesar de eu já ter ido à Disney dezenas de vezes, minha primeira lembrança de lá era a que não saía da minha cabeça.

A manhã estava quente, e eu já tinha enfiado meu suéter na mochila de Ainsley, para pegar de novo quando escurecesse. Uma rajada de vento sacudiu meu cabelo. Bem à direita, uma garota que entrava no parque com os pais perdeu o boné da Elsa na brisa, e saiu correndo atrás dele, enquanto desconhecidos tentavam pegá-lo para ela.

Foi mesmo genial da parte de Brougham levar Winona ali. Era impossível ficar de mau humor no Lugar Mais Feliz do Mundo.

Brougham e Winona estavam mais à frente da fila, perto das catracas. Winona parecia bem-humorada e tagarelava com Brougham enquanto remexia na bolsa de pano azul e roxa. A estampa misturava flores, espirais coloridos e Mickey e Minnie em diversas poses. Isso somado ao tênis da Sininho e aos brincos de rosas de cristal, inspirados em *A Bela e a Fera*, me indicava duas coisas: a) gente rica tinha dinheiro demais para gastar à toa, o que nunca deixaria de me causar inveja; e b) Brougham era observador. Ele não tinha levado Winona à Disney por acaso um ano antes. Notara que ela era superfã.

Ser observador era um bom começo. Só precisávamos aumentar a gentileza e diminuir o grude, e quem sabe ele viraria um príncipe da Disney.

Quando passamos pela vistoria mágica de bolsas e pelo alegre raio x de bombas e outras armas, Brougham me mandou uma mensagem.

Pegue os tíquetes da Space Mountain
exatamente agora.

Ele tinha me ajudado a cadastrar nós duas no app da Disney, e pagou pelos passes que nos permitiam marcar o tíquete dos brinquedos direto no celular, assim não precisaríamos ter que ir correndo para as filas. Se tivessem me perguntado, eu diria que isso reduzia em muito a adrenalina do dia, mas *ninguém* me perguntou.

Pronto. Nossa entrada é de 10h45 às 11h45.

Pouco à nossa frente, Brougham discretamente conferiu a mensagem e digitou a resposta.

Pronto.

E lá fomos nós, caminhando pela Main Street, ao som da serenata de uma mistureba de música alegre. O enorme castelo da Bela Adormecida estava à nossa frente, ao longe. No caminho, mandei mensagem para Brooke, sem desviar totalmente a atenção de Brougham e Winona.

Foi mal de novo por hoje.

Passamos por uma barraca vendendo arquinhos com orelhas da Minnie, e Ainsley olhou para eles por um momento longo demais, mas, não disse nada. Por mais que fossem fofas, nenhuma de nós tinha dinheiro para comprar acessórios *tão* temáticos. Nem Ainsley conseguiria alterar aquele arco para incorporá-lo ao guarda-roupa do dia a dia.

Meu celular vibrou.

Tudo bem! Na verdade, eu chamei a Ray para
ir ao cinema comigo... 😣

Desacelerei o passo para me concentrar em respirar fundo. Era meu carma por sabotar Brooke e Jaz. Só podia ser. A vida não seria tão cruel à toa.

— Red Wagon, Red Wagon, Red Wagon, o carrinho de enroladinhos de salsicha — cantarolou Ainsley, saltitando na ponta dos pés, e eu me forcei a me concentrar na tarefa diante de mim.

Não podia surtar ali.

Brougham e Winona já estavam virando à direita, a caminho da Tomorrowland.

— Meu Deus do céu, Ainsley, tá *muito* cedo.

— Nem existe isso de muito cedo.

Eles já estavam se afastando, as cabeças em movimento se misturando à multidão.

— Tá, mas eu preciso seguir em frente. Pode pegar os nossos e me mandar mensagem quando acabar? Aí você me encontra.

— Nossos? — perguntou Ainsley. — Então você também quer um enroladinho de salsicha?

Eu pestanejei.

— Bom, assim, já que vai pegar um para *você*...

Ela abanou a mão.

— Tá, tá bom, vai lá!

Eu não precisava de mais incentivo. Já tinha perdido Brougham e Winona de vista, então comecei a correr, me esquivei por entre famílias, crianças, carrinhos e balões, atravessei a rua pavimentada e passei pelas mesas sob guarda-sóis no Tomorrowland Terrace. Finalmente, os encontrei logo na frente da lojinha Star Traders. Brougham falava alguma coisa com Winona, mas ela estava distraída. Então ele olhou ao redor e, quando me viu, demorou alguns segundos para desviar o olhar e se voltar para ela. A postura rígida dele relaxou.

Eles voltaram a andar, então eu também voltei. Mantendo uma

distância segura para não me notarem, mas não a ponto de perdê-los de vista. Até então, não havia nenhum sinal de perigo. A conversa parecia equilibrada, sem silêncios constrangedores. Winona até chegou a jogar a cabeça para trás de tanto rir uma vez, o cabelo castanho se espalhando pelos ombros. Muito promissor.

Nossa entrada na Space Mountain estava marcada para dali a dez minutos, então fomos até lá. Mandei uma atualização rápida para Ainsley.

Ela apareceu logo que Brougham e Winona entraram na montanha-russa, segurando um palito já quase limpo e um enroladinho de salsicha com uma bela mordida. Foi esse mordido que ela passou para mim, com um gesto gracioso.

— *Ei* — reclamei.

— É a minha taxa de entrega. Ah, Darc, podemos depois ir na Bibbidi Bobbidi Boutique?

— Por quê? — perguntei, mastigando um pedaço de carne e massa frita.

— Quero fazer uma transformação de princesa. Não pude fazer quando a gente era pequena.

— A não ser que eu esteja muito enganada, acredito que tenha limite de idade. Você chegou com uma década de atraso.

Ela fechou a cara.

— Que coisa escrota.

Ofereci mais uma mordida no meu enroladinho de salsicha para consolá-la, e ela aceitou, ainda emburrada. Naquele momento, decidi ser o diabinho no ombro de Ainsley quando passássemos pela próxima barraca de orelhinhas da Minnie. E daí se ela nunca mais fosse usar? Ela merecia o tratamento comercial e capitalista de princesa da Disney que não tivera na infância.

Com a ajuda de Ainsley para acabar meu lanche, logo entramos no corredor vermelho com luzes galácticas piscando nas paredes, enquanto uma voz robótica alertava, com toda a gentileza, que não deveríamos entrar na montanha-russa caso tivéssemos algum problema cardíaco.

Havíamos acabado de chegar ao fim da fila quando meu celular vibrou com uma mensagem de Brougham.

Vou entrar agora

Estou na fila logo atrás. Mando mensagem depois. Tudo certo?

Tudo

Viu? Ele estava bem. Levar Ainsley e a mim até lá para dar segurança tinha sido só um desperdício de dinheiro.

— Como vai o Romeu? — perguntou Ainsley, olhando de trás de mim.

— Está indo superbem. Espero que ele nos libere logo.

— Não me surpreende. Aquele rostinho já dá conta de metade do recado.

— Ainda não consigo entender isso.

Depois da Space Mountain, Brougham nos instruiu por mensagem a ir às xícaras da Alice em Fantasyland. Infelizmente, andar de montanha-russa logo depois de devorar um enroladinho de salsicha não tinha sido a melhor ideia, então eu disse a Ainsley, sem hesitação, que por ora me *recusava* a entrar em qualquer brinquedo que girasse.

O sol estava começando a deixar meu pescoço ardendo, então Ainsley e eu encontramos um cantinho de sombra embaixo de uma árvore. Em poucos minutos lembrei do problema daquele brinquedo. A música "Um bom desaniversário", do filme, tocava mil vezes sem parar em uma espécie de flautinha, aguda, irritante e estridente. Disputava pau a pau o título de música mais chiclete com "Pequeno mundo", de *A Pequena Sereia*. Enquanto isso eu esperava já ter recebido alguma notícia de Brooke, mas nada. Ela provavelmente estava indo encontrar Ray.

Quanto a Brougham, eu tinha cada vez mais certeza de que a coisa estava no papo. A constatação me fez vibrar de orgulho, alegria e alguma coisa ainda mais profunda. Eu tinha ajudado aquilo a acontecer. Tinha contribuído ativamente com um pouco mais de amor no mundo.

Mesmo que fosse para o meu chantagista.

Mandei uma mensagem para ele, que deu uma olhada no celular e logo em seguida o enfiou de volta no bolso. *Caramba. Não há de quê, Brougham, só estou aqui porque você precisava que eu estivesse disponível para conselhos o tempo inteiro.*

Finalmente, chegou a vez de Brougham e Winona subirem nas xícaras. Winona estava falando alguma coisa para Brougham com um sorrisão no rosto, e ele apontou para o volante e aproximou o rosto do dela, respondendo cheio de intimidade.

Eu estava muito orgulhosa dele.

Ainsley e eu fomos até a grade para ver o brinquedo em ação. Já que tinham começado a girar, era bem difícil nos notarem. Ao nosso lado, Alice e o Chapeleiro Maluco — ou, mais precisamente, atores fantasiados — se aproximaram da grade.

Ainsley soltou um grito tão alto que os coitados dos atores pularam de susto.

— Ai, meu Deus do céu, é a Alice! — exclamou ela, e apertou meu braço. — Preciso de uma foto com ela.

Quando acabou o tempo deles no brinquedo, Brougham ajudou Winona, que estava desequilibrada, a sair, e ela pediu licença para ir ao banheiro perto do castelo da Bela Adormecida. Ainsley já tinha voltado da foto, então aproveitei o momento para me aproximar de Brougham, com ela a tiracolo.

— Perfeito, você está mandando superbem.

Ele se recostou em uma cerca de ferro fundido ao redor de uma árvore que parecia pertencer a um livro de contos de fadas.

— Até agora, tudo bem. Mas ainda não falamos do término. É meio esquisito. Tipo, estamos agindo como se sempre tivéssemos sido amigos. Será que devo tocar no assunto?

— Não — dissemos eu e Ainsley ao mesmo tempo.

Brougham arregalou os olhos.

— Tá *bom*.

— Fique *tranquilo* — falei.

— Eu estou *tranquilo*!

— Como quiser. E aí, ainda precisa de mim?

Brougham pestanejou.

— Claro que sim. Não fiz nenhuma merda ainda, mas isso não significa nada.

— Mas o que você espera que, tipo... eu faça?

Brougham voltou os olhos cheios de irritação para Ainsley, achando que ela ia concordar com ele, mas ela só deu de ombros. Ains estava do meu lado.

— Se Winona começar a parecer sufocada, me avise, e me explique como resolver isso — disse ele.

— Você está ótimo o dia todo, Brougham. Acho que está me usando só de segurança. Precisa se acostumar a ficar sozinho com ela.

Ele parecia completamente apavorado com a ideia.

— Não, *não*. Está tudo bem agora, mas não vai ficar bem o tempo todo. Você não entendeu. Eu sempre acho que está tudo bem, até chegar a hora em que ela se sente sufocada por mim. Eu preciso de *ajuda*. Eu vou fazer merda, *sei* que vou.

— Tá, respira — falei.

Era evidente que aquele passarinho não estava pronto para sair do ninho. Registrado.

— Estarei aqui pelo tempo que precisar — acrescentei.

— Valeu, obrigado, mas pode se afastar agora, por favor, porque ela já vai sair.

Dispensadas, eu e Ainsley fomos andando até uma área mais cheia perto da corredeira Matterhorn. Pelo menos dessa vez ele tinha pedido "por favor".

O resto da tarde não trouxe nada de novo. Ainsley e eu acompanhamos Brougham de longe, entrando nos brinquedos atrás dele e lanchando nos momentos livres perto de alguma barraquinha de comida. Até arranjamos tempo para Ainsley comprar orelhinhas cor-de-rosa e purpurinadas da Minnie, e, honestamente, mesmo que tenham custado o olho da cara e um guarda-roupa inteiro da Jenny, não menti quando insisti que valeria a pena. Vendo a expressão dela ao tirar uma selfie com as orelhas, era impossível discordar.

Quanto a Ray e Brooke, fiquei cem por cento tranquila. Só conferi o celular para ver se tinha mensagem algumas dezenas de vezes. Só pensei no que elas deveriam estar fazendo umas duas ou três vezes por minuto, no *máximo*. Quando seguimos para o California Adventure no fim da tarde, eu ainda não tinha recebido mais mensagens de Brooke, e estava otimista. Se alguma coisa tivesse rolado entre elas, Brooke sem dúvida teria me mandado mensagens emocionadas quando estivesse no banheiro ou sei lá. Mesmo se só achasse que existia a *possibilidade* de alguma coisa acontecer, ela teria me contado. Então talvez tivesse sido um encontro totalmente platônico.

Eu e Ainsley só precisávamos aguentar mais umas duas horas até Brougham e Winona reviverem aquele encontro no show de luzes, quando eles teriam um momento romântico, ou Winona pelo menos iria embora com uma impressão positiva de Brougham. Depois, eu poderia voltar para casa e pedir detalhes para Brooke.

Só que quando chegamos às corredeiras tudo desandou.

Começou com Ainsley, que anunciou que precisava ir ao banheiro bem quando nos aproximamos o suficiente para ouvir o movimento da água. Brougham e Winona tinham entrado direto no brinquedo, e a fila estava surpreendentemente curta, então tentei convencê-la a segurar, mas ela insistiu. E, óbvio, nos dois ou três minutos que passamos no banheiro, dezenas de pessoas entraram na fila, o que nos deixou com uns bons quinze minutos de desvantagem em relação aos nossos alvos.

— É melhor não irmos nesse — falei, quando Ainsley saiu do banheiro. — Eles já devem estar acabando.

— Mas é meu brinquedo preferido — disse Ainsley, fazendo biquinho. — Eles ficaram tranquilos o dia todo. Você não pode só mandar uma mensagem para o Brougham e avisar que estamos um pouco atrasadas? A gente merece um *segundo* de diversão tranquila.

Não dava para resistir àquela cara de cachorrinho pidão. Além do mais, o argumento dela fazia sentido. Brougham praticamente só havia usado minha presença para lhe passar confiança até então. Ele não precisava de mim de verdade. Por isso, segui o conselho de Ains e mandei mensagem dizendo onde estávamos. Levamos mais ou menos meia hora na fila, e quando acabamos, encharcadas, cheirando a cloro e tremendo no ar fresco do anoitecer, comecei a sentir uma pontada de culpa. Brougham tinha pagado para a gente acompanhá-lo, afinal. Talvez a gente devesse ter combinado melhor a logística dos meus momentos de folga.

Ainsley foi cantarolando "Um bom desaniversário", distraída, enquanto eu resgatava o celular da mochila à prova d'água dela — e que *sorte* ser à prova d'água, porque tinha molhado bastante — para olhar as mensagens.

Cinco notificações. A mais recente era de Brooke.

Então, agora eu tenho uma namorada.
ME LIGA!?!?!?

Toda minha culpa e preocupação com Brougham evaporaram. Minhas pernas ficaram bambas e meu rosto começou a pinicar. Eu estava atordoada, como se tivesse batido de cara numa porta de vidro que achava estar aberta.

— O que foi? — perguntou Ainsley.

Passei o celular para ela sem dizer nada.

— Merda.

Não consegui responder. Estava tonta. Tinha deixado Brooke de lado para andar atrás de Brougham pela Disney *completamente à toa*, para ficar perseguindo ele e aquela coitada só para dar opiniões *desnecessárias*, e perdi Brooke por isso. Estava perdida. Ela poderia ter sentado ao meu lado no cinema, ter roçado a mão na minha, ter virado para mim em um momento assustador, ter me beijado. Mas não fez nada disso. Porque eu não estava lá, quem estava era Ray. Comecei a ficar ofegante, e meus olhos, marejados.

— Tá, intervalo — disse Ainsley. — Vamos achar um canto para sentar.

— Não — me forcei a dizer, com a voz esganiçada. — Temos que achar Brougham. Temos que...

— Brougham pode esperar. Aqui, destrava o celular. Vou mandar mensagem para ele. Não vamos demorar.

Tinha gente me olhando enquanto eu fungava, com lágrimas escorrendo pelo rosto. Esfreguei a mão fechada nos olhos para tentar me limpar. Eu deveria ser a criança mais velha caindo no choro no meio da Disney.

— Isso pede pão recheado — disse Ainsley, indo na direção do café Pacific Wharf.

Ela deveria ter entendido a gravidade da situação, porque nunca tinha sido fã do pão recheado de lá.

Acompanhando minha irmã, minha guia, fui me arrastando que nem um zumbi, passando pelo muro de tijolo vermelho da padaria Boudin, sem nem mesmo olhar para a vitrine enorme que mostrava os padeiros. Quando eu era pequena, ficava parada ali por horas, hipnotizada pelo pão de casca dourada, e implorava que meus pais nos levassem em mais uma volta lá fora para ver o processo perfeitamente coreografado da produção, da massa ao forno à bandeja. O mero cheiro gostoso de levedura bastaria para me embrulhar em um casulo quentinho. No entanto, apesar da minha barriga ter roncado quando senti o cheiro diante da fachada marrom e azul do Pacific Wharf, do peito para cima eu estava entorpecida.

— Vai ligar para ela? — perguntou Ainsley, quando entramos na fila em frente ao balcão.

— Agora não consigo. Depois, talvez.

— Você sabe quem ela pode estar namorando?

— Sei. Raina, do Q&Q.

— Raina, aquela da cara de buldogue?

Abri um sorrisinho.

— De buldogue?

— Ela está sempre com essa cara.

Ainsley franziu as sobrancelhas e torceu a cara em uma expressão de desgosto dramática.

— É... é, é essa mesmo.

— Viu? Eficiência. Se eu perguntasse "Raina, aquela mais ou menos dessa altura, de cabelo castanho?", a gente teria passado a noite toda nessa. Além do mais, tenho certeza que ela deve ser uma ótima pessoa... para quem a conhece melhor.

— Ela é um *saco* — falei, irritada. — Vive em competição com a Brooke e a desmerece o tempo todo, e nunca ouvi ela falar nem uma única coisa legal. *Nenhuma*.

— Então o que você está me dizendo é que a Brooke inexplicavelmente se apaixonou por uma pessoa com cara de buldogue e personalidade de gato persa?

— ... hum, é, por aí.

— Plausível.

Pelo tom de voz, ela parecia querer dizer "você provavelmente está com ciúmes, e ofendendo a Raina com uma caricatura irredimível para se convencer de que o namoro não vai durar". Era a coisa mais cruel e correta que ela já me dissera. De repente, desejei que o pão dela estivesse dormido.

Pegamos nosso pedido — macarrão com queijo no pão para mim, creme de mariscos no pão para Ainsley — e fomos para uma mesa externa, ao ar fresco do crepúsculo. Em vez de comer, fiquei relendo a mensagem sem parar, como se magicamente fosse encontrar outra coisa escrita da vigésima vez.

— Sinto muito — disse Ainsley, me olhando. — Não posso dizer nada para melhorar a situação. Só, talvez, que namoros de colégio não costumam durar. Conheço só um casal do penúltimo ano da escola que ainda está maravilhosamente feliz. Todo o resto teve crises dramáticas, normalmente perto do vestibular, e... Ah, não, meu bem, não chore.

Não consegui me conter. Brooke estava interessada em outra pessoa, estava namorando outra pessoa, e, mesmo que em parte eu imaginasse que ela nunca fosse sentir aquilo por mim, eu também tinha esperança. Eu era a melhor amiga compreensiva, que a escutava, ria com ela e ficava acordada batendo papo até de madrugada.

Mas ela não tinha me escolhido. Nunca me escolheria. Por mais carinhosa que eu fosse, por mais que arrumasse o cabelo e a maquiagem, por mais que me esforçasse. Era eu, o meu jeito, que não a interessava. Eu não podia *fazer* nada para mudar a situação. E isso me dava a sensação de que alguma coisa em mim era intrinsecamente insuficiente. Solucei e funguei, o choro fechando minha garganta.

Eu ficava feia chorando. Chorava com o rosto todo vermelho, a boca tremendo, os olhos inchados e arroxeados, como se eu tivesse dado com a cara na mesa para testar se era firme.

— Tá tudo bem — disse Ainsley. — Um dia você vai encontrar seu próprio gato persa arrogante.

— Eu... não... quero... um gato persa — solucei. — Quero a Brooke.

— Eu sei. A vida é uma merda.

— E a Brooke vai *casar com ela* — falei, com raiva. — Aposto qualquer coisa que elas vão se casar, porque minha sorte anda nesse nível. Aí elas vão fazer um monte de viagens chiques para lugares com neve, posar de roupa elegante de esqui, e Raina vai pedir ela em casamento no topo da *merda* do monte Everest, e eu vou descobrir tudo no Instagram e precisar fingir estar feliz por elas.

— Que *específico*.

— É minha intuição, tá? E a Brooke vai ficar tão *feliz*...

— É, foda-se ela, né? — disse Ainsley, inexpressiva.

— ... e ela nem vai sentir saudade de Austin e Ally.

— Quem são Austin e Ally?

— Eram os nomes que a gente daria para nossos filhos gêmeos.

Enfiei o garfo com força no macarrão duas vezes.

— Não, como sua irmã, eu nunca te deixaria dar o nome de um casal televisivo para seus filhos, é *absurdamente* escroto e bizarro.

— Até lá, fazer isso já seria fofo e nostálgico, mas quer saber? Não faz diferença, porque agora Austin e Ally *morreram*.

— Pesado.

Esfreguei o nariz com o dorso da mão.

— Isso está tudo *errado*. Odeio tudo.

— Eu sei. Come um pouco de macarrão.

Eu comi, e estava uma delícia do cacete, mas não resolveu nada. Só deixou minha garganta grudenta.

— Talvez a gente deva ir para casa logo — sugeriu Ainsley. — Você está com uma cara horrível, e não quero voltar muito tarde. Será que Brougham vai se incomodar?

Brougham.

De repente, lembrei das outras mensagens no celular. Li nossa conversa. Tinha a minha avisando que estávamos atrasadas nas corredeiras. Uma dele dizendo que tudo bem. Outra com a localização dele. Uma terceira perguntando se a gente já tinha saído. Uma quarta falando que as coisas estavam meio esquisitas com a Winona mas ele não entendia o motivo. Uma quinta, com a localização de novo, implorando ajuda. Aí uma resposta de Ainsley, falando que a gente precisava parar para jantar — ela obviamente não tinha lido as mensagens dele. E, finalmente, uma última de Brougham.

Winona acabou de me largar.

Parei de chorar ao ler a mensagem dele, e toda a minha tristeza foi substituída por culpa, raiva e frustração.

— Merda, tá de brincadeira comigo? — sibilei, antes de pegar a bandeja da comida e batê-la com força na mesa. — POR QUE O AMOR MORREU?

Todo mundo ao redor me olhou. Alguns pais olhavam nervosos de mim para seus filhos preciosos e inocentes. Fiz uma cara horrível para eles.

— Não me culpem! Não fui eu quem *assassinou o Cupido*!

— Tá, vamos nessa — disse Ainsley, toda animada, pegando meu braço e me arrastando, no meio do meu discurso furioso sobre a injustiça de tudo, para longe do café antes que alguém chamasse os seguranças.

nove

Já estava quase no horário do jantar para pessoas normais, e ao nosso redor os restaurantes estavam lotados de clientes nas mesas e de pessoas passando, o lugar todo iluminado por luzes alaranjadas e quentes. A música dos vários parques se misturava naquele cruzamento, uma mescla de flautas e trompetes, abafada pelo ruído de centenas de desconhecidos. Ainsley e eu nos acotovelamos entre várias famílias paradas bem no meio da calçada, abrindo caminho pela ponte para voltar à entrada do Pixar Pier.

Perto das luzes intermitentes do letreiro, Brougham estava de braços cruzados, recostado na base de pedra de um poste enorme de inspiração vitoriana. Atrás dele, luzes de todas as cores piscavam refletidas na água escura sob o píer.

Deixei Ainsley para trás e fui até ele sem dizer nada. Apoiei os cotovelos no parapeito de metal rebuscado e ornamentado da grade, de frente para a água.

— Sinto muito — falei.

— A gente não brigou nem nada — disse ele, com a voz controlada.

Virei para o mesmo lado de Brougham e recostei na grade.

— Ah, é?

Eu esperava que ele tivesse mencionado meu sumiço, mas ele devia ter preocupações maiores no momento.

— É. Foi só azar. A gente estava ficando sem assunto, e ela começou com aquela coisa de resposta monossilábica, aí esbarrou em umas amigas, e elas queriam ir a alguns brinquedos juntas, e tal. Ela perguntou se tudo bem por mim.

— O que você disse?

— Que tudo bem, claro. O que mais eu diria?

— Está mesmo tudo bem?

— Com certeza. Ela pode fazer o que quiser.

O tom dele me parecia um pouco positivo demais. Ele encontrou meu olhar, e uma pitada de incerteza tomou seu rosto.

— Você acha que fiz alguma coisa errada? — perguntou.

A resposta realista era: "É difícil dizer, de onde eu estava não pude ouvir nada", ou "Talvez. Reatar um namoro é sempre um campo minado", ou "Não me surpreenderia, a julgar pela experiência que tive com você e pelo que imagino que seja namorar você".

No entanto, nenhuma daquelas respostas seria construtiva no momento, e, apesar de ele estar fingindo muito bem, senti que estava magoado. Por isso, falei:

— Não, tenho certeza que foi só isso mesmo. Ela encontrou as amigas, queria ficar um pouco com elas. Não tinha o que fazer.

— Certo. É normal querer passar um tempo com os amigos.

— … É — falei, mas hesitei uma fração de segundo a mais.

Ele suspirou.

— Você acha que é mau sinal, né?

— Assim… por um lado, você está certo, é totalmente normal querer curtir com as amigas…

— Mas, se gostasse de mim, ela não iria querer fazer isso.

Escolhi as palavras com cautela.

— Mas é falta de educação simplesmente sair assim no meio do passeio. Ou ela está fazendo joguinho com você ou…

— Não está tão interessada.

— Por aí.

— O que você acha que é?

— Eu? Não conheço ela. O que sua intuição te diz?

Ele virou para olhar o píer abaixo. O olhar dele acompanhou a montanha-russa, subindo e descendo no ritmo dos gritos distantes de pavor.

— A segunda opção.

— Sinto muito.

— Eu não sinto — disse ele, um pouco rápido demais. — Tudo bem. Nosso dia foi legal, e, se ela quiser ser minha amiga, já é melhor do que sermos inimigos. Não posso forçar ela a se apaixonar por mim. E, se ela não está interessada, não teria dado certo de qualquer jeito.

Olhei para Ainsley, do outro lado do píer, e ela deu de ombros, me questionando. Levantei o dedo. *Um segundinho.*

— Assim, não é que a gente tivesse um romance grandioso e épico, nem nada — continuou ele, para ninguém em específico. — Tipo, imagina só, ela fala mal das melhores amigas o tempo inteiro, e se eu *ouso* concordar com ela em algum momento entre as duas horas que passou xingando todo mundo, ela vai e conta para as amigas tudo o que eu falei, e as garotas ficam contra mim! Que merda é essa? Por que eu *quero* namorar ela?

Distanciar e desmerecer. Ele se sentiria retomando o controle se fosse ele a não querer *ela*. Clássico.

— Ah, mas *agora*, agora ela quer *desesperadamente* passear com a Kaylee e a Emma. As mesmas Kaylee e Emma que, segundo ela, parecem duas histéricas na Space Mountain, mas, olha, não é problema meu. Ela faz o que quiser, né?

— É — respondi, para fingir que era uma conversa, e não um desabafo unilateral.

— Só estou dizendo que não sou o único que tem defeitos aqui.

Não vou me humilhar e implorar para ela gostar de mim. Não é como se eu tivesse feito algo *horrível* com ela.

— Bom...

— Assim, posso não ser perfeito, mas nunca teria feito mal a ela, nem deixado ninguém fazer mal a ela, por nada. Cansei de sentir que fui eu quem fodeu nosso relacionamento todo. Ela é tão responsável quanto eu.

Era mesmo fascinante. Mesmo em crise, Brougham conseguia manter a expressão quase inteiramente impassível. Se não fosse por um tremor ocasional no canto da boca, ele poderia muito bem estar só comentando o nível de umidade no ar.

— Você está magoado — falei, simplesmente.

Ele fez um barulho de desdém.

— Ah, não. Eu tô puto.

— E magoado.

— É preciso se importar para se magoar — disse ele.

— E você não se importa?

— Não. Como eu disse, tá tudo bem. Estou *feliz* por ela ter vazado. Me poupa de perder mais tempo e energia à toa.

Como dizem: quem desdenha quer comprar.

— Então tudo bem.

Ele levantou a cabeça bruscamente e virou para mim com o olhar duro.

— Pode ir agora. Não adianta ficar, a não ser que queira se divertir com sua irmã. Sei que você nem queria estar aqui.

E aí estava. Por um momento, eu tinha achado que não daria em nada ter perdido Brougham e desaparecido na hora em que ele precisou de mim.

— Eu sei que fiz merda. Me desculpa. Foi uma péssima hora.

A única indicação de irritação dele foi um muxoxo.

— Não foi só no final. Você sumia o dia todo.

— A Disney é muito grande — falei, mas era um argumento fraco. — E acho que senti que você não precisava de mim.

— Bom, da próxima vez, se você achar que não adianta de nada, não precisa nem vir. Eu não te obriguei, sabe. Mas você falou que viria, então eu contei com isso.

Aí, não. Isso foi injusto.

— Bom, para começo de conversa, chantagear alguém deixa, sim, a pessoa se sentindo bastante obrigada a fazer tudo que você pede, mesmo que você diga que ela pode recusar.

Ele franziu a testa e abriu a boca.

— Do que você tá falando?

— ... Que você me chantageou.

— Claro que *não*!

— Claro que sim! Você falou "Ah, eu detestaria ter que contar para todo mundo na escola quem você é" — falei, com a generosidade de imitar o sotaque para ajudá-lo a lembrar.

— Você está distorcendo minhas palavras. Eu falei que achava que você ia preferir manter segredo. Tipo, não se preocupa, não vou espalhar para todo mundo que você está me dando uns conselhos!

Eu hesitei, de repente tão chocada quanto ele. Era isso... não, não era isso que ele tinha falado. Era? Ele disse... o que ele falou naquele dia tinha uma vibe, enfim, tinha sido... mas, por outro lado, ele não tinha me ameaçado desde então. Nem um pouco.

— Bem que eu achei que você tinha ficado escrota comigo do nada — acrescentou Brougham, cruzando as mãos atrás do pescoço e balançando a cabeça.

— Pois é, porque achei que você estivesse me ameaçando.

Brougham esfregou a boca e o queixo com a mão.

— Não era essa a impressão que eu queria passar.

Eu não sabia mais o que pensar. Estava com dor de cabeça. De repente, não sabia mais quanto do meu comportamento com ele tinha sido justificado. Fiquei corada ao notar.

— Acho que foi só um mal-entendido — falei, baixinho.

Ficamos em silêncio enquanto eu tentava relembrar nossas conversas, para entender melhor.

— Desculpa por ter ficado distante hoje — falei. — Acho que eu estava meio rancorosa, porque me senti obrigada, aí tudo deu errado, e...

Parei de falar quando senti um nó na garganta.

— Ei, o que houve?

A voz dele era surpreendentemente gentil, considerando que ele tinha todo o direito de estar chateado comigo.

Abanei a mão, como se dissesse "deixa pra lá".

— Não quero falar disso agora. Só... foi um dia difícil. Desculpa.

Enquanto eu respirava fundo para me recompor, Brougham continuou a me olhar.

— É, meu dia também não foi dos melhores. Acho que vou para casa. Cansei daqui.

A questão era que eu não sabia se acreditava nele. Se eu estivesse certa no meu diagnóstico de apego ansioso, isso significava que, quando Brougham se fechava, na verdade ele queria que alguém o encorajasse a se abrir. Se afastasse as pessoas, era porque queria que se aproximassem.

Felizmente, Oriella me ensinou exatamente o que fazer numa situação dessas. E eu ensinei a *outras* pessoas o que fazer numa situação dessas.

— Pra ser sincera — falei —, tudo que eu quero é comer umas besteiras, ir em mais uns brinquedos e passar uma hora sem me preocupar com porra nenhuma.

— Então faz isso.

Olhei para Ainsley. Ela tinha perdido interesse em nós dois e estava mexendo no celular, recostada em uma lixeira do outro lado da ponte.

— Eu faria, mas Ainsley está querendo voltar para casa.

— Ah.

Brougham cambaleou para a frente e para trás, como se refletisse sobre alguma coisa. Enfim, deu de ombros.

— Se Ainsley quiser voltar agora — falou —, eu posso te dar uma carona mais tarde?

Abri um sorriso lento.

Quarenta minutos depois, eu e Brougham estávamos sentados um de frente para o outro em um vagão da Pixar Pal-A-Round, meu brinquedo preferido da Disney, e a distração perfeita. Porque a Pixar Pal-A-Round, ou "Roda do Mickey", como eu e Ainsley a chamávamos na infância, estava mais para uma montanha-russa emocionante disfarçada de roda-gigante calminha. Pelo menos se você escolhesse um vagão que se mexia. E, na minha opinião, era a única escolha possível. Basicamente, a gente ia subindo com calma, olhando para as luzes e pessoas lá embaixo, até que o vagão deslizava com tudo vários metros para baixo, como se fosse nos matar de repente, e balançava de um lado para outro com a inércia da queda apavorante.

Parecia que Brougham nunca tinha ido na Roda do Mickey, porque a queda repentina o pegou de surpresa. Da primeira vez que descemos, ele gritou como se tivesse sido jogado de uma janela. Quando o vagão parou de balançar — ou, pelo menos, de balançar com tanta *violência* — ele virou para mim, com os olhos arregalados e acusatórios, como se eu o tivesse enganado.

— Não gostou? — perguntei, no meio de uma crise de riso.

Ele tirou um momento para recuperar o fôlego, com as costas

grudadas na grade, e as mãos espalmadas nos dois lados do vagão enquanto a gente balançava.

— Isso não é seguro, não é seguro, quero descer.

— É a Disney, é seguro.

— Teve gente que já *morreu aqui!*

— Grita um pouco mais alto, acho que algumas das criancinhas ali não te escutaram.

— É tarde demais para descer?

— Provavelmente. Mas você vai se acostumar com o balanço, prometo.

Ele não pareceu acreditar. No entanto, aos poucos, me provei certa. Na terceira briga com a gravidade, Brougham já estava gritando só uma vez por queda. Tinha se acalmado o bastante para puxar um assunto que aparentemente queria muito discutir.

— Ei, então. Sabe quando você falou, mais cedo, que usar silêncio como arma é um comportamento abusivo? — perguntou. — Eu acho que é complicado.

Eu sorri e afastei uma mecha de cabelo esvoaçante dos olhos.

— Talvez não tão complicado assim.

Ele olhou para o parque abaixo de nós ao falar.

— Mas é, sim. Eu nunca sabia quem estava errado, se era eu ou Winona. Mas às vezes… quer dizer, acho que muitas vezes… eu sentia ela se afastar. E eu tentava *muito* não surtar, porque *sabia* que ela me achava grudento, e a última coisa que eu queria era que ela se afastasse ainda mais, mas não importava o que eu fizesse, ela só ficava mais quieta, até me ignorar completamente por uns dias. Uma vez, foram duas semanas. Era como se eu nem existisse, sabe? Aí eu entrava numa neura, tentando me controlar de todas as formas para não ir atrás, mas no fim me convencia de que ela estava prestes a me largar e arranjava um pretexto aleatório para mandar mensagem ou ligar, só que ela ignorava isso *também*, e eu me culpava por ficar em cima e invadir o espaço dela. Eu nunca sabia o que fazer. E todo mundo ao meu redor dizia, cara, *relaxa*, ela não tem que ficar te dando atenção todo segundo, você não é dono dela. E eu falava, pô, não quero ser dono de ninguém, juro, mas é que… não é normal querer falar com sua namorada *uma vez* em duas semaNAAAAAAAAAAAAAAAAAS?

Nosso vagão caiu de novo, e Brougham imediatamente se segurou na grade de metal. Tentei conter a minha gargalhada de prazer com o frio na barriga da queda. Por um lado, era uma conversa séria. Por outro, o que eu podia fazer se ele resolveu puxar um assunto tão sério no meio de um brinquedo de um parque de diversões?

Quando Brougham voltou a respirar normalmente, e o balanço diminuiu, ele continuou, destemido:

— Aí toda vez ela voltava, como se nada tivesse acontecido, e dizia que só estava ocupada. E, por um lado, eu me odiava por ser tão carente sendo que ela estava só tentando cuidar da própria vida. Mas aí eu me perguntava o quanto ela de fato gostava de mim se não arranjava trinta segundos para responder uma mensagem nas duas semanas de férias.

A última frase foi dirigida a mim. Ele mordeu o lábio e deu de ombros. Não era uma pergunta, mas definitivamente parecia um pedido de conselho.

— Não parece que ela estava querendo ser cruel com você — comecei. — Tipo, não acontecia depois de uma briga, ou para você ceder a uma exigência, nem nada disso, né?

Algo estranho passou pela expressão de Brougham.

— Não, não mesmo — disse ele. — Ela não fez nada de errado. Não era isso que eu quis dizer. Eu *sei* que quem estava sendo carente era eu, e que *óbvio* que tudo bem tirar um tempo para si. Ela não me devia…

— Olha — interrompi. — Também não é assim. Na realidade não é absurdo pedir que sua namorada se comunique com você.

Pela cara dele, parecia até que eu tinha acabado de contar que o mar era de chocolate quente, e a grama, de bala de menta.

— Talvez ela tenha o direito de estar ocupada — falei —, mas, ao entrar num relacionamento com alguém, você se compromete a respeitar a pessoa. Ela poderia ter comunicado a você que as coisas estavam caóticas. Poderia ter dito quando as coisas voltariam ao normal. Na sociedade ocidental, sabe, a gente valoriza *muito* a independência. Mas você não está errado de querer proximidade. Você não estava sendo grudento, nem magoando ninguém. É que suas necessidades estavam sendo negligenciadas.

Ele estava com as mãos lívidas de tanto apertar a grade e nem percebeu.

— Ela não é má pessoa.

— Eu sei. Mas você também não.

De repente, os olhos dele ficaram marejados, e ele rangeu os dentes. Pelo visto, algo que eu disse mexeu com ele. Será que Alexander Brougham costumava ouvir aquilo? *Você não é má pessoa.*

Brougham era confuso. Não dava para acreditar que o mesmo cara que andava por aí com um nível irritante de arrogância, que proclamava ser um bom partido e intimidador, e que sabia tudo de paquera, pudesse ao mesmo tempo ser tão vulnerável e inseguro.

Ele inclinou a cabeça para trás e respirou fundo, como se estivesse tentando puxar as emoções de volta para o esconderijo.

— E aí, o que eu faço agora, chefe?

Existia só uma opção, para nós dois.

— Bom, não tem muito a fazer além de sentir.

Ele ergueu a sobrancelha.

— Sentir?

— Extravasar — falei, e levantei as mãos. — Dizer "porra, que *merda*".

Porque era basicamente isso mesmo. Uma grande merda.

Brougham me encarou.

— Você quer que eu grite "Porra, que merda" no meio da Disney? O Lugar Mais Feliz do Mundo?

Bom, não precisava ser *assim*.

Bem ao nosso lado, a montanha-russa Incredicoaster subiu com tudo, e as pessoas nos vagões soltaram gritos apavorantes, condenadas ao seu inevitável destino bem no meio do tal Lugar Mais Feliz do Mundo. Estávamos tão alto que o vento forte carregava nossas palavras embora assim que saíam da boca, nos obrigando a conversar aos gritos. Por mais estranho que fosse, era a maior privacidade possível num lugar daqueles.

— Tem gente demais gritando, ninguém vai te ouvir. Para de enrolar. Vai nessa!

Brougham olhou ao redor — para o ar, aliás — e se ajeitou no assento.

— Que merda — murmurou.

— Que *merda*! — falei, amarga, carregando todo o veneno que sentia por ter sido arrastada para longe de Brooke naquele dia, por Ray ter aparecido, pela minha total incapacidade de resolver minha própria vida amorosa.

— Que merda — repetiu Brougham, um pouco mais alto.

— QUE MERDA! — gritei, me levantando para dar ênfase.

O vagão escolheu aquele instante para se inclinar e descer até o fim, então eu berrei de pavor.

— NÃO, SOCORRO, DEUS — gritei, me agarrando à grade perto da porta.

Meu corpo foi jogado contra o assento, e eu caí para trás, toda torta no banco. Quase certamente tinha machucado a bunda, e talvez uma parte das costas, ao bater na grade do vagão.

— Opa! — disse Brougham.

Ele levantou com as mãos esticadas e a cara assustada, mas eu fiz um gesto para ele deixar pra lá, gargalhando tanto que caí do assento para o chão, com os joelhos levantados, enquanto o vagão se sacudia violentamente de um lado para outro.

— QUE MERDA — gritei de novo, virada para o teto.

Brougham voltou a sentar e balançou a cabeça para mim, até que, surpreendentemente, abriu um sorriso. Um sorriso de verdade, sincero, juro por Deus. Talvez eu fosse a primeira pessoa a ver aquilo. Não teria ficado tão impressionada nem com meu próprio filho dando os primeiros passos.

— *Que merda!* — exclamou Brougham, quase gritando.

— Mais alto.

— QUE. MERDA.

Ele bateu com as duas mãos no banco, e eu aplaudi, ainda caída no chão.

— Sabe o que mais é uma merda? — perguntei.

Brougham esticou a mão e me ajudou a voltar ao assento.

— O quê?

Minha gargalhada foi morrendo, e minha voz saiu esganiçada.

— Estou apaixonada pela minha melhor amiga. E ela arranjou uma namorada.

— Peraí, a Brooke?

Fiz que sim.

— Porra, Phillips, que merda *mesmo*. Estamos os dois ferrados.

Eu ri, a contragosto.

— Não, você está menos ferrado. Você tem minha ajuda, e a gente ainda não acabou. Que tal...

— Na real, preciso de um tempo para pensar.

Minha primeira reação foi surpresa. Então passou para uma certa ofensa. Como assim? Um erro e já era? Eu não tinha dito que eles precisavam reatar a amizade primeiro? Ele achava que eu não valia o dinheiro só porque eles ainda não estavam se agarrando apaixonados na Roda do Mickey?

Pior ainda, pior do que sentir aquilo, era a vozinha assustada na minha cabeça que sussurrava: *Ele está certo*. Eu tinha fracassado. Eu não era Coach Pris, não era Oriella.

Se eu pudesse olhar para meu próprio rosto naquele momento, com certeza veria o desânimo estampado. Brougham só precisou me olhar de relance para logo acrescentar:

— Estou muito agradecido por tudo que você fez. E, honestamente, estou impressionado. Você é ótima nisso. Melhor do que eu esperava — falou, e deu de ombros. — E não quis dizer que vamos deixar pra lá. Mas queria talvez... uma pausa?

Tá. Bom, era compreensível. Porque, depois de ouvir Brougham falar do namoro com Winona... Digamos que, se ele quisesse minha ajuda, eu ajudaria, e faria meu *melhor*. Mas eu não poderia afirmar com todas as letras que achava os dois a combinação mais saudável. Talvez estivesse errada. Eu provavelmente não sabia de muita coisa. Mas sabia de algumas.

Se Winona fosse como Brougham descrevera, uma pessoa que se afastava e ficava quieta quando se sentia sufocada, se fechando emocionalmente, imune às súplicas dele por afeto e empatia, eu diria que ela era do tipo evitativo. E, francamente, fazia sentido. Os ansiosos e evitativos muitas vezes se encontravam. Talvez porque os altos e baixos dessem a sensação de amor. E talvez porque as pessoas amassem o que lhes era familiar, e encontrar alguém inerentemente inadequado para elas reforçava todas as impressões negativas sobre relacionamentos a que já estavam habituadas e que lhes traziam conforto: que se sentiriam sufocadas e sem independência, ou machucadas e sozinhas.

Uma pessoa de apego ansioso que temia rejeição e uma pessoa de apego evitativo que temia ser consumida pela intimidade acabariam constantemente devastando uma à outra, a não ser que as duas se esforçassem muito para entender seus gatilhos e aprender técnicas para lidar com a questão. Enfim, se Brougham quisesse que o namoro com Winona funcionasse, os dois precisariam desconstruir suas perspectivas. E, do meu ponto de vista, ela não parecia exatamente estar atrás de ajuda para reavivar o romance.

No entanto, não era hora de jogar essas hipóteses todas nele. Por isso, apenas me inclinei para a frente e apoiei os cotovelos nos joelhos quando a roda nos trouxe de volta ao ponto de partida.

— Bom, se um dia você decidir tentar de novo, sabe onde me encontrar.

dez

Querido Armário 89,

Sou eu de novo. Você me ajudou muito da última vez, muito obrigada pelo conselho. Tive dificuldade de escrever esta carta porque, de um jeito meio estranho, parece que você me conhece, e está torcendo por mim. Espero que isso não mude.

Tenho uma confissão a fazer. Sabe a garota sobre a qual escrevi da última vez? Ela agora é minha namorada (aiin!), mas escondi um segredo dela. Ano passado, nós duas competimos pela mesma coisa (não quero explicar o que foi, para não me entregar), e eu queria tanto ganhar que fiz uma barbaridade. Em suma, manipulei os votos para ganhar. Isso foi antes de gostar dela. O problema é que contei isso para uns amigos essa semana (não aguentei de tanta culpa), e não é que eu ache que vão me dedurar... É que eu sei que, se dedurassem, ela nunca me perdoaria.

Acho que a pergunta é: você acha que eu mesma devo contar para ela? Morro de medo da reação dela, mas tenho ainda mais

medo que ela descubra por outra pessoa. Só... por favor,
me diga se você acha que estou cometendo um erro horrível.

Obrigada,
rayo_de_sol001@gmail.com

A carta, que me fez ficar roxa de raiva, estava escondida na gaveta da escrivaninha no meu quarto, embaixo de três livros da escola.

No momento, eu estava sentada na cama de Brooke, imóvel, de olhos fechados e cabeça levantada, enquanto ela acabava de me maquiar, a mão quente apoiada na minha testa.

— Hora da sombra — dissera ela, dez minutos antes, pegando a maquiagem.

Por mais patético que fosse, eu tinha ficado emocionada de ouvir aquelas palavras, porque significava que eu teria bons dez minutos de atenção dela.

Assim que ela me deixou abrir os olhos, eu pisquei e dei de cara com Ray. Ela estava segurando um babyliss, metodicamente enrolando o cabelo e fazendo cachos bem apertados. No entanto, pegava as mechas muito no alto, deixando o topo da cabeça com um formato quadrado e torto. Eu poderia oferecer ajuda, mas, depois *daquela* carta, não estava me sentindo nada generosa. Se ela quisesse ir à festa com o cabelo encaracoladinho no estilo século XIX, não era problema meu.

Ela estava tranquila e alegre. Se eu tinha vacilado e demonstrado meu desprezo em algum momento da tarde, nem ela nem Brooke haviam notado. Pelo menos, não mencionaram nada.

Me perguntei como ela reagiria se soubesse que sua carta estava no meu quarto. Se assim notaria minha expressão.

Satisfeita com minha maquiagem, Brooke foi ajudar Ray a se arrumar, e de repente senti minha testa mais fria na ausência de sua mão.

A gente tinha mais ou menos meia hora até que a mãe de Brooke nos levasse à casa de Alexei para uma festinha de clubes LGBTQIAP+ de várias escolas, organizada pelo Q&Q. É claro que, quando Brooke perguntou se eu ia me arrumar na casa dela, eu soube na hora que Ray também ia. Ray parecia ter ganhado um ingresso VIP para absolutamente tudo que eu e Brooke fazíamos juntas. Já tinha ido parar até na *minha* casa mais de uma vez sem que eu a convidasse. Desde que elas começaram a namorar, só encontrei Brooke sozinha uma vez. *Uma* vez. Na escola, lá estava Ray. Depois da aula, se não fosse trabalhar, Brooke saía com Ray. Nos fins de semana, era lição de casa e Ray.

Normalmente, eu fazia de tudo para me manter otimista e acreditar que aprenderia a gostar de Ray, e dizia a mim mesma que deveria ficar feliz porque nossa duplinha tão especial tinha crescido e virado um trio.

No entanto, nada disso estava nem perto de acontecer. Porque eu tinha acabado de descobrir que Ray era uma bruxa do mar, uma sereia, uma maldita chupa-cabra. Me concentrei em respirar, porque, à tarde, tinha pedido a Deus que me desse a serenidade para aceitar as coisas que não podia mudar, e a aceitação envolvia respiração lenta e meditativa.

Sentada na cama, Ray fez beicinho na frente do espelho e ofereceu o babyliss para Brooke.

— Pode fazer para mim, por favooooor?

Brooke revirou os olhos, mas com carinho.

— Você sabe que eu amo uma mocinha desamparada — murmurou, pegando o babyliss.

Ela passou os dedos pelo cabelo acastanhado de Ray, sacudindo os cachos devagar, sedutoramente, de um jeito que gritava sexo.

Desviei o olhar, constrangida, sabendo perfeitamente que, se eu não estivesse ali, elas estariam se agarrando. E que provavelmente era o que preferiam fazer. Aproveitando que a maquiagem estava pronta, peguei minha roupa e fui me esconder no banheiro para me trocar. Outra coisa irritante de Ray se meter em literalmente tudo: eu não me sentia confortável de trocar de roupa na frente dela.

No banheiro, coloquei o vestido da noite — um troço turquesa armado que eu tinha comprado na Jenny's por causa da manga três-quartos e que Ainsley ajustara na cintura para deixar a saia mais rodada — e arrumei o cabelo com privacidade, para não ter que ficar mergulhada na energia bizarra de casal que Brooke e Ray emanavam. Queria que Ainsley estivesse ali, tinha implorado para ela ir — afinal, ela era a fundadora do clube. Mas ela preferiu sair com uns amigos da faculdade e ainda fez questão de comentar que aquela festa nem se compararia à que tinha organizado no ano anterior, porque a festa *dela* tinha um pula-pula em formato de castelo — o que na verdade só me fez acreditar que ela estava mais chateada do que queria admitir por ter outro compromisso. Pelo menos havia me emprestado o carro; disse que não tinha a menor intenção de ficar sóbria para dirigir.

Quando finalmente voltei ao quarto, Brooke e Ray estavam se beijando. Elas pararam na hora, cheias de risadinhas, e voltaram a arrumar o cabelo de Ray como se eu nem estivesse ali. Fui até a mesa de Brooke e peguei meu celular, enquanto Ray começava a contar uma história sobre um aluno do último ano que Brooke parecia conhecer, mas eu não. Depois, revirei a coleção de perfume de Brooke e borrifei um deles, enquanto ela pedia a Ray para não deixá-la virar nenhuma dose. Depois, rabisquei em um pedaço de papel enquanto Ray convidava Brooke para um churrasco de família no fim de semana, e, *fala sério*, não era falta de educação convidar uma pessoa para um evento na frente de outra que *não* seria convidada?

Tentei não ficar com a cara tão amarrada e mexi no celular. Já estávamos com dez minutos de atraso. A mãe de Brooke provavelmente estava lá embaixo nos esperando. Levantei e me espreguicei. Isso, finalmente, chamou a atenção de Brooke e Ray.

— Estamos prontas? — perguntei.

Brooke e Ray se entreolharam, e o olhar era *carregado*. Era um olhar que dizia alguma coisa a meu respeito, e provavelmente algo que eu não ia curtir.

— A gente ainda nem se calçou — falou Brooke, meio resmungando.

— Tá, legal — respondi, e se instaurou um climão.

— Bom — falou Brooke, rindo de leve, e virando para Ray. — Melhor a gente se calçar, né?

Mais um *olhar* que não me incluía.

A noite ia ser uma diversão que só, hein...

Brooke tinha me esquecido de novo.

Finalmente tínhamos conseguido um momento a sós, sem Ray cruzando os braços com ela ou agarrando seu pescoço como se fosse enforcá-la, ou arrastando os dedinhos nas costas dela. Mas bem nesse momento Brooke pediu licença para ir ao banheiro. Disse que já voltava, então fiquei no mesmo lugar, perto da janela da sala de Alexei, meio disfarçada na cortina. Até que vi Brooke voltar do banheiro, rebolar ao som da música pop estourando na pista, atravessar a sala mal-iluminada, encontrar Ray conversando com Jaz e uma outra garota, e entrar na conversa delas.

Aquilo já era esperado, mas ainda assim foi um tapa na cara.

Dei uma olhada na sala, procurando alguém com quem conversar. Eu já tinha dado a volta por ali um bilhão de vezes, e estava cansada de me meter em conversa alheia. Meu primeiro impulso era procurar Finn, mas ele tinha sumido com um ruivo baixinho fazia uns vinte minutos.

Ray riu de alguma coisa que Brooke disse. O rosto dela estava todo iluminado e suave. Ela parecia tão inocente, ali à meia-luz. Nem parecia que tinha trapaceado para ganhar uma eleição e escondido isso da sua oponente mesmo depois de começar a namorar com ela.

Que pena que eu sabia da verdade. Que pena para Ray. Que pena para Brooke. Que pena para mim. Porque eu sabia que Ray não merecia a Brooke, sabia com uma certeza feroz. Ray tinha magoado Brooke, roubado algo dela, e não fizera nada para consertar.

Mesmo na carta, ela não tinha certeza sobre o que fazer. O único motivo para querer confessar era se poupar da vergonha caso o segredo viesse à tona por outra pessoa. Ela não queria confessar por Brooke. Se amasse Brooke, nem haveria dúvida.

Mas o que eu poderia fazer com informações que não deveria saber?

Desviei o olhar de Brooke e girei o copo vazio, então fui até o sofá ocupado e desabei num canto. Errei a mira e acabei esbarrando em Hunter, amigo de Finn e Brougham. Finn tinha levado Hunter e Luke para a festa porque, segundo ele, eram aliados, mas eu desconfiava que fosse porque gostavam de farra mesmo.

— Ah, foi mal — falei.

— Tranquilo — disse Hunter, distraído, dando licença para eu sentar.

Ele estava debruçado nos joelhos, segurando o celular para baixo enquanto digitava uma mensagem. Dei uma espiada na tela, e já estava ficando altinha, porque só depois de ler a mensagem toda percebi que talvez estivesse sendo inconveniente.

> tô na festa com luke e finn, te mando
> mensagem quando chegar em casa.
> mal posso esperar pra te ver amanhã.
> pensando em você ♥

Hunter enfiou o celular no bolso e pulou do sofá para dar um tapinha nas costas de Luke. Eu nem tinha notado que Luke havia se aproximado, por causa da pouca luz e daquele monte de gente. Devia ter umas trinta pessoas só naquela sala.

— E aí, o Finn tá no quintal — disse Luke.

Eu não escutei a resposta de Hunter, e eles viraram as costas e foram embora, me deixando sozinha no sofá.

Ele nem se despediu. E eu já achando que éramos colegas de sofá.

Também me perguntei se ele era o cara que tinha chamado a namorada de surtada numa das cartas. Se fosse, esperava que Finn e Brougham não deixassem isso passar se ele falasse em voz alta. Por outro lado, pelo menos ele teve a capacidade de aprender. A mensagem dele não poderia ter sido mais adequada para acalmar um sistema de apego ativado nem se eu mesma tivesse escrito. Pensar nisso me animou um pouco, apesar do mau humor.

Ainda assim, não tinha energia emocional para nada além de ficar ali sentada, observando.

Foi o que fiz. Observei Brooke e Ray entrarem em algum tipo de competição de bebida, com Jaz de juíza.

Observei Alexei no papel de *host*, participando de várias conversas e mantendo a sala relativamente limpa e arrumada, o que era compreensível, já que os pais delu estavam logo ali no segundo andar. Claramente poderiam ganhar um prêmio de "pais mais relax", mas com certeza não gostariam nada de encontrar a casa destruída, e não era como se Alexei fosse conseguir fazer uma faxina rápida para esconder as provas se as coisas fugissem do controle.

Observei Finn vir do quintal, olhar a sala devagar e meio que andar sem rumo, cambaleante, pelo corredor. Ele poderia estar a caminho do banheiro, mas estava meio... esquisito. Como eu não tinha mais nada para fazer, fui atrás dele, em parte por preocupação, e em parte por curiosidade. Ele avançou pelo corredor sem pressa, admirando as fotos de família penduradas na parede, o teto e os próprios pés. Parou na frente do banheiro, olhou para dentro e continuou a andar. Encontrou uma porta, abriu, entrou e deixou aberta.

Olhei lá dentro. Esperava que fosse encontrar mais alguém ali, mas só tinha Finn, girando devagar no meio do cômodo, em um tapete felpudo cor de creme. O lugar era uma espécie de segunda sala/escritório, com uma escrivaninha pesada de madeira escura, uma estante que ia até o teto e ocupava meia parede e um conjunto de sofá e poltrona bordô perto de uma mesinha de centro chique.

Bati na porta para anunciar minha chegada e entrei.

— Oi, cara. Acho que a gente não deveria estar nesta parte da casa.

Finn parecia completamente alegre de me ver e esticou os braços, pedindo um abraço.

— Darcy!

Me aproximei, cruzando os braços, desconfiada. A gente nunca tinha se abraçado. Só que ele continuou a esticar os braços, então cedi e o abracei rapidinho.

— Como vai sua noite? — perguntei.

— Ah, ótima. Uma *maravilha*, e a sua?

Antes que eu pudesse responder ele continuou a falar, me soltando, mas mantendo as mãos firmes no meu ombro.

— Conheci uma galera *ótima*, todo mundo aqui é *ótimo*. Meus amigos todos vieram! Bom, nem todos. Mas Hunter e Luke vieram! Não é ótimo?

— É ótimo — concordei, achando tudo tão engraçado quanto confuso. — Por que Brougham não veio?

Finn abanou a mão, a olhou por um bom tempo e abanou de novo, estreitando os olhos com desconfiança para o braço.

— Ele tem uma competição de natação amanhã cedo. Além do mais, ele não bebe.

— O corpo dele é um templo sagrado — debochei.

Eu não sabia por que estava zoando Brougham. Ele era legal, até. A gente não havia conversado desde a Disney, mas nosso relacionamento profissional tinha acabado em bons termos. E ele *tinha* guardado meu segredo. Acho que, depois de saber o que Ray tinha feito com Brooke, eu só estava em guerra com o mundo.

Finn negou com a cabeça.

— Não é isso, não. É que... *qual* é o problema da minha mão?

Ele estendeu a mão entre nós, arregalando os olhos. Parecia normal, na categoria mão.

— Sei lá, o que foi?

Finn enfiou a mão no bolso de trás e sentou com força no sofá.

— Ah — falou, vagamente.

— Finn? — perguntei, incerta.

Quanto ele tinha bebido?

— Tudo bem? — insisti.

— Eu fiz uma coisa.

— Que tipo de coisa?

Ele se mexeu para soltar a mão esmagada, e foi se jogando para trás no sofá, devagar, até praticamente se misturar ao móvel.

— Comi umas jujubas.

Levei um segundo para entender.

— Como assim, tipo jujubas de maconha?

Ele franziu as sobrancelhas e ajustou os óculos, olhando para longe. Ficamos em silêncio por uma eternidade. Finalmente, ele piscou devagar e suspirou.

— Quê?

— ... perguntei se você comeu jujuba de maconha.

— Ah. Isso. Foi isso, sim.

Ah, não. Eu tinha basicamente experiência zero com esse tipo de situação. Só recentemente começara a me acostumar a ajudar gente bêbada, o que já envolvia vômito demais para o meu gosto. Será que Finn ia vomitar? Era melhor levar ele ao banheiro?

— Como é que é? — perguntou Finn, de repente.

— Eu não falei nada.

— Ah — disse ele, aliviado. — Achei que você tivesse falado "nugget de frango". Aí pensei, "como é que é?".

Por que... mas... *como é que é?*

Decidi entrar no modo enfermeira. Era difícil, já que eu não fazia ideia de que sinais procurar, mas minha mãe, eterna professora, tinha me enchido de informações sobre segurança em relação a uso de drogas quando entrei na puberdade. Descobrir o que a pessoa tomou, quando e quanto. Só para o caso de alguém precisar saber em algum momento. Para o caso de alguma coisa dar errado.

— Era isso que você estava fazendo lá fora? — perguntei. — Comendo jujubas?

— Não. Quanto tempo você acha que leva para...

Era o fim da frase, aparentemente. Insisti.

— Quando você comeu as jujubas?

— Antes da festa.

Dei uma olhada no celular. Três horas atrás?

— Quantas tomou?

— Duas, aí mais uma depois de uma hora, porque não...

Fim da frase. Tá, então ele tinha tomado três, umas duas ou três horas antes. Não parecia tanto assim. E certamente não deveria estar batendo só três horas depois, não é? Seria um sinal de que outra coisa tinha acontecido? Será que tinha alguma coisa errada?

Eu não queria fazer escândalo, ainda não; os pais de Alexei podiam acabar saindo do quarto para ver o que estava acontecendo. Se fosse necessário, eu os chamaria, é claro, mas ainda não queria dedurar Finn desse jeito. Não enquanto ele estivesse só sentado em cima da mão, alucinando com nuggets. Digo, quem *nunca* teve alucinações com uma promessa de nuggets em algum momento da vida?

Mandei uma mensagem para Brooke, pedindo para ela vir ao escritório — sozinha — e coloquei a mão no ombro de Finn.

—Você está se sentindo bem? Está enjoado?

Ele se concentrou muito na resposta. Bom saber que eu ia receber informações de qualidade, bem elaboradas.

— Eu sinto... que minha garganta congelou. Minha garganta é só... gelo.

Finn tirou os óculos e, deliberada e metodicamente, os enfiou embaixo do sofá.

Naquele instante, Deus me enviou um anjo na forma de Brooke Nguyen. Eu a chamei enquanto resgatava os óculos de Finn.

— O que está rolando aqui? — perguntou ela.

Dei uma olhada em Finn.

— Minha cara está desmoronando — informou ele a Brooke, solene.

— Ele comeu três jujubas de maconha.

Brooke ficou boquiaberta.

— *Três?* É para tomar só *uma*! Ou, assim, metade já tá bom. Eles não colocam uma dose muito certa, é *muito* fácil exagerar.

— Mas ele disse que já faz três horas. Tem certeza que é isso?

— É, Darc, as balas são digeridas, e aí bate. A digestão demora.

Ah. Colocando dessa forma, fazia perfeito sentido.

Pelo lado bom, Brooke não parecia preocupada. Um pouco ansiosa, talvez, mas estava levando aquilo com humor suficiente para eu não sentir necessidade de ir correndo chamar os pais de Alexei, ou ligar para a emergência.

— Brooke — disse Finn, com urgência repentina. — Brooke, Brooke, Brooke. Brooke.

— Sim, Finn?

— Eu entendi. Morri faz mais ou menos meia hora! Eu *morri*. É isso.

Brooke me olhou de relance.

— Nossa senhora.

— É grave? — perguntei. — Ele vai morrer?

— Nada, só dá para morrer com jujuba de maconha se você fizer alguma idiotice chapado, que aí morre *disso* — explicou Brooke. — Ele vai ficar de boa se ficarmos de olho. Mas pode dar teto preto, se piorar.

Nossa, não parecia nada bom.

— Como é isso?

— Vomitar, suar frio, toda essa maravilha.

— Não estou enjoado — disse Finn. — É só que... a existência em si... a existência é um vácuo de puro desespero.

Ele tocou o queixo com dedos hesitantes, como se esperasse que fosse ter desaparecido.

Brooke subiu no sofá, tentando, inutilmente, conter uma risadinha.

— Ah, coitadinho — murmurou, abraçando Finn.

Como a gente ficaria de olho até ele ficar sóbrio? E se ele fugisse, sei lá, e dançasse no meio da estrada ou decidisse se equilibrar na beirada de um canal? De repente, tomei a consciência aterrorizante de que estávamos responsáveis por um ser humano com a memória de uma mosquinha, a capacidade crítica de uma criança distraída de três anos e a velocidade e a força de um garoto de dezessete.

Bom, ok, em quem a gente podia confiar para cuidar de Finn até ele ficar sóbrio? Hunter e Luke estavam lá, claro, mas com toda a certeza tinham bebido e, pensando bem, provavelmente também tinham comido jujuba com Finn, já que estavam juntos. Podíamos fazer um trabalho coletivo com todo o Q&Q dividindo a responsabilidade de cuidar dele? Não, pior ainda, porque aí, caso Finn sumisse, todo mundo ia supor que havia alguém de olho nele.

Será que a gente podia só… deixar ele ali trancado com comida e água, e torcer para dar tudo certo?

Finalmente, com uma onda de alívio, notei que a melhor opção era óbvia.

— Oi, Finn, eu vou ligar para o Brougham e pedir para ele te buscar, tá? — falei.

— Ah, *Brougham* — suspirou Finn, acariciando o rosto de Brooke. — Eu *amo* o Brougham.

— Por que você tem o número do Brougham? — perguntou Brooke, enquanto Finn fazia carinho nela.

O celular já estava tocando, então só levantei um dedo pedindo tempo, como desculpa para me esquivar da pergunta.

— E aí, Phillips? — atendeu Brougham, surpreso, e a primeira coisa que pensei foi que era muito estranho ouvir a voz dele de novo, depois de fingir que a gente nem se conhecia.

— Oi, hum, então, não precisa surtar, mas aconteceu uma coisa com o Finn.

A resposta de Brougham foi direta e atenta.

— Está tudo bem com ele?

— Não sei. Aparentemente, ele comeu umas jujubas de maconha, e a dose tava errada, sei lá… ele está chapadaço. Como eu bebi, não quero levar ele para casa de carro, e…

— Claro, tá legal, tô indo. Vocês ainda estão na casa de Alexei?

— Isso. Sabe onde fica?

— Fui eu que deixei os garotos aí. Chego em dez minutos, no máximo. Consegue cuidar dele até lá?

Olhei para Finn, que tinha parado de acariciar Brooke, andado até mais perto de mim e começado a tentar escalar uma das estantes como se fosse uma escada. Peguei o braço dele e o segurei com força, e ele olhou confuso para minha mão, como se estivesse desconectada do corpo e não devesse estar ali.

— Não garanto nada, mas farei meu melhor.

— Peraí, acho que não fui claro. *Com certeza* você vai cuidar dele, sem "mas".

— Melhor chegar logo, então — falei.

Brougham começou a responder, mas desliguei e enfiei o celular no bolso, liberando as duas mãos para ajudar Finn a descer.

Dez minutos.

A gente só precisava cuidar dele por dez minutos.

Com um suspiro e cheio de determinação, Finn foi até o meio da sala, parou em cima do tapete felpudo e deitou de barriga para baixo, esticando os braços junto ao corpo. Eu e Brooke nos entreolhamos.

— Será que os amigos dele estão mal assim? — perguntei.

— Eles estavam bem quando eu vim para cá. Vou mandar mensagem para Ray e pedir para ela conferir. E, hum, por que você tem o número do Brougham?

Droga, eu não tinha conseguido escapar da pergunta. Decidi contar parte da verdade.

— Ele treina na piscina da escola depois da aula, e a gente de vez em quando conversa enquanto eu espero minha mãe.

— Ah, que aleatório — disse Brooke, mas não pareceu achar aquilo tão estranho. — Você nunca mencionou.

— Foi por acaso.

— Brougham é o melhor amigo — disse Finn, de onde estava, no chão. As palavras foram abafadas pelo tapete felpudo, mas ainda eram compreensíveis. — Vocês nem... imaginam. Nem *conhecem* ele.

— Pelo visto a Darcy conhece.

Finn levantou a cabeça, e, considerando o pescoço duro, aparentemente aquilo era uma vitória. Então fez que não com uma expressão ríspida, apertando os olhos com força.

— Não. Não.

— Você está certo — falei, sorrindo.

— Acho que, na verdade, é *Darcy* A Melhor Amiga — disse Brooke, e de repente notei o quanto eu queria que ela falasse uma coisa carinhosa assim para mim nos últimos tempos.

Senti que poderia perdoá-la um milhão de vezes por me dar um perdido, desde que soubesse que eu ainda era a melhor amiga dela. Que ainda era importante para ela.

Meu celular vibrou.

— Brougham chegou — anunciei.

Fiquei um pouco decepcionada por ele ter chegado tão rápido. Eu estava gostando de passar um tempo assim com Brooke. Porque, sim, em comparação com as situações recentes, cuidar de Finn era praticamente uma viagem de fim de semana a duas.

— Volta logo — disse Brooke. — Eu... *Finn Park, não lambe o tapete, meu Deus do céu.*

Eu corri.

onze

Querido Armário 89,

Eu (mulher, 17) e meu namorado (homem, 17) terminamos há
mais ou menos um mês, e desde então ele vive na minha órbita.
Curte tudo que eu posto no Instagram, vê todos os meus
stories, abre todos os Snapchats etc. Mas foi ele quem falou
que não queria manter a amizade. Supus que, se não fôssemos
manter contato, é para não termos contato nenhum. Não quero
bloquear ele nem nada, porque o término foi ok (ele só disse
que não estava mais a fim :/), e não chega a me *incomodar*
ele ficar aparecendo. Mas fico pensando no que isso quer dizer.
Devo falar com ele e perguntar por que anda me stalkeando?
Ou tentar puxar conversa? Será que significa que ele quer
voltar e está com medo de pedir?

HadleyRohan_9@gmail.com

Armário 89 <armario89@gmail.com> 19:53 (há 0 min.) para Hadley
Rohan

Oi, Hadley!

Órbita é um ótimo termo nesse caso. Ele continua na sua órbita, e é sinal de que você também está na dele. Apesar de eu não poder dizer que é sinal de que ele quer reatar o namoro, nem de que ainda está apaixonado por você, certamente posso dizer que você está no radar dele. Ele está atento a você e nota sua presença. A não ser que ele seja aquele tipo de pessoa que vê e curte tudo que postam. Você vai saber melhor do que eu!

De qualquer forma, não recomendo que entre em contato. Se foi ele que terminou e não fez nenhum esforço para retomar o contato, qualquer que seja o motivo, ele quer ficar na dele no momento. Não só por isso, mas e *se* ele realmente quiser reatar? Depois de levar um pé na bunda, você definitivamente merece ser reconquistada com fervor. Não tome para si a carga emocional de consertar o que ele estragou, especialmente por parecer que o término não foi culpa sua. Se ele entrar em contato, recomendo que você seja legal, mas não se precipite. Você tem todo o direito de demorar para decidir se seu coração está pronto para tentar de novo ou não, e para perguntar a ele o que mudou, e como você pode saber que ele não vai mudar de ideia de novo daqui a um mês.

Brougham me achou na mesma hora e abriu caminho pela multidão, se aproximando a passos largos.

Parecia que eu tinha ligado bem quando ele estava se arrumando para dormir. Para começar, ele cheirava a damasco, como se tivesse acabado de sair do banho, e o cabelo estava despenteado. Em vez do estilo casual e arrumadinho de sempre, estava com uma calça de moletom e uma regata branca larga e amarrotada que exibia os braços. De um jeito bem estranho, ele estava meio fofo. Aconchegante, até.

Mas então falou com seu tom seco e sério:

— Cadê ele?

— No fim do corredor, vem.

Ele grudou em mim enquanto contornávamos a sala, desviando de pessoas que bebiam e conversavam, guiados pelo leve brilho azul que emanava da televisão.

— Obrigada por vir — falei. — Sei que você nada amanhã cedo, mas...

— Ei — interrompeu Brougham, segurando meu antebraço.

Eu parei e o encarei, e ele se aproximou de mim, completamente sério.

— É o Finn. Se acontecesse alguma coisa com ele e eu descobrisse que você não tinha me ligado? Eu te odiaria até sua morte, e ainda invadiria seu velório para dizer para todo mundo que você era uma escrota. E se eu morresse primeiro, te assombraria até você desejar ter partido antes de mim.

Me desvencilhei dele. Lá se ia a gratidão.

— Se você chegar *perto* do meu velório, juro por Deus que, aí sim vai saber o que *é* assombração.

Brougham deu de ombros.

— Tranquilo, evitamos essa confusão toda, porque você teve o bom senso de me ligar. Não está feliz?

— Em êxtase.

Ray e Brooke se afastaram com um pulo quando abri a porta. Porque é óbvio que Ray tinha corrido para me substituir assim que eu saí de lá. Eu não queria saber, então não pensei naquilo, não pensei nelas *se agarrando* enquanto um amigo estava passando mal, precisando de ajuda e apoio, largado a poucos metros, talvez ainda lambendo o tapete sem ninguém impedir. Não pensei em como aquilo era escroto, nem que Brooke nunca teria feito nada assim antes de Ray, nem que Ray tornava tudo, e todos, pior, porque ela era uma mentirosa egoísta que cometia crueldades contra pessoas que deveria amar.

Não pensei em nada disso.

Meu autocontrole andava melhorando muito, eu estava até orgulhosa.

— Você é mesmo um pateta — disse Brougham, com carinho, se agachando diante de Finn.

— Quero que pare. Faz parar?

— Agora já era, tem que aguentar até o fim, mano — disse Brougham, e passou as mãos por baixo dos braços de Finn, o levantando com facilidade. — Você consegue andar? Tá tranquilo?

— Tô, eu... tô.

Finn estava de pé aparentemente sem dificuldade, mas Brougham o segurou pelo braço mesmo assim.

— Tudo bem, então vem comigo, drogadinho. Pode dormir na minha casa hoje.

Brooke, Ray e eu fomos atrás, Brooke rindo em silêncio enquanto Brougham guiava Finn, muito desequilibrado, pelo corredor até a sala.

— Dê *muita* água para ele, Brougham — disse ela, apesar da gargalhada, tentando pigarrear para ficar mais séria.

— Alguém dá uma olhada no Hunter e no Luke — mandou Brougham. — Não encontrei eles quando cheguei.

Ray concordou e deu meia-volta. Na minha cabeça, fazia sentido ela ir. Eles estavam no mesmo ano da escola.

Porém o mais importante era que ela tinha ido embora. E talvez eu não tivesse outra oportunidade de falar com Brooke pessoalmente sem ela por perto. Era agora ou nunca.

— Ei — falei para Brooke. — A gente pode dar um pulinho no quintal, por um segundo?

Certa desconfiança despontou no rosto de Brooke, mas ela concordou. Brougham parecia dar conta da situação de Finn com tranquilidade, então pedimos desculpas e fomos embora. Quando olhei para trás, só para garantir que Finn não tinha morrido nos dois segundos que haviam se passado, vi que Brougham estava de olho em mim e em Brooke.

Ele sustentou meu olhar.

— Obrigado — murmurou.

Foi um atípico momento de gentileza, acompanhado daquele mesmo olhar intenso da tarde na casa dele, o que havia deixado os olhos dele mais azuis. Senti ainda mais culpa por ter zoado dele mais cedo.

Lá fora, no quintal de Alexei, a música virava uma batida abafada. Eu e Brooke sentamos nas cadeiras decorativas de ferro forjado ao redor de uma mesinha combinando. Pisca-piscas envolviam a cerca do quintal.

Lutei contra o impulso repentino de pular a conversa desconfortável e propor uma sessão de fotos para o Instagram, para a gente ficar feliz e se divertir, e eu não correr o risco de afastá-la ainda mais.

— O que houve? — perguntou Brooke, e, bom, lá íamos nós.

— Estou com saudade de você.

Ela abriu um sorriso.

— Como assim? Estou bem aqui.

— Eu sei, agora. Mas fala sério. Qual foi a última vez que a gente se viu direito, Brooke?

— A gente se arrumou juntas hoje!

— *Só nós duas.*

Ela me olhou com uma cara que dizia nitidamente: *Você tá falando sério?*

— Ah, eu sei lá. Tipo, outro dia, quando fui para sua casa e a gente ajudou a Ainsley a fazer a barra do vestido?

— Faz *semanas.*

Ao ouvir isso, ela suspirou e eu me encolhi, sentindo um aperto no peito. Ela nunca tinha suspirado para mim. Talvez suspirasse *falando* comigo, para reclamar de outra pessoa. Mas aquilo? Era desdém, dirigido bem a mim, sem sequer o alívio de um sorriso gentil.

— Eu ando ocupada, *desculpa*.

— Para encontrar a Ray, não está ocupada.

— Ela é minha namorada.

— E daí? Eu sou sua *melhor* amiga! Por que só é importante encaixar a Ray na sua agenda?

Dentro da casa, ouvimos gritos de viva.

— Não é que eu esteja te evitando, nem nada. Mas, sabe, vocês duas não se dão bem, então fica difícil. Se eu pudesse te convidar para sair com a gente, não seria problema.

— Então quer dizer que é culpa minha?

— *Não*, só quis dizer que... Você não pode tentar ser amiga dela? Aí eu não vou precisar escolher entre vocês.

— Não parece que tem sido uma escolha difícil pra você — falei.

— Não é verdade.

— Bom, não sei o que você quer de mim — retruquei, irritada.

— Não estou evitando ser amiga dela. Não sou grossa, nem escrota, nem nada.

— Mas eu ainda noto. Você tem que ver a cara que faz sempre que está perto dela. Ray nunca te fez nada, e você fuzila ela com o olhar o tempo todo, Darc. Isso deixa ela desconfortável.

Imaginei as duas abraçadas no sofá, com Ray me xingando, dizendo para Brooke que eu era uma escrota, que eu era *malvada*, e Brooke concordando. As duas dizendo que era horrível quando eu estava. Como se fosse uma piada que só eu não soubesse.

Eu não fazia ideia que Brooke achava aquilo.

E por quê? Porque eu não dava pulos de alegria sempre que Ray se metia entre nós duas? Sério?

Engoli o nó na garganta e respondi com uma voz trêmula e preocupante.

— Não é o que ela fez para mim. Eu me sinto esquisita com ela porque ela sempre *te* tratou mal.

— São águas passadas — disse Brooke, firme. — Agradeço por você me defender, mas você precisa confiar no meu julgamento. Se eu acho que ela mudou, é porque ela mudou. Preciso do seu apoio nisso.

— Não morro de amores pela ideia de te apoiar cegamente, sendo que não gosto da situação em que você está.

— Então que não seja cegamente. Me apoie pela lógica. Qual foi a última vez que você viu Ray me tratar de algum jeito que não fosse maravilhoso?

Mordi o lábio. Com força demais.

Brooke interpretou o silêncio como confirmação.

— Viu? Ela é fofa, Darc. Ela é divertida e compreensiva, e me apoia. Ela nunca faria nada para me magoar, nunca, e é ridículo você continuar desconfiada.

Cruzei os braços e as pernas e fechei a cara. Como eu tinha começado a conversa implorando para ter minha melhor amiga de volta e acabado assim, com o time Brooke-e-Ray contra a malvada da Darcy? Como se fosse só eu a responsável pelo climão, sendo que Ray já tinha me mandado uns olhares *muito* irritados quando *eu* entrava na sala. Por que a culpa era toda minha?

E "fofa", "compreensiva", "nunca faria nada para magoar Brooke"? Sei. *Sei.*

— Você está vendo tudo cor-de-rosa — insisti —, e não consegue notar que está se rebaixando.

Eu queria dizer que ela merecia alguém melhor, mas de alguma forma foi aquilo que me escapou. Antes que eu pudesse voltar atrás, Brooke me olhou de cima a baixo.

— Sério, *qual é* seu problema com ela? Eu te conheço, Darc, e minha amiga não é uma escrota arrogante que faz as outras pessoas se sentirem péssimas. Parece até que não te conheço mais.

Como é que é?

— *Uau* — exclamei. — Eu sou uma escrota arrogante? Porque não estou perdidamente apaixonada pela Ray que nem você? Não sou *malvada* só por não ter a mesma *opinião* que você, Brooke. Você por acaso ainda gosta de mim?

— Bom, eu não se... — começou Brooke, mas parou no instante em que me viu arrasada. — Não é verdade. Eu gosto de você, sim, é claro que gosto, eu te *amo*. Mas estou bem puta com você agora.

Minha gargalhada foi fria e seca.

— Tudo porque eu sou a babaca horrível que às vezes olha esquisito para Ray, sendo que ela é um pacotinho de fofura e alegria que nunca fez nada de errado na vida e precisa desesperadamente da sua defesa.

— É, é por aí.

— Eu *não* sou a única pessoa escrota nessa situação, Brooke.

— E eu ainda estou esperando um bom motivo para acreditar nisso.

— Talvez você deva só confiar em mim e no meu julgamento.

— Confiar em você? Simplesmente confiar que você tem um bom motivo para tratar minha namorada que nem uma pária? Não, não, não é assim que funciona. Ou você não *tem* motivo e precisa crescer e parar com isso, ou está sabendo de alguma e não quer me contar.

Mordi a língua com tanta força que fiz uma careta.

— Você não *tem* motivo — disse Brooke em voz baixa, transbordando desprezo.

Não me contive; ela estava me olhando como se eu fosse um lixo, e não era justo, e eu não tinha feito *nada*, era Ray quem tinha feito uma coisa errada, isso não era *justo*.

163

— Tenho, sim.

— Você tem um bom motivo?

— Tenho.

— Então *o que é*?

Hesitei, porque não podia, não deveria, era má ideia, mas Brooke fez que não com a cabeça e levantou as mãos.

— Eu sabia.

— Não posso te contar.

— Ah, *que* conveniente. Bom, adivinha só, Darcy, se tiver *mesmo* alguma coisa que eu preciso saber, então você está sendo uma amiga de merda agora.

Como eu saía daquele buraco? Nem sabia como tinha me enfiado nele. Eu só... só não queria que ela me olhasse assim. Nunca mais.

— Eu jurei segredo, e quer saber? Tudo bem, é uma coisa que aconteceu faz um tempão, não muda nada agora, e...

Mas Brooke levantou. Ela virou para ir embora.

Estiquei a mão sem pensar.

— Espera, espera... Brooke, ela roubou na eleição do grêmio.

As palavras estavam no mundo. Eu não podia engoli-las de volta.

Brooke ficou paralisada e então virou, sem demonstrar emoção.

— É o quê?

— Era para você ganhar. Ela roubou.

Brooke processou o fato. Torceu a boca. Estava tão tranquila que me perguntei se já sabia. Talvez o medo de Ray tivesse se concretizado, e ela já soubesse por boatos. Talvez ela realmente não se incomodasse. Águas passadas.

— Como você sabe? — perguntou Brooke.

Bom, é uma história engraçada. Uma história engraçada que eu não tinha intenção de contar.

— Tinha um pessoal falando disso ontem. Pode ser só boato...

— Mas você não acha que é boato, né? E só soube ontem?

— Isso. Eu não queria esconder de você, mas queria esperar para ver se ela ia te contar antes.

— Tá — disse Brooke, e não concluiu a frase.

De repente, ela praticamente correu para dentro da casa. Levantei, arrastando a cadeira, e fui atrás dela. Pela porta. Pela sala. Por Callum e Alexei. Até a entrada da cozinha. Até Jaz. Até Ray.

Eu estava morrendo de medo, e surtando, e minha cabeça a mil tentava pensar em como consertar aquilo.

Mas já era tarde, não era?

— Ei — disse Brooke, mais alto que a música, em uma voz que gritava *fuja, a merda vai estourar, recue.* — Ouvi uma história muito *interessante.* Quer dizer que eu ia ganhar a eleição do grêmio se você não tivesse roubado?

Ray ficou pálida. Ela encarou Brooke, quase como se não tivesse escutado. Tão atordoada quanto Brooke estivera um minuto antes.

Brooke virou para Jaz.

— E não é só *isso,* mas pelo visto eu *também* sou a última a saber. *Você* sabia?

Jaz olhou para Ray, desamparada. Ray não reagiu, talvez não conseguisse, então Jaz confirmou com a cabeça, no gesto mais arrependido e minúsculo que eu já tinha visto.

E Brooke gargalhou. Alto, histérica, chegando a se dobrar um pouco. Em seguida, apontou para o peito de Ray.

— O que você fez, roubou as cédulas? Incrível. Vai se *foder.*

Ray se recuperou um pouco, mas não foi o bastante.

— Eu... Eu queria... Posso resolver.

— Isso — disse Brooke, esganiçada — não tem solução! Eu *mereci* aquele cargo. Eu precisava dele para a faculdade, e você roubou de mim. E ainda *mentiu.*

Ray me olhou, procurando em meu rosto... o quê? Triunfo?

Humor? Mas eu não estava me divertindo. Não era satisfatório. Eu estava só enjoada.

Jaz tocou o braço de Ray para reconfortá-la, e Ray cobriu a boca com a mão.

— Brooke, eu...

— Vamos embora — disse Brooke para mim, de repente. Juntas.

Então, de repente, ela não estava mais chateada comigo.

Eu mal tive tempo de processar aquele fato antes de ela me pegar pelo pulso e me arrastar pela sala. Praticamente todo mundo tinha parado para olhar. Olhar para mim e para Brooke, para Ray e para Jaz. Bolar teorias do que poderia ser, o que poderia ter *acontecido*.

Alguém abaixou a música.

Aí chegamos na rua. Brooke parou. Eu parei.

E ela imediatamente caiu no choro, segurando meu braço com as duas mãos, como se precisasse de ajuda para ficar de pé. Então eu a segurei, e a ajudei a se manter de pé.

doze

Querido Armário 89,

Eu não quero transar com meu namorado.

A gente já transou algumas vezes, com meu total consentimento, não se preocupe, mas consenti porque é o que se faz em um namoro, não porque queria. Minhas amigas disseram que eu mudaria de ideia depois de transar, mas não mudei. Depois, disseram que eu não gostei porque a primeira vez às vezes dói, e que com o tempo ia melhorar. Só que não doeu. Eu só não gostei. Tenho bastante certeza que é para ser diferente disso. E não é culpa do meu namorado, eu adoro ele. E sinto *atração* por ele, essa é a parte mais confusa! Acho ele o cara mais bonito que já vi, *amo* olhar para ele, abraçar ele, e estar com ele é a melhor coisa do mundo. E eu sempre quis namorar, há anos sou absurdamente romântica, devoro livros de romance como se fossem oxigênio etc. etc., então sei que não sou assexual. Não sei o que acontece! Acho que minha pergunta é: o que você acha que pode estar errado comigo? E é justo pedir ao meu namorado para adiar um pouco o sexo enquanto tento entender o que está rolando? E se eu levar uma eternidade para entender?

EricaRodriguez@hotmail.com

Armário 89 <armario89@gmail.com> 18:12 (há 0 min.) para Erica

Oi, Erica!

Quero deixar as coisas bem claras aqui. Não há nada de errado com você. Além do mais, não há absolutamente nada de errado em dizer ao seu namorado que não quer transar por um tempo. Você não precisa de motivo para recusar sexo. Não existe nenhum limite indicando que já passou "tempo demais" e que você deve voltar a transar. Talvez para você esse limite não chegue nunca, e tudo bem. Você só deve, única e exclusivamente, transar com alguém se quiser, não por medo de levar um pé na bunda, nem por culpa, nem pressão.

Tendo dito isso, recomendo que você tente conversar abertamente com o seu namorado a respeito do que está sentindo e do motivo para preferir "adiar", como falou. Para algumas pessoas, sexo é parte importante de um namoro. Para outras, não é nada fundamental (nem desejado!). As pessoas são diferentes, e dar ao seu namorado a oportunidade de expressar o próprio desejo e entender o que você está sentindo vai ajudar vocês a refletir se o relacionamento continua ou não a funcionar bem para os dois.

Mas, repito e insisto, por favor, não faça nada só porque se sente culpada ou em pânico. Você deve tomar essa decisão por si mesma, baseada no que quer e precisa. É uma decisão só sua. Algumas pessoas não querem sexo e ponto. Outras são indiferentes. Outras escolhem transar por motivos diferentes, por exemplo, ter filhos. Outras ainda escolhem nunca transar, em circunstância nenhuma. Tudo isso é válido. O importante é que seja sua escolha, baseada no que você quer, e ponto-final.

Além disso, chamo atenção para o fato de que, na sua carta, você diz que não pode ser assexual porque tem sentimentos românticos pelo seu namorado. Há diferença entre ser assexual e ser arromântica. Assexualidade diz respeito à atração sexual (e não necessariamente a gostar do sexo em si; algumas pessoas assexuais curtem transar), e arromanticidade diz respeito à atração romântica. Na verdade, há muitas experiências e identidades diferentes dentro dessas categorias, e recomendo que você explore todas elas com mais profundidade. Mas garanto que dá para ser assexual e sentir atração romântica. Dá para ser arromântico e sentir atração sexual (e dá para gostar de romance, mesmo sem sentir atração romântica). E a atração romântica que você parece sentir pelo seu namorado não é sinônimo de atração sexual. Você já participou do Clube Q&Q? As reuniões são na hora do almoço de quinta-feira na sala F-47. É um lugar seguro para você frequentar se tiver dúvidas ou se estiver confusa a respeito de qualquer questão ligada a sexualidade e gênero. É um espaço sem julgamentos. E você pode encontrar alguém que tenha tido uma experiência parecida com a sua.

Boa sorte!
Armário 89

— Essa chuva combina com meu humor — disse Brooke.

Ela estava sentada no sofá, engolida por um suéter preto gigante que o irmão mais velho, Mark, deixou para trás quando foi fazer faculdade em outro estado. O cabelo dela ainda caía em belos cachos, e ela tinha dobrado os joelhos elegantemente embaixo do suéter, deixando entrever apenas as canelas e as meias pretas também. Os olhos estavam inchados de chorar a noite toda, mas ela ainda tinha arranjado energia para tirar a maquiagem e fazer a rotina de skin care inteira ao dormir e ao acordar. Brooke sofria que nem uma modelo do Instagram.

O clima tinha se inspirado nela, aparentemente sem entender o conceito de ser deprimente de um jeito esteticamente agradável, então só tinha passado de oito a oitenta, o vento jogando folhas encharcadas na janela aos uivos, a chuva dando pancadas no chão esturricado e fazendo transbordar os bueiros que não eram preparados para um tempo daqueles, e o termômetro caindo *muito* abaixo do que qualquer dia digno na Califórnia deveria ser, mesmo no inverno.

— Eu diria que você deve agradecer às mudanças climáticas — falei, penteando meu cabelo ondulado e amassado.

Brooke se enroscou em uma bolinha ainda menor.

— É conveniente.

— Acho que essa é a *primeira* coisa positiva que já ouvi alguém dizer das mudanças climáticas.

— É, bom, todo mundo merece uns comentários positivos de vez em quando. Até as mudanças climáticas.

— E agora você não está dizendo nada com nada.

Ela deu de ombros.

— Dane-se, e daí?

Larguei o pente e fui engatinhando até sentar na frente dela. Cutuquei a canela dela de leve com um dedo.

— Tudo bem aí, cara?

Ela suspirou.

— Não é que ela me sabotou. Quer dizer, é, sim, mas não só isso. Eu merecia ser presidente do grêmio. Eu ganhei. E ela *escondeu* o que fez de mim. O que isso diz dela?

A gente tinha passado a noite toda discutindo isso, desde o momento que a mãe de Brooke nos deu boa-noite (tínhamos ficado em relativo silêncio no carro até em casa: Brooke ainda não queria que ela soubesse todos os detalhes). Tínhamos analisado e destrinchado o assunto, xingado Ray, justificado o comportamento dela e decidido que, não, aquilo era *definitivamente* imperdoável. Eu não podia dizer nada que já não tivesse dito. E, a cada repetição, o nó na minha barriga ficava ainda mais apertado.

Eu esperava não estar tão corada quanto imaginava.

Ray queria contar para Brooke, lembrei. Um fato que eu convenientemente tinha esquecido no calor do momento da noite anterior.

Tá, mas será que ela teria aberto o jogo na escola?, retruquei em pensamento. *A carta não sugeria nada disso.*

Bom, tanto faz. Já estava feito, de qualquer forma. Mesmo que eu não estivesse esperando que Brooke fosse de fato terminar com Ray por isso. Ou… será que era o que eu queria?

Eu nem sabia mais. Andava muito boa em mentir para mim mesma.

— E, sabe, se ela for o tipo de pessoa que se sente *tão* ameaçada pelos outros? — continuou Brooke. — Não teria dado certo. Eu teria que sempre me diminuir para evitar causar inveja nela. Não quero me diminuir.

Assenti com mais vigor. Era um argumento muito melhor, porque vinha livre da vozinha incômoda que dizia *você ainda sabe uma coisa que Brooke não sabe*. Talvez Ray *fosse* contar para ela, mas isso certamente não mudava o fato de ela ser o tipo de pessoa que sabotaria alguém para conseguir o que quer.

— Você nunca deve se diminuir. Não foi feita para ser pequena.

Brooke abriu um sorriso comovido.

— Eu te amo. Você sabe disso, né?

Retribuí o sorriso, mas senti ele me apertar, que nem uma calça que não conseguia abotoar.

— Eu sei, sim.

— Então — disse ela, assumindo uma voz animada, aparentemente para mudar de assunto. — Quando você vai poder dirigir com segurança?

— Tenho que bater menos de zero vírgula zero um — falei, e peguei o celular para calcular. — Tecnicamente, talvez eu já esteja liberada desde cedo, mas estou com medo. Tipo, o metabolismo feminino é tão mais lento, e muda de acordo com o peso e o corpo, e não sei se meu fígado é muito *bom* nisso...

— Eu sei, seu sei. Tipo, talvez você já possa dirigir, mas, se fosse parada pela polícia, provavelmente teria um ataque de ansiedade.

— *Isso*, exatamente! Uma vez me disseram que a gente deveria ficar o dia seguinte inteiro sem dirigir se tivesse enchido a cara na noite anterior.

— Mas não sei se você chegou a ficar *bêbada* de verdade.

— Eu me senti bêbada por pelo menos meia hora.

— E o que é ficar "bêbado"? — reclamou Brooke. — É *tão* vago!

— *Muito* vago. Parece que *querem* que a gente se ferre.

— Só come um pouco de pão — disse ela, com um sorriso malicioso, sabendo perfeitamente bem que pão não tinha efeito nenhum na sobriedade de ninguém. — Fala sério, você já almoçou, já são quase três da tarde e você parou de beber, tipo, meia-noite? Acho que está tranquilo.

— É, eu sei, provavelmente — resmunguei. — Queria só que todo carro tivesse bafômetro.

Comecei a arrumar minhas coisas, e então parei e olhei para Brooke.

— Ei... Você vai ficar tranquila?

Ela se encolheu ainda mais no suéter.

— Vou. Obrigada por perguntar. Mas tem cem por cento de probabilidade de eu passar o dia te enchendo de mensagens reclamonas e choronas.

— Mal posso esperar.

Então, tendo ou não passado do limite da lei seca — e eu esperava com todas as forças *não* estar passando —, entrei no carro da Ainsley, conferi minha visão e meu equilíbrio e dei a partida. Depois de um minuto dirigindo, eu tinha bastante certeza de que meus reflexos estavam dentro do normal. Considerando também que a calculadora havia previsto que eu deveria ter ficado totalmente sóbria mais ou menos no amanhecer, relaxei um pouco. No entanto, da próxima vez talvez eu pedisse para Ainsley ou minha mãe me levarem e buscarem, só para me poupar da dor de cabeça.

Era muito raro eu ir à casa da Brooke — normalmente, era ela quem ia me visitar. Era tão raro que eu tinha esquecido que Brougham morava bem no meio do caminho entre as nossas casas. Foi só quando entrei na rua dele e tentei entender de onde reconhecia aquelas casas e mansões caríssimas que notei onde estava.

Quando passei pela casa-mansão de Brougham, desacelerei para admirá-la de novo, agindo no automático. A primeira coisa que notei, no entanto, não foi a estética. Foi uma silhueta sentada na varanda, recostada em uma das colunas, abraçando os joelhos. Brougham.

Brougham e eu não andávamos nos encontrando muito, e não dava para contar a noite anterior como um rolê. Além do mais, aquela noite na Roda do Mickey tinha sido a primeira vez que a gente não discutiu, e provavelmente foi só por acaso. Ou seja, parar e ver como ele estava provavelmente seria superesquisito, e eu definitivamente não deveria fazer isso.

Só que, pra ser sincera, eu... não consegui me convencer a seguir caminho sem no mínimo desacelerar e ter certeza de que estava tudo bem. Quando eu era mais nova, era o tipo de criança que passava horas tirando joaninhas da piscina para elas não se afogarem, e que convidava as crianças solitárias para brincar, e que batia de porta em porta se encontrasse um cachorro perdido para devolver ao dono. Não me sentia bem ignorando alguém que talvez precisasse de ajuda.

Então, sendo a esquisitona que eu era, encostei no meio-fio e abri a janela. Por sorte, a chuva torrencial estava caindo inclinada e bateu no lado do carona, sem me molhar, mas, mesmo assim, uma lufada de vento fria *demais* para a Califórnia entrou no carro. *Não, não, não.* Era sinal para eu ir embora, né?

Ainda dava para ver parte da varanda pelas frestas na cerca de metal, mas parecia que Brougham não tinha me notado. A atenção dele parecia estar concentrada na casa. Assim que eu ia fechar a janela, escutei uma mulher berrando de dentro da casa, e depois a resposta de um homem. Ouvi então o barulho de alguma coisa se quebrando, tão alto que eu escutava perfeitamente do carro, e Brougham se encolheu, assustado.

Tá bom. Tá legal. Janela fechada.

Cobri a cabeça com o capuz do casaco, saí do carro e fui correndo pela entrada da casa, me encolhendo para evitar a chuva.

Aí Brougham definitivamente me notou.

— O que você está fazendo aqui?

De repente achei que seria grosseria dizer que eu tinha ouvido os pais dele gritando e que decidira ir resgatá-lo.

— Sorvete — foi o que falei, aumentando a voz para Brougham me ouvir em meio aos berros do pai dele perguntando à mãe exatamente *quanto* ela tinha bebido.

— É o quê? — perguntou Brougham.

— *Quer tomar um sorvete?* Foi mal, está meio barulhento aqui.

Ele me olhou que nem se três narizes tivessem brotado da minha cara do nada.

— Eu escutei. O que não entendi é por que você apareceu na minha porta do nada, com o mundo caindo, para tomar sorvete.

Pensando bem, aquele não era o melhor clima para sorvete.

— Café? — sugeri, hesitante.

Ele me olhou. Eu olhei para ele.

Mais um estrondo lá dentro, acompanhado por duas vozes gritando palavrões. Nós dois olhamos para a mansão.

Brougham suspirou, levantou, passou por mim e foi para baixo da tempestade.

— Foda-se, tanto faz — resmungou.

Olha, "foda-se, tanto faz" era só um pouco diferente de "porra, vamos nessa!". A não ser que eu estivesse enganada, ele estava começando a gostar mais de mim.

Quando fizemos o pedido e sentamos no café, um lugar pequeno com só algumas mesas, paredes de tijolo aparente e avencas suspensas derramando suas folhas, fui tomada pela sensação horrível de que o teto estava prestes a desmoronar na nossa cabeça.

A chuva estava martelando com ainda mais ferocidade e, honestamente, o café não parecia tão estável. Perto da porta, água amarronzada pingava do teto, e os dois funcionários estavam olhando nervosos para a poça. Um deles colocou uma placa dizendo PISO MOLHADO. Eu diria que um balde teria sido mais útil, mas, né, quem sou eu para dar palpites sobre goteiras.

— E aí, ficou tudo bem com o Finn? — perguntei.

— Desculpa por você ter ouvido aquilo tudo — soltou Brougham ao mesmo tempo.

Nós dois paramos, e Brougham tomou as rédeas da conversa.

— Finn ficou tranquilo, sim. Ele nem teve ressaca, só pulou da cama hoje como se nada tivesse acontecido. Fiquei surpreso... imaginei que ele fosse ficar na merda depois daquilo.

— Ah, legal, que bom.

O silêncio voltou, interrompido só por um trovão ao longe.

Brougham ficou inexplicavelmente interessado no saleiro e no pimenteiro — objetos elaborados, esculpidos em madeira de castanheira —, e eu tentei entender se ele preferia que eu fingisse que não tinha rolado aquele momento com os pais dele ou se queria conversar.

Bom, acabei concluindo. *Ele mencionou a situação.*

— Não precisa se desculpar pelos seus pais. Tá tudo bem.

Brougham pegou o saleiro e começou a girar.

— É uma vergonha.

— Por que seria uma vergonha para você? *Você* não fez nada!

— Não faz diferença. Ainda assim é uma merda. E é por isso que não apresento ninguém para eles.

Me recostei na cadeira.

— Você *me* apresentou.

— É, mas porque foi urgente. E achei que seria estranho ir pra sua casa, já que sua mãe me dá aula.

— Não pareceu *tão* urgente — falei, tranquila.

— Como assim?

— Você me expulsou depois de, tipo, uns cinco minutos! Mal me deu a chance de trabalhar direito. — Ergui as sobrancelhas. Xeque-mate. — Não que tenha feito muita diferença no fim — continuei —, mas você entendeu.

Brougham empurrou o saleiro e se endireitou, me encarando.

— Não foi por sua causa.

— Então foi por quê?

O rosto anguloso e fino de Brougham ficou imóvel, e seu olhar se fixou intensamente perto do meu ombro. Em seguida, o canto da boca dele tremeu de modo quase imperceptível, então ele pegou o celular, baixou o aparelho no colo, escondido pela mesa, e começou a mexer.

Lá fora, a chuva ficou ainda mais forte, esmurrando o telhado em um rugido abafado. Parecia um oceano, e não gotas separadas, jorrando na nossa cabeça. Afogava até a conversa no café, e o casal na mesa ao lado começou a gritar para se escutar.

Mas Brougham não precisava nem falar. Ele apenas me passou o celular.

Na tela, vi uma foto da mãe dele de biquíni, na praia. Era uma selfie, tirada pelo homem que estava ao lado dela. Ele tinha pele marrom, covinhas fundas e sobrancelhas grossas. Estava abraçado na mãe de Brougham, os dedos apertando a cintura. Não era uma pose nada platônica.

O temporal diminuiu um pouco, se tornando mais uma chuva com vento, e Brougham se debruçou na mesa para olhar comigo a tela.

— É o cara com quem minha mãe está traindo meu pai. Não é o primeiro.

Merda.

— Ah, não. Sinto muito.

— Não precisa sentir, não estou pedindo compaixão. É só para você entender — disse ele, e enfiou o celular de volta no bolso.
— E também não é para julgar minha mãe. É meio o ovo e a galinha. Meu pai é um escroto com ela, ela bebe para aguentar, e com a bebida acaba ficando tão horrível quanto ele, os dois explodem, ela trai ele e nem tenta disfarçar, ele descobre, eles explodem de novo. Faz anos que é assim.

— Que horror.

A expressão dele estava neutra.

— Já me acostumei. Mas foi isso que rolou quando você foi lá em casa. Ele foi visitar minha mãe, e meu pai chegou. Ele às vezes faz isso, tenta pegar ela no flagra.

— Ela não tenta esconder?

— Não.

Ao dizer isso, ele chegou a sorrir, mas era um sorriso frio, sem humor. Os olhos dele não tinham luz alguma.

— Talvez ela queira que ele ceda e peça o divórcio — continuou. — Talvez queira que ele fique com ciúme e melhore. Quem pode dizer?

Coach Pris Plumber provavelmente poderia, sugeriu uma voz em minha cabeça, mas decidi não responder. A pergunta parecia ser retórica.

— Enfim — prosseguiu —, eles estavam prestes a brigar, então te mandei embora o mais rápido possível.

Puta que pariu. Eu era completamente idiota. Como tinha aceitado aquela desculpa boba com tanta facilidade? Achei que aquela escrotidão desnecessária dele se encaixava à narrativa que eu havia criado para Brougham, e por isso nem questionei como deveria. Além disso, eu tinha ficado tão obcecada pelas críticas dele ao meu talento que abandonei a racionalidade.

Hum. Era remotamente possível que eu não lidasse bem com críticas.

Senti uma onda de vergonha pela minha irritação naquela tarde.

— Por que você não me explicou que era por isso que queria que eu fosse embora?

— Porque fiquei com vergonha. Além do mais, achei que fosse meio óbvio.

Touché.

— Faz sentido. Mas, assim, eu não ia julgar. Só para você saber. O divórcio dos meus pais foi péssimo. Entendo como essas coisas são ruins.

— É?

— É. Tipo, foi caótico mesmo. Hoje em dia eles já estão mais tranquilos, mas, antes do divórcio, foram uns dois anos de briga toda noite, a noite *toda*. Aí, depois de separados, eles brigavam por minha causa e por causa da Ainsley. Se não estivessem putos porque um deles queria nos levar a um compromisso e o outro não queria trocar o fim de semana, estavam putos porque um deles queria nos *largar* no fim de semana para ir a outro compromisso, e o outro não aceitava nos acolher. Parecia que um entendia o que o outro queria, e aí se recusava a ceder. E o tempo todo eu e Ainsley éramos só moedas de troca. Tipo, éramos as únicas cartas na manga para minha mãe e meu pai fazerem mal um ao outro, e eles iam *usar as cartas*, sabe?

Brougham ficou muito sério.

— Que merda.

— Foi mesmo. Mas faz anos. Já faz um tempo que as coisas se tranquilizaram.

— Fico feliz — disse ele, com uma pausa pensativa. — Às vezes, eu queria que eles só se divorciassem logo, mas não sei se melhoraria nada. No geral, estou feliz mesmo é de estar prestes a ir para a faculdade.

— Você já sabe onde vai estudar?

Ele fez que sim.

— UCLA.

Ah, a Universidade da Califórnia em Los Angeles não era nada longe. Eu esperava que ele dissesse que ia voltar para a Austrália. Ou que no mínimo fosse se mudar para a Costa Leste. Para alguém que queria escapar dos pais, ele não ia para muito longe.

— Que chique.

— De certa forma, provavelmente devo agradecer aos meus pais por isso — continuou. — Fora a questão financeira toda, no caso. Eu nadava muito quando era menor, porque assim ficava mais tempo fora de casa, mas agora os motivos vão muito além disso. Eu gosto de como é previsível. Com esforço, eu tenho resultados. Se treino, melhoro. Aí entrei na equipe da escola quando era mais novo, e descobri que eu era muito *bom*. Além do mais, é legal me sentir útil.

Eu entendia. Depois de ver como a mãe olhava para ele, eu compreendia completamente como era tentador mostrar bom desempenho, impressionar o técnico e os colegas da equipe.

Todo mundo queria sentir que tinha valor, no fim das contas.

A conversa morreu por um instante, e Brougham pediu licença para ir ao banheiro. Eu desconfiava que ele não se sentisse confortável naquele momento de vulnerabilidade, mas não comentei nada.

Peguei o celular enquanto a garçonete trazia nossos pedidos. Já tinha uma mensagem de Brooke.

Minha vida é um buraco negro.

Uma sensação que lembrava muito culpa cutucou minha barriga. Ao mesmo tempo, não deixei de notar como ela estava mais atenciosa de repente. Eu nunca teria recebido mensagem dela tão pouco depois de vê-la enquanto ela estava com Ray.

Talvez Brooke me mandasse mensagens quando quisesse se impedir de mandar para ela.

Eu te amo. Sinto muito.

Chegou bem em casa?

Na real, fiz um desvio. Vim tomar café com o Brougham?

Brooke está digitando.

Brooke está digitando.

Brooke está digitando.

Tá, peraí. Em menos de 24 horas a gente foi
de você nunca mencionar Brougham, para
você ter o número dele e falar com ele depois
da aula, para um CAFÉ? Vocês estão
namorando e você não quis me contar porque
minha vida amorosa bateu as botas? Porque
não tem a menor necessidade disso, e eu
quero saber dessas coisas!!!!

Brougham estava voltando à mesa, com as mãos no bolso. Digitei uma resposta rápida.

Não é nada disso, juro. Explico melhor depois.
Mas agora estou sendo mal-educada.

Virei o celular para baixo quando Brougham sentou.

— Então — falei, procurando um assunto.

O tema óbvio me ocorreu. Eu não tivera notícias dele desde a Disney.

— Como anda a situação da Winona? — perguntei.

Brougham jogou um pouco de açúcar no café e mexeu.

— A gente não se falou desde aquele dia. Ela curtiu uma foto minha um dia desses. Nada para contar além disso.

— E você ainda está de boa?

— Não tenho escolha. Mas estou, sim. E sua situação com a Brooke?

Hah. *Hah.* Era a pergunta do ano.

— Bom, a gente estava... ok. Mas ontem ela e a Ray terminaram.

— Cacete. O que aconteceu?

Eu não esperava que Brougham fosse a melhor pessoa para aquela conversa, mas, de certa forma, até era. Ele tinha mais informações sobre o contexto do que qualquer outra pessoa, exceto pela Ainsley.

— Eu descobri que Ray fez uma coisa muito horrível com a Brooke antes de elas começarem a sair e contei para a Brooke.

— Cacete — repetiu ele. — Posso perguntar o que ela fez?

Neguei com a cabeça, olhando para meu café gelado. Depois da bagunça da noite anterior, não queria espalhar fofoca e deixar a situação mais complicada. Mesmo que eu duvidasse que Brougham fosse contar para alguém.

Brougham estava me olhando com uma expressão curiosa.

— ... Posso perguntar como você *descobriu*?

Olhei para ele, e minha culpa deve ter me traído, porque ele apoiou o queixo na mão e balançou a cabeça.

— *Cacete*.

— Pois é, eu sei. Eu normalmente não uso o armário para essas coisas, juro.

— Normalmente?

— Quase nunca. Só fiz uma outra vez, e também foi pela Brooke.

Ele não respondeu, o que já era uma resposta.

— É, eu me escutei — falei. — Mas eu estava só tentando cuidar da Brooke.

Brougham arregalou os olhos, virado para a mesa, e tomou um gole de café.

— O que foi? — perguntei.

— Nada.

Nossa senhora, ele estava me julgando. Considerando que a opinião dele não me importava muito, fiquei surpresa por ter me sentido incomodada.

— Queria não ter te contado — falei, olhando para meu colo. — Agora você acha que sou uma pessoa horrível.

— Você não é nada horrível. Mas parece que, no fundo, sua intuição diz que não fez isso para ajudar a Brooke.

— Não dá para só me dizer que tudo bem passar um pouco dos limites por amor?

Brougham estreitou um pouco os olhos e deu de ombros em um gesto demorado e preguiçoso.

— É isso que você diria para alguém que escrevesse uma carta para o armário?

Minha cabeça estava doendo, e senti que alguém tinha amarrado uma âncora na minha cintura e me jogado no meio do mar. Porque Brougham estava certo, e costumava estar certo, e eu odiava ele um pouco por isso. Babaca arrogante.

Era muito mais fácil ficar com raiva de Brougham do que de mim mesma.

Brougham não pareceu incomodado.

— Você não é a primeira pessoa a fazer merda na grandiosa e nobre busca pelo amor.

Encontrei o olhar dele e abri um sorriso relutante.

— Mas você nunca estragou o relacionamento de ninguém.

— Claro que não, eu não sou um *supervilão* — disse ele, tranquilo, mas o brilho nos olhos indicava que estava me zoando. — Mas também não sou perfeito. Você deveria ver como sou passivo-agressivo. Às vezes sou um...

O palavrão que saiu da boca dele foi tão inesperado que me engasguei com o café gelado e tive um belo acesso de tosse.

Brougham fez uma cara meio apavorada enquanto eu retomava o controle da respiração.

— Foi mal — disse ele. — Eu vivo esquecendo o efeito dessa palavra aqui.

Esfreguei a boca com o dorso da mão para conter a baba de café.

— *Deus do céu*, tem algum lugar em que essa palavra *não* tenha esse efeito?

— Meu país inteiro vale?

— Só podia ser.

— Que grosseria.

— Mas me explica isso. Lá não é palavrão?

Brougham franziu o nariz. O efeito do gesto na cara normalmente séria dele era cômico.

— Hum, eu não falaria para ninguém com mais de, sei lá, trinta anos. Mas, fora isso, é complicado. Tipo, se for dito, sabe, com *agressividade*, dá para ser bem ofensivo, mas pode até servir de elogio, ou dá para chamar alguém disso só de zoeira. Tem muitos usos.

— Então vou permitir. Mas *nunca* diga isso na frente da minha mãe, tá?

— Não se preocupe, aprendi essa lição na marra. Peguei até detenção depois da aula.

Caí na gargalhada.

— *Jura?*

— Juro, foi na minha segunda semana aqui. Mas nem teve o efeito desejado, porque achei graça de estar em uma detenção americana de verdade, que nem, sei lá, *Riverdale*.

— Nossa senhora, *não*.

— Estou falando sério. Todo mundo lá cresceu com seus filmes, livros e séries, mas na vida real a maioria das coisas não tinha nada a ver com isso. Foi *tão divertido* me mudar para cá. Tipo "Cacete, os bancos do carro são todos invertidos, e tem *refeitório* na escola, e *Twinkies!*".

Girei meu canudo e cutuquei o gelo do copo.

— Vocês não tinham refeitório?

— Não. A maioria das pessoas levava o almoço de casa, e dá para comprar umas coisas na cantina, mas não são refeições completas, e não tem bandeja, nem nada. E normalmente a gente comia lá fora.

— Tipo, tinha mesas na área externa?

— Não, tipo, sentado na grama, ou sentado na mureta de tijolo, e tal.

Se meu sorriso estivesse mesmo tão grande quanto eu imaginava, eu provavelmente deveria me conter, mas nem liguei muito para isso.

— *Ah*, eu quero visitar.

— Visita, sim. Vai à Gold Coast, ou a Adelaide.

— Você é de algum desses lugares?

O cantinho da boca dele se levantou.

— De Adelaide. Daí o sotaque.

— Ah, *sim*, eu queria te perguntar disso!

— Bom, em resumo, quando a Austrália foi invadida e colonizada, decidiram que era boa ideia despachar toda a população encarcerada da Grã-Bretanha para lá, então a maior parte da costa leste do país desenvolveu um sotaque influenciado por vários sotaques britânicos, especialmente os mais comuns na classe trabalhadora.

— Você sabe a impressão que isso dá, né?

— O sistema de classe britânico é problemático; não é minha culpa. Aí, quando os europeus começaram a chegar ao sul da Austrália, um tempo depois, eram colonos livres, então tinha bem mais do que eles chamam de *received pronunciation* — falou, fazendo um sotaque esnobe exagerado para exemplificar. — Tipo, o inglês da rainha, sabe? Então esse sotaque se misturou aos outros e teve um filho bastardo, que é o meu. Por isso, a maior parte do país fala um pouco mais como vocês, e a gente, mais como a Inglaterra. É por aí.

Eu tinha praticamente esquecido meu café, que estava ficando cada segundo mais aguado, mas nem me incomodei. Era a primeira vez que eu ouvia falar daquilo. Foi então que me ocorreu que eu na verdade não sabia praticamente nada do país de Brougham. Quer dizer, achei que soubesse, mas...

— Tem outras diferenças?

— Tem, tipo, diferenças regionais, mas nada vai fazer muito sentido para você. Sei lá, alguns estados chamam roupa de banho de *bathers*, outros de *togs*, outros de *swimmers*.

— *Bathers* — falei, e ri.

— É o termo *correto* — insistiu Brougham, mais calmo. — Ah, e a gente faz um negócio com o *L* que a maioria do país não faz. Tipo, a gente não pronuncia direito se vem antes de uma consoante, ou no fim da palavra.

— Estou me sentindo meio nerd, mas é fascinante.

Brougham se debruçou na mesa.

— Não, seu interesse é legal, na real.

Agora toda palavra que ele dizia soava diferente para mim.

Eu, que já estava gostando daquele sotaque bastardo e esquisitinho, passei a gostar ainda mais depois de conhecer a história.

E talvez pudesse dizer o mesmo dele.

treze

Armário 89, Eu estou a fim de um cara com quem nunca falei. A gente está na mesma turma em várias aulas, mas ele anda com uma galera totalmente diferente, e tenho certeza que nunca se interessaria por mim. Mas quero que se interesse. Você pode ser minha fada-madrinha?

Marieleider2003@hotmail.com

Armário 89 <armario89@gmail.com> 15:06 (há 0 min.) para Marie Leider

Oi, Marie,

Contato visual, contato visual, e mais contato visual. Não é para andar atrás dele e ficar encarando sem piscar. Mas é para olhar de relance para ele e, se ele olhar de volta, sustentar o olhar por uns poucos segundos. Desviar o olhar rápido pode dar a impressão de que foi por acidente (não queremos isso, porque não queremos que ele duvide do seu interesse; queremos que ele tenha certeza de que, ao se aproximar para te cumprimentar, ele não será rejeitado!) ou de que você não está confiante. E confiança é a coisa mais sexy que tem! Ter confiança é como dizer "eu me amo, e se você soubesse o que é bom para si, também me amaria!".

Se ele puxar assunto, sorria, seja agradável, se envolva na conversa e faça perguntas abertas. Nada que seja respondido só com sim ou não. Isso vai manter a conversa fluindo. E não tenha medo de se aproximar para puxar assunto! Deixa o papo fluir com tranquilidade e pergunte se ele lembra para quando ficou aquele trabalho, ou se foi *ele* que tirou dez ano passado, e, se foi, como ele conseguiu? Não precisa ser exatamente isso, mas deu para entender. Mostre que você é amigável, e que é bom conversar contigo.

Sério, não tenha medo. A maioria das pessoas é muito simpática e não se incomodaria com alguém puxando assunto amigavelmente (e, sério, se ele for um dos poucos caras da escola que te encheria o saco por causa de uma simples pergunta, talvez você deva repensar se esse é o tipo de cara que te merece). No melhor dos casos, ele estava procurando uma oportunidade de te conhecer mais mas tinha vergonha de tomar a iniciativa (garotos também ficam tímidos e nervosos!). No pior dos casos, talvez você arranje um novo amigo/conhecido simpático. Você não tem nada a perder.

Boa sorte!
Armário 89

Brougham e eu paramos na frente do café, encolhidos debaixo da marquise para nos proteger da chuva.

— Não vai parar de chover tão cedo — disse ele.

— Não.

— Vamos correr?

Fiz que sim, rangendo os dentes, e saímos correndo pela calçada até meu carro, enquanto eu apertava com tudo o botão da chave.

— *Entra, entra, entra!*

A gente já estava encharcado quando enfim fechei a porta, água escorrendo do cabelo e das roupas pelo carro todo. O suéter verde de Brougham estava quase preto de tão molhado. Ele passou a mão pelo cabelo, tirando-o do rosto.

— E agora? — perguntei, quando liguei o carro e o limpador de para-brisa.

Primeiro achei que ele ia querer que eu o levasse para casa. No entanto, pensando melhor, era claro que não. Não com *aquela* a situação em casa. Ao mesmo tempo, senti que a última coisa que Alexander Brougham iria querer era ser considerado uma vítima. Ele não pediria ajuda. Não admitiria ser capaz de sofrer.

Bom, se o truque da Disney já tinha funcionado uma vez...

— Você tem que voltar logo? — perguntei, com cautela. — Eu queria fazer uma coisa.

Uma gota escorreu da testa de Brougham pelo nariz, e ele tirou o cabelo do rosto mais uma vez. Não deu para ficar arrumado muito tempo.

— Pode ser, não tenho pressa.

Ótimo! Em uma frase, era eu quem tinha pedido o favor. Brougham não precisou me pedir nada, nem sentir que eu tinha pena dele.

— Aonde a gente vai? — perguntou, quando saímos do centro da cidade e pegamos a estrada. — O clima tá meio sinistro.

— Se arrependeu de entrar no meu carro?

— Pensando bem, é melhor eu mandar minha localização em tempo real para o Finn.

— Ele não vai chegar a tempo de te salvar — falei, com a voz grave e sussurrada.

— Você é esquisita, Phillips.

Dirigi com cuidado, muito atenta aos perigos da estrada em uma chuva daquelas. Praticamente não tinha outros carros por perto. Era só a gente, o céu nebuloso, a chuva martelando o carro e campos de grama alagada se estendendo até as colinas ondulantes.

Brougham pegou meu celular, que estava ligado ao USB do carro.

— Posso ser o DJ?

— Claro.

Ele foi mexendo no celular, e eu tentei não desviar a atenção da estrada, mas era difícil não olhar de relance procurando a reação dele. Gosto musical era sempre muito pessoal. Parecia que, ao julgar sua playlist, alguém estaria julgando sua alma.

— Dua Lipa… — murmurou, baixinho. — Travis Scott. Lizzo. Shawn Mendes. Ah, Harry Styles *e* Niall Horan? Cadê os outros?

Senti que ele estava implicando comigo, mas era difícil ter certeza.

— Zayn e Louis devem estar por aí. Do Liam, não sou fã.

— Ah, fala sério, coitado do Liam.

— Nem começa com essa de "coitado do Liam". Ele sabe a merda que fez.

Eu não queria admitir que estava surpresa porque um cara hétero conhecia os membros do One Direction. Mesmo assim, parte de mim se perguntou se, por acaso, ele tinha aprendido aquilo com Winona.

Brougham escolheu Khalid.

— É, eu sei, só gosto de hit pop — comecei. — Mas é bom. Pode julgar.

— Claro. As coisas não são ruins só porque todo mundo gosta.

Não consegui deixar de olhá-lo ao ouvir isso, mas ele nem notou. Estava ocupado mexendo nas playlists.

— Mas, sabe — começou, e, assim que ouvi o tom de voz, soquei o volante.

— Lá vem! Eu *sabia* que você ia me zoar!

— Como assim? Eu falei que gostei das suas músicas.

— Então você *não* estava prestes a dar uma de indie e sugerir uma escolha melhor?

Brougham hesitou.

— Mais ou menos... sei lá... "melhor" é exagero.

— Uhum, não duvido.

Um jipe nos ultrapassou pela outra pista, e um sedã veio logo atrás. Aparentemente eu era a única pessoa da Califórnia a seguir a sugestão de dirigir mais devagar na chuva. Mesmo que a chuva estivesse ficando mais fraca, na minha opinião, não era desculpa para passar do limite de velocidade que nem um arruaceiro imprudente. Eram as palavras da minha mãe, não minhas. Ela adorava o termo arruaceiro.

— Não, eu juro, gostei das músicas! Mas, mais cedo, eu falei que foi engraçado me mudar para cá porque na Austrália a gente acompanha a mídia daqui. E a parada é que a gente ouve tudo daqui, e vocês não ouvem quase *nada* nosso, e, honestamente, estão perdendo.

— Ah, é?

— É, sim. Tipo, no rock clássico, por exemplo. Já ouviu falar de Midnight Oil, ou Cold Chisel? De Jimmy *Barnes*?

Dei de ombros. Pra falar a verdade, eu não estava tão interessada no que andava perdendo, mas Brougham parecia dar importância àquilo, então deixei ele prosseguir.

— Jimmy escreveu, tipo, a *trilha sonora* da Austrália — disse ele, baixinho, enquanto procurava no Spotify.

Tchau tchau, Khalid. Foi ótimo enquanto durou.

Como eu previra, os tons suaves de Khalid foram arrancados de mim, substituídos por uns acordes de teclado bem anos oitenta.

— Nossa, realmente é *outra vibe* — falei, sorrindo.

Brougham não se deixou abalar.

— "Working Class Man" — falou, como se fosse significar alguma coisa. — Você *nunca ouviu*?

— Você sabe que não... — comecei, mas a música aumentou em ritmo e volume, e Brougham começou a, juro por Deus, *dançar no assento*, ao som do que parecia ser a versão australiana do Bruce Springsteen.

Fiquei tão chocada que meu raciocínio foi pro espaço.

Ele aumentou o volume para dar ênfase e começou a murmurar a letra, apertando os punhos e fechando os olhos. Aí começou a cantar de verdade, em uma voz rouca e exageradamente grave para imitar o cantor, de início mais baixo mas aumentando, rindo enquanto cantava. No fim da música, ele estava gritando a todo o volume, e eu estava rindo tanto que fiquei preocupada com a nossa segurança. Ele esticou as mãos para a frente, como se estivesse se apresentando para um estádio lotado, com o queixo erguido e uma expressão teatral cheia de emoção.

— Quem *é você*? — uivei, sem fôlego de tanto rir. — O que está *acontecendo*?

— *Está acontecendo genialidade musical!* — exclamou ele, mais alto que os últimos acordes da música.

— Estou *apavorada*!

— É só seu cérebro com dificuldade de aceitar quanta coisa você perdeu.

— Meu Deus do céu.

Brougham estava ofegante, sem fôlego, mas ria comigo.

— Legal, acabei. Podemos voltar pra sua música.

— Graças a Deus, acho que não teria conseguido dirigir no bis.

Khalid não conseguiu nos acalmar com sua serenata por muito tempo antes de eu sair da rodovia e entrar em uma estradinha menor. Depois de algumas curvas, chegamos ao meu objetivo: a base do monte Tilda.

Sinceramente, "monte" era um exagero. Não passava de uma colina com fama exagerada, e o nome dramático tinha sido inventado por alguns alunos da escola que queriam uma hashtag para postar no Instagram com fotos de trilhas. Mas era grande o suficiente para ter uma estrada rochosa e íngreme que dava a volta toda, o que servia ao nosso propósito. Comecei a avançar, e Brougham agarrou o console central com tanta força que as mãos ficaram lívidas, e toda a sua leveza se esvaiu.

— Não nos mate, não nos mate, não nos mate — disse ele.

— Parece que você está falando sério.

— Estou falando *supersério, Phillips, se você nos matar eu vou te matar.*

— Que bom ver um pouco de emoção vindo de você, Alexander.

— Você acha que... terror é... uma emoção?

— Claro que é.

Mudei de marcha, e o carro desceu um pouquinho enquanto se ajustava. Brougham bateu com a cabeça no encosto e fechou os olhos com força, soltando um gemido.

Soltei a marcha e apertei o ombro dele por um momento. Ele abriu os olhos bem arregalados e olhou minha mão com certo pavor.

— Está tudo bem — falei, rindo.

— Fica de olho na estrada — ordenou ele, com a voz fraca.

— Sim, senhor, perdão, senhor.

Chegamos ao cume, e eu estacionei na área do mirante. Abaixo de nós se estendiam os campos vastos de verde vibrante, as colinas ondulantes e o bosque de árvores. O horizonte estava nebuloso, cinzento de chuva, mas, como eu esperava, era iluminado a cada poucos segundos pelos relâmpagos. O centro da tempestade estava muito distante para ouvirmos o trovão, mas os relâmpagos se misturavam ao crepúsculo, espalhando lampejos roxos, rosa e amarelos pela imensidão do céu. Dali, dava para enxergar tudo através do vaivém do limpador de para-brisa.

Ao meu lado, Brougham tinha se acalmado um pouco, apesar de ainda estar agarrado ao porta-luvas como se isso pudesse salvá-lo caso o carro caísse colina abaixo. Pelo menos a cor estava voltando ao seu rosto.

— A gente vinha muito aqui — falei. — Quando meus pais ainda estavam juntos. Sempre que tinha tempestade.

Outro relâmpago iluminou o céu em um rosa-pêssego, antes de voltar ao cinza-escuro. Brougham soltou o porta-luvas e levou a mão ao peito para massagear a tensão nos dedos compridos. Em seguida, me olhou de soslaio.

— Vamos nessa.

— Como assim, já?

Mas aparentemente ele não estava falando de voltar para casa, porque soltou o cinto antes mesmo de eu retrucar. Em seguida, abriu a porta, deixando entrar uma lufada gelada de vento e chuva, se jogou para fora e fechou a porta com tudo.

— Brougham! — gritei, mas seria impossível me escutar.

Não tinha muito o que ver no mirante. Era só um espaço de estacionamento para alguns poucos carros, uma cerca baixa de lenha empilhada e umas árvores espalhadas. De resto, vinha só a queda íngreme.

Eu não ia sair. Não tinha nada lá fora além de muita água, vento congelante e arrependimentos.

Pelo vidro molhado do banco do carona, vi Brougham, ensopado, andar até a árvore mais próxima e analisá-la.

Por quê?

Por que Brougham fazia *essas coisas*, sério mesmo?

Embora não fosse a melhor decisão, puxei a chave do carro e saí aos tropeços atrás dele.

A chuva me atingiu com a força de uma ventania, sem prédios e vales para filtrar o grosso. Meu cabelo fustigava o rosto em mechas molhadas, e minha jaqueta jeans ficou encharcada e pesada em questão de segundos, dando a sensação de que eu carregava uns cinquenta quilos a mais nos ombros.

Brougham, por motivos que só ele sabia, tinha começado a subir na porcaria da árvore. Com toda a elegância de quem tinha talentos atléticos naturais, ele foi subindo galho a galho.

— O que você está *fazendo*? — perguntei.

Eu não queria demonstrar tanto desespero, mas já era.

— Nunca vi uma tempestade em uma montanha — gritou ele lá de cima.

— É uma tempestade com *trovoada*, Brougham! Sabe? Daquelas que têm *raio*?

— O foco da tempestade está longe à beça, honra as calças que você veste.

— Quê?

Fiquei parada ao pé da árvore, me abraçando para me proteger da chuva e do frio.

— Para de medinho — disse ele, subindo em um galho grosso e se ajeitando em uma posição confortável, antes de se inclinar para me olhar por entre as folhas. — Vem ou não vem?

Soltei um suspiro frustrado e olhei ao redor. Não tinha ninguém ali, nada, nem um passarinho. Só a gente, e o carro de Ainsley.

Seria meio constrangedor se eu não subisse, né?

Olhei com puro desprezo para Brougham e comecei o processo dificílimo de subir num cacete de árvore, num cacete de montanha, num cacete de tempestade.

Galho a galho, aos poucos, com a elegância de quem tinha tão poucas habilidades físicas que nem conseguia se pendurar direito nas barras do parquinho, me impulsionei para subir. Quando cheguei mais perto dele, Brougham ofereceu a mão para me ajudar a escalar o que faltava. Desconfiada, e um tanto preocupada se o galho aguentaria nosso peso, me ajeitei para sentar.

— Você conseguiu — disse ele.

Estava sorrindo para mim, sorrindo de verdade. Nada falso nem forçado.

Não resisti e sorri de volta.

— Eu te odeio. Por que você não podia só admirar do carro, que nem uma pessoa normal?

— Porque agora posso dizer que já fiz isso.

— A gente está encharcado!

— A gente já estava encharcado.

Abri a boca, mas me contive. Ele não estava errado.

O vento uivava com uma fúria especial ali, e as folhas farfalhavam, galhos finos batendo na minha cabeça. O cheiro de ar puro. Chuva, e o perfume almiscarado que já conhecia da água-de-colônia de Brougham. Ao longe, a tempestade começara a se aproximar, e dava para escutar os primeiros rumores de trovão. Então, os relâmpagos lampejaram.

— Você nunca fez isso quando era menor? — perguntou Brougham, se virando para me olhar.

O rosto dele estava brilhando, gotas respingavam na pele e escorriam pelo cabelo, pelas sobrancelhas.

— Nunca fiz, seu esquisitão.

Brougham voltou a olhar para a chuva e sacudiu as pernas.

— Novas memórias, então.

— Pode ser. Definitivamente não vou me esquecer disso. É diferente do meu protocolo para dias de tempestade.

— Que é...

— Sorvete, cobertor, filmes de terror.

Um trovão retumbante interrompeu o barulho contínuo da chuva que fustigava os penhascos. Mais próximo, mas não a ponto de me preocupar.

— Filmes de terror! Ótima escolha.

Bom. *Isso* era interessante. Considerando o gosto cinematográfico de Brooke — ou a falta de gosto, na verdade —, fazia tempo que eu não tinha companhia, além de Ainsley, para ver filmes. Pigarreei.

— Hum, que horas você falou que tem que voltar para casa mesmo?

— Achocolatado ou chocolate quente? — perguntou minha mãe, entre a cozinha e a sala.

Naquele caso, chocolate quente se referia a uma receita especialmente caprichada que ela tinha aprendido com outra professora da escola uns anos antes. Eu chamava de "chocolate quente de rico", mas não ia falar isso na frente de Brougham.

Fingi refletir.

— Bom, considerando que a Ainsley matou o sorvete, voto pelo chocolate quente.

Virei para Brougham, que tinha acabado de se encolher no sofá, embrulhado no cobertor felpudo turquesa, que era meu preferido na infância.

— Concorda, ou…? — perguntei.

Brougham se enroscou ainda mais no cobertor. Minha mãe era uma mão de vaca e tanto com aquecimento. Ela acreditava que aquecedor nunca era necessário na Califórnia.

— Eu não sabia que tinha diferença.

— Aqui em casa, a gente tem o achocolatado em pó normal — disse minha mãe. — Ou o chocolate amargo de verdade, *luxuoso*, *cremoso*, derretido *devagar* em uma panela e misturado com leite *integral*.

— Relaxa, mãe.

Eu sorri. Ela deveria ter sido publicitária.

— Bom, eu também gostaria de chocolate quente, e quero que Alexander tome a *decisão correta*. Mas vocês que sabem.

Ela abriu um sorriso radiante para ele.

Brougham olhou de mim para ela e balançou a cabeça.

— Bem, como recusar, depois dessa descrição da senhora?

— É impossível recusar. Cinco minutinhos, já volto.

— Você vai ver o filme com a gente? — perguntei, enquanto ela se afastava.

— Adoraria, querida, mas tenho que corrigir prova.

— Acho que uma dessas provas é minha — disse Brougham para mim.

— É, sim! — soou a voz da minha mãe, distante, mas audível. — Já corrigi a sua. Você foi muito bem, só precisa dar uma resumida melhor nos parágrafos da próxima vez, meu bem.

Brougham fez biquinho.

— Tranquilo. Obrigado!

Bom, se minha mãe não ia ver com a gente, e Ainsley estava no quarto editando um vídeo que queria postar de manhã, sobrávamos só eu e Brougham. Ou seja, tínhamos controle total da televisão. Bem como eu gostava.

— Alguma sugestão? — perguntei, passando pela lista de filmes disponíveis.

— Hummm, depende. Você gosta mais de levar sustos ou de uns negócios tensos e perturbadores?

— Eu *adoro* ficar tensa.

— Tem um lançamento que parece bem bizarro. Acho que se chama *Poppy*. Mas não teve críticas muito positivas.

— Às vezes, filmes que não fazem sucesso de crítica acabam sendo bem ok — falei.

— Concordo plenamente. Então toparia esse. Fora isso… peraí, você já viu *Respawn*?

Pestanejei.

— Acho que não.

— *Jura?* Com os Pinças, os objetos que mudam de lugar e… — começou, e largou a frase no meio quando notou minha expressão neutra. — Você *precisa* ver.

— Parece horrível.

— É *camp*. É *cult*!

— Meu Deus do céu.

— Agora estou *insistindo*.

Bom, considerando a última vez que ele insistira em me apresentar alguma coisa, pelo menos havia a chance de ser divertido. Eu ri.

— Tá, tá, ok, mas se seu gosto para filme de terror for ruim, não podemos mais ser amigos.

— Ainda podemos ser colegas?

— Pelo preço certo, venderei minha integridade para você com prazer, Brougham.

— É tudo que sempre sonhei ouvir — disse ele, sério, estendendo a mão.

Entreguei o controle remoto para ele, que rapidamente encontrou o filme na biblioteca. A imagem inicial era de uma xícara desalinhada no pires.

— Uaaau, superperturbador — falei. — Todas as vovós devem estar tremendo nos casaquinhos de crochê.

— Cala a boca e presta atenção no filme, Phillips.

— Uau, e nem *fala* dessa intimidação, você é tão dominante, estou apavorada.

— Você não é uma dessas pessoas que fala o filme todo, né?

— *Não*. Mas a gente ainda nem começou a assistir.

Antes que Brougham pudesse retrucar, minha mãe trouxe os chocolates quentes com uma quantidade generosa de chantilly e marshmallows torrados pelo minimaçarico de cozinha. Se eu não a conhecesse, diria que estava tentando impressionar alguém. Talvez ela sentisse a necessidade de se exibir quando um aluno aparecia.

Ela apagou a luz ao sair para o escritório, mergulhando a gente na escuridão, interrompida apenas pelo leve brilho azul da tela.

Coloquei minha xícara na mesinha de canto para esperar esfriar um pouco, e Brougham segurou a dele com as duas mãos, soprando de leve.

— Eu gosto da sua mãe.

— Se não gostasse, eu ia achar que você tem algum problema. Vai dar play, ou não?

Ele me olhou de soslaio e colocou o filme.

Como prometido, não era mesmo ruim. Talvez fosse até meio bom, de um jeito misterioso. O filme acompanhava alienígenas chamados de Pinças, que eram invisíveis, ou talvez existissem entre dimensões — era difícil saber —, e caçavam as presas por dias antes de virá-las do avesso, célula a célula, de início gradualmente, e depois exponencialmente, até causarem uma falência múltipla dos órgãos. O único sinal da presença deles era que objetos começavam a mudar de lugar, muito sutilmente, porque sua estrutura molecular era rearranjada.

Brougham tinha sorte de não ter entrado em detalhes do enredo, porque a direção de fotografia era o único aspecto que salvava o filme de ser ridículo e de baixa qualidade. No entanto, como obra completa, era estranhamente envolvente. Cheguei até a engolir um grito quando do nada apareceu uma mandíbula exposta e decomposta virada do avesso. Brougham gargalhou da minha reação. Pelo visto tínhamos encontrado o único jeito garantido de fazê-lo sorrir: ver alguém passando vergonha.

Consegui resistir a mandar mensagem para Brooke até o meio do filme. Quando não aguentava mais, cochichei:

— Vou perder muita coisa se der um pulo no banheiro?

— Não, pode ir, vai lá.

Peguei o celular antes mesmo de chegar ao banheiro. Provavelmente poderia ter olhado na sala mesmo, mas Ainsley *odiava* que as pessoas mexessem no telefone durante um filme, a ponto de cogitar violência física para fazer a gente *largar* o celular. Desde que eu aprendera a lição na marra, era impossível desaprender.

Duas mensagens de Brooke.

Estou muito na merda.

Quer fazer alguma coisa amanhã? Sushi, ou
um escape room, literalmente qualquer coisa?

Se eu *queria*? Depois de dois meses garimpando qualquer resquício de tempo de Brooke, era a mensagem mais linda que já tinha recebido.

Mas, cara, eu me sentia a pior pessoa do mundo.

Que tal: sushi E escape?

Eu te amo tanto. Sim, por favor. Meio-dia?

Como era possível estar ao mesmo tempo cheia de remorso e mais feliz do que nunca por causa da mesma decisão? Devia ser *impossível*. No entanto, lá estava eu. Parecia que eu finalmente tinha derrotado o chefão de um jogo que havia passado meses jogando. Ray já era, e Brooke estava de volta, e *por que eu parecia uma psicopata falando assim? Não era normal ficar tão satisfeita por ter feito uma coisa escrota.*

Mas não tinha sido *tão* escroto, né? Eu estava só cuidando dela, sabe...

Não estava?

O comentário de Brougham mais cedo, sobre minha intuição, me veio à mente. Algo me dizia que ele estava certo. Se eu tivesse feito aquilo por bons motivos, não me sentiria tão péssima. Era melhor ser honesta comigo mesma.

Brougham tinha generosamente pausado o filme enquanto eu estava no banheiro, para eu não perder nada. Voltei a sentar no lugar ainda quente e esbarrei no ombro dele. Ele estava sentado assim tão perto antes? De jeito nenhum, quando levantei tinha mais de dez centímetros entre nós. Ele deveria ter se ajeitado no sofá enquanto eu não estava. Para minha surpresa, apesar de estarmos com os braços esmagados juntos, ele não fez nenhum gesto para se afastar. Deveria estar com tanto frio quanto eu.

Ficou ali até o fim do filme, na verdade. O calor do corpo dele me deixou aconchegada e confortável, apesar da garoa que ainda caía lá fora. De vez em quando, ele me olhava de soslaio com uma expressão engraçada, como se esperasse que eu fosse fazer ou dizer alguma coisa, sabe-se lá o quê.

Quando o filme acabou, ele se espreguiçou que nem um gato e levantou.

— Espero não ter sido inconveniente de ficar tanto tempo aqui.

— Como assim? Não, de jeito nenhum.

— É que acabei de notar que você já está me aguentando faz quase sete horas. Pedi um Uber.

Uau, sete horas? Não tinha sentido tanto tempo passar. Seria aquilo uma rejeição preventiva? Tipo, ele já estava se criticando antes que eu pudesse ter a chance de fazer isso?

— Não, eu gostei. Foi divertido. Mas você deveria deixar eu te dar uma carona para casa.

Ele negou. No entanto, os ombros pareceram perder um pouco da tensão.

— Não, já tá tarde.

Ele dobrou a manta enquanto eu levantava para acompanhá-lo. Me passou a manta, e eu a segurei, mas ele continuou segurando por mais um segundo. Deveria estar mesmo apavorado de voltar para casa.

— Espero que esteja tudo bem na sua casa — falei.

Ele ficou surpreso.

— Ah, não, vai estar tranquilo. Relaxa. Quase esqueci essa história toda, na verdade.

— Se precisar de alguma coisa, estou aqui.

— Obrigado, Darcy, mas, pra ser sincero, eu já moro com eles há dezessete anos. Entendo como funciona. Tá tudo certo.

— Tá bom. Tá. Então a gente se vê por aí, né.

— Te digo se precisar de conselhos — disse ele. — E... boa sorte com a Brooke. Sei que conselhos não são exatamente minha especialidade, mas, se precisar conversar, sou um ouvinte que dá pro gasto. Acho.

Eu sorri.

— É, sim. Boa noite.

Foi só quando fechei a porta que notei que ele tinha me chamado de Darcy.

De volta à sala, estava tudo normal, até não estar. A primeira coisa que notei foi que a caixa de lencinhos que normalmente ficava na mesinha de centro estava no chão, encaixada atrás de um dos pés de madeira da mesa. Imaginei que não fosse assim tão estranho — talvez Brougham tivesse pegado um lencinho sem eu notar. Mas, desconfiada, dei uma olhada no resto da sala.

Estava tudo igual, mas diferente, de formas pequenas e sutis. A manta de retalhos que a gente tinha deixado dobrada na outra ponta do sofá estava em outra posição. A mesinha de centro tinha sido empurrada uns quinze centímetros, revelando as marcas fundas que tinha deixado no carpete pelos últimos muitos anos. Nossas xícaras de chocolate quente estavam perfeitamente alinhadas, as cortinas estavam abertas apenas o bastante para deixar um filete de luz da rua entrar, e a luminária de pé jogava a luz no corredor, sendo que *com toda a certeza* estava virada para o sofá à tarde.

Nananinanão, não, foda-se, aquilo era bizarro pra *cacete*. Apesar de imediatamente pensar em Brougham — aquele babaca —, uma vozinha cochichou dentro de mim: *"Mas e se for verdade?"*. E se os Pinças existissem e soubessem que eu estava sozinha ali? Minha mãe e Ainsley já estavam dormindo profundamente, e eu não podia acordar elas só por isso, podia? Eu não estaria dando uma de histérica? *Será que eu estava histérica?*

Me encolhi no canto do sofá e mandei uma mensagem para Brougham, exigindo explicações. Quando se passaram dois minutos sem a resposta dele — e alguma coisa arranhou a janela, o que *poderia* ser um galho de árvore, mas também um Pinça tentando entrar —, eu telefonei.

Ele atendeu, ofegante.

— Oi?

— *Você mudou tudo de lugar na minha sala?*

— Do que está falando?

Ah, não, meu Deus, *não era* ele. Pelo menos, se eu morresse, estaria no telefone com ele para alguém testemunhar meus gritos. Ele poderia contar à minha família o que tinha acontecido.

— Porque tudo *mudou de lugar*.

— Então faz sentido.

— Foi você ou não foi?

— Bom, vejamos. Quando eu teria feito isso?

Ah, não era possível. Ele tinha passado o tempo todo do meu lado. Mas...

— Eu fui ao banheiro no meio do filme — falei, triunfante.

— Certo. Então, pela lógica, as provas todas indicam que fui eu.

— Só vou perguntar mais uma vez. Foi você?

— Antes de responder, quero esclarecer uma coisa rápida: por que você sente a necessidade de perguntar?

— Como assim?

— Você *sabe* que os Pinças não existem, né?

Ele estava se divertindo com aquilo?

— Brougham, sou *a única pessoa acordada nessa porcaria dessa casa e...*

— Fala sério, Phillips, você me disse que era corajosa com filme de terror.

— Eu vou te matar. Vou entrar no carro, encontrar uma serra e quebrar sua janela para...

— Relaxa, relaxa — disse ele. — Fui eu, prometo. Os Pinças não existem. Achei que você fosse notar enquanto eu ainda estivesse aí.

— Você *não é engraçado, Brougham.*

— Errado. Sou engraçado à beça.

— Vou desligar.

— Não se esqueça de fechar as cortinas. Os Pinças enxergam aura no escuro, lembra?

Revirei os olhos, então levantei e fechei a cortina. Só por via das dúvidas.

— Eu te odeio.

— Acho que não odeia.

Fui retrucar, mas de repente lembrei de algo que tinha esquecido em meio ao pânico.

— Ei, hum. Antes de desligar: tudo bem aí?

— Ah — disse ele, e baixou a voz para um cochicho. — Tudo bem, sim. Meu pai saiu, e minha mãe apagou no sofá.

— Ela tá bem?

— Tá, ela às vezes dorme lá. Normalmente quando...

Ele não completou a frase, mas minha cabeça completou. *Quando bebe.*

— Enfim, não se preocupa — falou. — Obrigado por perguntar. Me manda uma mensagem se alguma coisa tentar te devorar.

— Idem. Mas só quero o endereço da coisa na mensagem. Para mandar uma carta de agradecimento.

— Grossa! Boa noite, Phillips.

— Boa noite, Alexander.

Análise de Personagem:
Alexander Brougham

É complicado.

catorze

O Spotify me deu recomendações depois
daquela música que você botou no carro.
Estou aprendendo sobre a sua cultura.

HAHA ok tô preocupado. O que o spotify
sugeriu?

Humm até agora teve "run to paradise",
"bow river", "the boys light up", "khe sanh",
"the horses"...

"THE HORSES"!!! Por que não te mostrei "the
horses"? Esse SIM é o hino nacional

Já posso me considerar australiana?

Pode se considerar australiana quando souber
a hora de gritar "Alice? Who the fuck is Alice?"
e "No way, get fucked, fuck off" no pub. Até lá,
você é uma convidada bem-vinda.

Nossa... tenho tantas perguntas agora.

Que bom

— Você acha que a gente deveria se envolver mais nas coisas da escola? — perguntei a Brooke depois de tocar o último sinal numa terça-feira, à toa no corredor.

Brooke puxou um pouco a saia — era uma sainha de camurça caramelo *muito* curta, que mostrava todo o desenho das coxas. Ela andava testando mesmo o limite das regras de uniforme naquelas semanas; imaginei que fosse um plano para causar ciúmes em Ray, através do poder da sensualidade. Não era o conselho que eu daria se ela tivesse pedido ajuda ao armário, mas ela não pediu — o que eu não podia julgar, considerando o último conselho que recebeu.

— Sério? — perguntou ela, enquanto a gente atravessava a multidão de azul-marinho. — Se envolver *mais*? Eu já tô no Q&Q e no grêmio.

— É, não, não formalmente. Só, tipo, nos rolês. Sei lá, qual foi a última vez que a gente foi a algum rolê de esportes?

— Tipo um jogo de futebol?

— Isso, exatamente. Ou, tipo, uma competição de natação.

O olhar atento de Brooke se voltou para mim.

— Isso é por causa do Brougham?

— *Não!* Não exatamente. Mas ontem ele mencionou a natação, e percebi que a gente nunca vai a algo desse tipo.

— É — disse Brooke. — Porque a gente odeia essas coisas.

— Odeia mesmo?

— *Darcy!*

— É só que a gente nunca falou disso. Não achei que estivéssemos evitando de propósito.

Brooke soltou uma gargalhada melodiosa, me puxando pelo braço para mais perto da parede, nos afastando do movimento de alunos. Era engraçado. Apenas um mês antes, aquilo teria me deixado de pernas bambas e me causado calafrios. Naquele dia, causou apenas uma leve agitação no peito. Ainda era alguma coisa, mas nem chegava perto do desejo avassalador de antes.

— Tá, eu sei que você disse que não é por causa do Brougham, mas, se *fosse*, eu ia *morrer*.

— Morrer?

De... ciúme? A agitação no peito voltou, esperançosa.

— É. Faz *séculos* que você não fica a fim de alguém...

Mentira, mas ela não sabia.

— ... e eu sinto que a gente nunca tem a oportunidade de fofocar sobre essas coisas suas.

A agitação voltou a hibernar.

— Eu não te imaginava ficando com um garoto — continuou Brooke —, mas acho que um relacionamento hétero tem vantagens. Não que eu entenda por que você escolheria um homem se tem tanta mulher legal por aí, mas sou suspeita.

— Bom, mas não seria um relacionamento hétero, né? Porque eu não sou hétero.

— Não, claro. Não foi isso que eu quis dizer. É só que você não teria que lidar com babaquice homofóbica.

— É, entendi.

Ainda assim, não me desceu bem.

Perto dos armários, Marie Leider, uma garota da minha turma de história, estava agarrada aos livros, sorridente, corada e de olhos arregalados, enquanto Elijah Gekhtman gesticulava, empolgado.

— ... sabia que mais alguém na escola tinha *ouvido falar* disso — dizia ele. — Em que episódio você está? Ano passado, cheguei no setenta e tal, mas aí...

— Enfim, quer carona para casa? — perguntou Brooke.

Desviei o olhar de Marie, sentindo um calorzinho no peito. Parecia que ela tinha encontrado um ponto em comum com alguém.

— Não, tranquilo, vou esperar minha mãe.

Brooke arregalou os olhos com um sorriso malicioso.

— Saqueeeeeei.

— Quê? O que foi isso?

— Nada — disse ela, sorrindo, e seguiu andando, com as mãos cruzadas às costas. — Divirta-se muito aqui na escola conversando *só com sua mãe* por uma hora.

— Você está entendendo errado — gritei atrás de Brooke, e a gargalhada dela ecoou pelo corredor mais vazio.

Revirei os olhos e voltei pelos corredores até a sala da minha mãe. Estava vazia, o que era sinal de que a última aula tinha sido excepcionalmente organizada, ou que ela tinha perdido a paciência e obrigado a turma a arrumar tudo no fim da aula como castigo, o que era mais provável.

Por isso, subi para o outro andar e passei pela sala dos professores — onde parei para cumprimentar Sandy (sra. Brouderie), Bill (sr. Tennyson) e uma professora cujo nome não lembrava (mas que me conhecia) — para chegar ao escritório da minha mãe.

Ela estava cercada de pilhas desordenadas de papel, digitando no notebook em uma bancada comprida, que dividia com mais três professores. No entanto, nenhum deles estava lá.

Acima da mesa, o quadro de avisos da minha mãe estava coberto, como de costume, com post-its, fotos minhas e de Ainsley e algumas fotos de grupo dos professores ou alunos em eventos, tipo formaturas ou excursões. Um dos itens mais recentes no quadro era uma lista de afazeres, na qual encontrei meu nome.

— Aniversário da Darcy — li em voz alta.

— *Surpresa* — brincou minha mãe, parando de digitar por um momento. — O que você quer esse ano? Festona ou presentão?

Era aquela a regra que Ainsley e eu seguíamos desde crianças. A festona normalmente era uma comemoração em grupo em algum lugar, talvez em casa, com comida para todo mundo, assim como atividades. Se a gente escolhesse essa opção, ainda ganhava presente, mas modesto. Ou podíamos pedir para nossos pais comprarem um presente mais caro, e aí a comemoração em si envolveria um bolinho de padaria com velas na cozinha, pizza ou comida indiana, e tal. Infelizmente, ter pais divorciados não significou presentes em dobro nos aniversários e no Natal. Nossos pais davam um jeito de resolver suas diferenças duas vezes ao ano para colaborar naquilo.

— Hum, nem pensei nisso — falei.

— Bom, só faltam três semanas. Precisamos de um pouco de antecedência.

— Posso te avisar daqui a uns dois dias?

— Claro.

Ela obviamente estava distraída com o e-mail que tentava responder, então aproveitei a oportunidade para voltar ao armário. Depois de conferir que não tinha mais ninguém por ali, recolhi as cartas, fui a uma sala de aula vazia, tranquei a porta e me sentei grudada na parede para não ser pega enquanto as lia.

As duas primeiras cartas eram comuns.

A terceira era peculiar. Continha cinquenta dólares.

Abri, franzindo a testa. Eu já tinha recebido mais de uma carta sem dinheiro, enviada por alguém que, por alguma razão, não podia pagar os dez dólares. E é claro que, nessas situações, eu abria mão do pagamento com prazer. Eu, de todo mundo ali, entendia bem como era precisar de ajuda e não poder pagar pelo serviço. Mas uma gorjeta *daquelas* eu nunca tinha recebido.

Querida Darcy,

Apesar de já estarmos trabalhando juntos há um tempo, é a primeira vez que envio uma carta de fato. Imaginei que, pelo menos uma vez, eu deveria tentar seguir as regras.

Ontem, minha ex-namorada me mandou uma mensagem do nada. Aí, em suma, a gente passou a tarde juntos, e acho que ela quer dar outra chance para o nosso namoro. Então, basicamente, seja lá o que venha a acontecer, acho que podemos contar como parte da sua taxa de sucesso de 95%. E eu prometi metade do pagamento quando desse certo, lembra?

Assinado,
Eu

Encarei a carta e enfiei as outras que ainda estavam fechadas na mochila. Levantei para ir embora e então lembrei, distraída, que não deveria ser vista carregando carta *nenhuma* nas mãos, então enfiei aquela na mochila também, com as outras. Em seguida, fui direto à piscina, batendo os pés com força no chão.

Uma *carta*? Era assim que ele me atualizava? Uma *carta*? E a comemoração? O "muito obrigado, Darcy"? O "deu certo, eba"?

Felizmente, Brougham era a única pessoa na piscina, então eu não precisava me preocupar em ser discreta.

— Hum, oi — chamei, competindo com o barulho da água e dos aquecedores da piscina.

Daquela vez, ele ouviu logo. Brougham parou no meio da braçada e balançou a cabeça na água, afastando o cabelo do rosto.

— Oi. Recebeu?

— Recebi, sim — falei, parada na beira da piscina.

Minha voz saiu esquisita. Eu não sabia exatamente se estava com raiva dele, nem se estava muito magoada. Era só meio estranho. Era um jeito estranho de me contar.

— Foi meio do nada — falei.

— Pois é — disse ele. — Perguntei por que ela resolveu fazer isso, e ela disse que não tinha bem um motivo. Só sentiu saudade, parece.

— Ah.

Pigarreei para me livrar do tom esquisito da voz. Não queria estragar o momento de Brougham com pirraça por causa do método escolhido para me contar a novidade.

— Que bom que ela finalmente chegou lá! — falei.

— É, acho que sim.

Brougham não tinha vindo até meu lado da piscina, então senti que ele não estava a fim de falar daquilo, por algum motivo. No entanto, eu estava muito curiosa para saber exatamente o que tinha acontecido. Por que ele estava escolhendo *aquele* momento para agir de forma tão indiferente?

Talvez a indiferença em si fosse o que tinha feito Winona mudar de ideia. Aquilo me preocupava um pouco, porque não sabia por quanto tempo Brougham conseguiria manter a estratégia da distância daquele jeito.

Mas, no fim das contas, não cabia a mim mencionar essa preocupação. Ele não precisava mais de mim e pronto, né? Eu tinha feito o que foi proposto, mantido a taxa de noventa e cinco por cento de sucesso. E a gente mal era amigo. Éramos só colegas. E eu ainda o veria na escola. Ainda tinha mais vários meses de aula antes das férias.

Então por que eu estava me sentindo daquele jeito? Como se cipós tivessem brotado no meu peito e esmagado meu coração e saído pela garganta para me sufocar? Como se alguma coisa horrível estivesse a caminho mas eu não soubesse o quê? Seria mesmo uma intuição a respeito de Winona? Será que eu estava preocupada por Brougham?

Brougham inclinou a cabeça para o lado enquanto eu hesitava. No que ele estava pensando? Ele queria que eu fosse embora?

Por que eu ainda estava ali?

Acho, para ser sincera comigo mesma... Acho que eu tinha, sim, pensado que éramos amigos, até. Amigos recentes, talvez, mas ainda assim. Será que não éramos mais, depois de eu ter concluído meu trabalho?

Finalmente, Brougham quebrou o gelo.

— Está esperando para me acompanhar até o carro?

Era difícil identificar se o tom era de brincadeira. Fiquei vermelha.

— Não, só esperando minha mãe se liberar. Foi mal, vou...

— Quando ela deve se liberar? — interrompeu Brougham, nadando até a beira da piscina e se apoiando nos braços cruzados.

— Daqui a meia hora, por aí.

— Me espera? Só preciso de uns cinco minutos para tomar banho.

Concordei, e um pouco da tensão dos meus ombros se aliviou.

Brougham voltou do vestiário com roupas limpas e casuais, carregando a mochila na frente do peito.

— Desculpa — falei. — Você não precisava interromper o treino por minha causa.

Ele deu de ombros.

— Tranquilo.

Caminhamos, lado a lado e em silêncio, pelos corredores e pela área externa da escola. O sol forte ardeu nos meus olhos, e eu baixei a cabeça para me adaptar.

— Está tudo bem? — perguntou ele, com cautela.

Na verdade, não.

Estou preocupada de você se dar mal.

Não sei se fico feliz de você sair com Winona depois da nossa conversa na Disney.

Quero dizer isso, mas não quero ser responsável por estragar o romance de mais um amigo, porque não confio mais no meu julgamento.

Forcei um sorriso e concordei.

— Tudo — falei, na voz mais alegre que consegui. — Claro. Estou muito feliz por você.

Brougham deu de ombros.

— Teve uma hora que achei que não fosse rolar.

Eu sorri.

— Ia, sim. Eu sabia desde o início que você ia reconquistá-la.

Ele quase sorriu.

— Por causa do meu carisma?

— Não, da sua modéstia.

Ele ajeitou a mochila.

— É isso que você teria sugerido no e-mail? Carisma e modéstia?

— Não. Eu teria dito para você parar de tentar rejeitar as pessoas antes de te rejeitarem.

Com uma gargalhada curta, ele esbarrou o ombro no meu.

— Que direta.

— Eu falo o que as pessoas precisam ouvir. Por isso funciona com tanta frequência.

Chegamos ao carro, e ele abriu a porta para jogar a mochila dentro. Em seguida, fechou a porta e se recostou no carro, me olhando em uma pose preguiçosa e lânguida.

— Só tem um problema.

— Qual?

Ele inclinou a cabeça.

— Bom, eu e Winona ainda não estamos oficialmente juntos.

Então ainda é cedo para considerar vitória. Mas achei que já servia para o nosso acordo.

Nossa, como ele gostava de ser do contra, né? Era capaz de *morrer* se deixasse uma discussão pra lá. Olhei para ele, frustrada.

— Fala sério. Está na cara que ela quer que você peça para voltar. Ele engoliu em seco.

— Mas e se eu não pedisse?

Como assim? Pestanejei, sem entender. Era mais encheção de saco do Brougham? Certamente não. Uma pessoa tão apaixonada quanto ele jamais colocaria a reconciliação em risco só para ganhar uma discussão imaginária comigo.

— Não entendi.

— E se eu não voltasse com Winona? Você consideraria que foi um fracasso?

Sério? Como ele podia me olhar com tanta inocência, com aqueles olhos injustamente azuis, com aquele sorrisinho torto engraçado, e me ameaçar? E por *quê*? Se ele achasse que era eu quem mais tinha a perder na situação, era melhor repensar, e logo.

— Hum, acho que eu daria um jeito de sobreviver. Você perderia muito mais do que eu.

Ele deu impulso com o pé para longe do carro e para perto de mim.

— Quer saber? Acho que não.

Mais uma vez, senti que estávamos tendo duas conversas. A conversa real e a conversa da cabeça dele, e nesta segunda eu inexplicavelmente entendia os mistérios que ele deixava nas entrelinhas.

— Você vai precisar ser mais claro do que isso.

Ele abaixou a voz em um murmúrio, mesmo que só nós dois estivéssemos ali, o que fez eu me aproximar para escutar.

— Quer que eu desenhe?

— Quero, por favor. Desenha para mim.

E foi só naquele momento que entendi. Eu não sabia dizer se notei porque meu coração começou a martelar com força, ou se o coração martelou com força porque eu notei. Tudo aconteceu em um só momento emocionante e atordoante, uma mistura confusa de consciente e inconsciente. Os olhos de Brougham estavam levemente estreitos, o queixo, inclinando, e a boca, entreaberta, e eu podia ouvir sua respiração. O ar entre nós vibrava com uma energia invisível, pulando e faiscando na pele e me impulsionando para mais perto. Ficamos suspensos no tempo e no espaço, e o momento prestes a acontecer entrou em foco. Como se eu não pudesse interromper, se quisesse.

Mas eu não queria interromper.

Primeiro, ele levou as mãos à minha cintura. Quentes, grandes, com uma pressão leve. Ele me puxou, só um pouquinho. Uma pergunta. Que eu respondi indo com ele.

Seu rosto estava a poucos centímetros do meu, e tudo que eu sentia era o calor emanando, então uma *coisa* arrepiante subiu do meu peito até o pescoço, e tudo que eu via era a boca dele, até meus olhos se fecharem inconscientemente.

E ele me beijou.

Ele me beijou.

Ele me beijou, e aqueles lábios eram macios, a boca suave tocava a minha. Quente.

Ele me beijou, e tinha gosto de cloro, e senti vagamente as mãos ainda na minha cintura, que, assim que nossas bocas se tocaram, ele apertou, me segurando como se eu fosse a única coisa a mantê-lo de pé.

Ele me beijou, e foi hesitante, uma pergunta. *Tudo bem? Agora entendeu?*

Não. Eu não entendia nada. Mas a única coisa que me importava naquele momento era mantê-lo perto de mim. Aí eu o beijei também, empurrando até ele bater as costas na porta do carro. Passei os dedos pelo pescoço dele, pelo contorno de seu queixo. Minha outra mão encontrou a dele no metal quente da porta, toquei sua pele macia.

Ele soltou um gemido baixo na minha boca e, de repente, todos os pensamentos racionais desapareceram. Subi as mãos para os ombros dele e o puxei mais forte, mais fundo. Estava grudada em Brougham, o peito dele no meu, meus dedos no cabelo molhado dele, a língua dele passando pela minha boca. Ele ofegou quando levantou o quadril para pressionar o meu, e eu quase perdi totalmente a razão.

E era Brougham.

Era Brougham.

Era Brougham.

Eu o soltei e me afastei aos tropeços, levando as mãos à boca. De repente, só ouvi sirenes. Estava tudo girando, aquilo não estava certo, alguma coisa estava errada, e eu não sabia o que era, mas estava, estava errada, eu tinha feito a coisa errada, e precisava ir embora já, *já, já.* Ele estava me olhando, confuso, e o sorriso engraçadinho tinha sumido, então disse meu nome, mas soou distante e distorcido. Acho que pedi desculpas. Acho que repeti três ou quatro vezes, na verdade.

E saí correndo, voltando para a escola, para minha mãe, para os corredores vazios, ainda com a mão na boca. Fazendo que não com a cabeça. O cérebro gritando palavras que eu não entendia. Eu não sabia o que estava errado, mas era tudo. Eu só precisava de espaço. Tinha sido inesperado demais. Não fazia sentido. Eu precisava de mais avisos. Onde estava o aviso? Onde estava o processo? De onde tinha vindo aquilo?

Como eu não tinha notado?

Não ousei olhar para trás enquanto corria. Eu não sabia se

Brougham estava me seguindo, ou se ainda estava parado, atordoado, perto do carro. Não sabia o que achava pior, então não, não pensei nele, não.

Meus olhos estavam ardendo de lágrimas quando empurrei a porta dupla do corredor da escola. Estava deserto. Ninguém à vista. Andei rápido pelo chão de linóleo, me afastando o máximo que podia de Brougham.

Eu não queria encontrar minha mãe. Não queria que ela soubesse, que olhasse de outra forma para Brougham, que formasse uma opinião sobre aquilo tudo. Não sem saber a história toda.

Com as mãos tremendo, peguei o celular e fui direto para o contato de Ainsley. Dei um jeito de ligar.

Atende, atende, atende.

Aquilo significava que Brougham gostava de mim? E se ele gostasse e tivesse me beijado e eu tivesse fugido dele? Literalmente fugido dele, o que ele sempre morria de medo de fazerem. Talvez eu...

Ainsley atendeu, animada.

— Alô?

— *Oi* — falei. — Você tá na aula?

— Estou saindo agora... peraí, o que foi?

— Você pode, por favor, me buscar na escola? Agora? Imediatamente? O mais rápido possível?

— Posso, claro. Você tá bem?

— Hum, tô, não, não muito, mais ou menos. Estou em segurança. Aconteceu uma coisa. Preciso conversar. Mas preciso sair daqui. Agora.

— Me encontra no estacionamento. Já estou indo.

Fui até a porta e dei uma olhada no estacionamento. Estava deserto. Brougham tinha ido embora. Suspirando, mandei mensagem para minha mãe e falei que tinha pegado carona com ele. Eu torcia para Ainsley chegar antes de minha mãe acabar o trabalho.

O dia ali estava normal. Céu nublado, um pouco cinzento, ar fresco, um pouco menos de vinte graus. Uma brisa leve. Que nem quando eu e Brougham tínhamos saído da escola, uns dez minutos antes. Só que nada estava igual. Nada voltaria a ser igual.

Talvez eu devesse mandar uma mensagem para Brougham.

Mas ai, não, ai, o que eu diria? Que não gostava dele? Porque talvez não fosse verdade. E se eu dissesse que *gostava*? O que isso significaria? Eu não estava pronta para que aquilo significasse algo. Meia hora antes, eu tinha aceitado a ideia de que ele era namorado de Winona. E *Winona*! O que aconteceria com ela? E se ele só planejasse enrolar nós duas? Se ele gostasse de mim, por que estava falando com a Winona?

E *Brooke*.

Não que Brooke fosse importante naquele caso. Não ia rolar nada com a Brooke. Mas será que eu estava pronta para superá-la?

Sim.

Não.

Quase.

Mas uma coisa era estar quase lá, e outra namorar alguém que não fosse ela. Fechar aquela porta de vez.

Mesmo que eu não gostasse de Brougham.

Ah, não. E se eu gostasse de Brougham?

Por que ele não tinha me dado um sinal antes? Meu cérebro estava uma confusão, e eu não sabia o que pensava, nem o que sentia. Não podia conversar com ele assim. Entraria em combustão espontânea.

Mas eu não podia simplesmente não dizer nada. Porque isso o magoaria. E eu não sabia o que queria, mas *sabia* que não era isso. Ele não merecia isso.

Então. Então. Hum.

Respirei fundo algumas vezes e olhei ao redor para confirmar que ele não estava à espreita. Não. Barra limpa. Só palmeiras balançando, o estacionamento vazio e um saco plástico esvoaçando ao longe pelo asfalto.

Levei alguns minutos para redigir a mensagem.

> Mil, mil desculpas. Por favor, não leve a mal eu ter fugido. Só preciso de um tempo para pensar. Te mando mensagem em breve, tá?

Alguns minutos depois, durante os quais dei umas três voltas completas no estacionamento, chegou a resposta.

> Tudo bem. Não se preocupa.

Soltei um suspiro aliviado. Tá. Tudo certo. Estava tudo bem. Bem já era bom.

Tá.

Cadê a Ainsley?

Roí a unha. Eu precisava conversar com alguém imediatamente. *Imediatamente.*

Então, liguei para Brooke.

Ela atendeu no quarto toque.

— Oi, o que foi?

No fim da rua, vi o carro de Ainsley parado no sinal vermelho.

Abri a boca para responder a Brooke. Para dizer *não foi nada.* Para dizer que tudo tinha mudado. Para dizer que eu não sabia o que fazer.

Mas, em vez de falar, eu caí no choro.

quinze

Autoanálise:
<u>Darcy Phillips</u>

Será que meus pais não responderam bem ao meu choro quando eu era bebê?
Provavelmente. Lembro que, quando eu era criança, meus pais simplesmente se
recusavam a me deixar falar quando estavam vendo <u>How I Met Your Mother</u>.
Eu tinha sempre que ficar no meu quarto. Bom, olha só, agora vocês me deixaram
morta de medo de vulnerabilidade, <u>muito obrigada!</u> ~~Escrotos~~.

Eu sinto mesmo um pouco de pânico quando alguém quer me beijar. Lembra a Sara,
no oitavo ano? Se ela tivesse tentado, talvez eu tivesse até arrancado a língua dela
com os dentes de tanto nervoso. Tudo porque meus pais não podiam parar de ver uma
série idiota por <u>dois segundos</u> para cuidar de mim durante toda a minha infância.
Nossa. Sério, chega a ser um milagre eu ter sobrevivido tanto assim.

Estilo de apego desorganizado?

Provavelmente precisa de terapia.

Definitivamente precisa de um abraço.

Ainsley bateu na porta e passou a cabeça para dentro do quarto.

— Quer sorvete? O sabor é Phish Food.

Eu a olhei com uma cara fechada de dar dó e juntei as mãos, que balancei imitando um peixinho, que nem a gente fazia quando era menor, por causa do nome do sorvete. Ela entrou com um pote quase cheio, sentou de pernas cruzadas na cama e me ofereceu uma colher. Minha mãe provavelmente estava ocupada com provas, sei lá. De qualquer forma, ela não tinha notado que eu estava de birra no quarto. Nem tinha notado que eu não pegara o resto do escondidinho do almoço na geladeira para jantar.

Enquanto tentava catar um pedaço de marshmallow no sorvete, Ainsley olhou para o meu caderno.

— Você fez um perfil próprio? — perguntou, puxando o caderno.

Fiz que sim e enfiei uma colherada transbordando de sorvete na boca.

— Ando refletindo — falei, com a boca cheia.

— Notei — disse ela, lendo por alto. — Eles eram *mesmo* muito babacas quando viam televisão.

— Não é? — perguntei, passando o pote para ela. — E agora sou traumatizada. Que *ótimo*.

— Vale a pena abrir um processo — concordou ela, e mordeu a língua com um sorriso bobo. — Me explica esse aqui?

— É meio que uma mistura dos apegos ansioso e evitativo — falei. — É raro.

— Que nem *você*!

— Obrigada. Basicamente, são apegos contraditórios. De quem quer se aproximar dos outros, mas também tem muito medo de se aproximar. E as emoções ficam embaralhadas, dá vontade de se aproximar e de se afastar ao mesmo tempo. Tipo, no caso de se sentir rejeitado, você quer mais proximidade, mas, quando tudo está dando certo, você de repente se sente sufocado.

Ainsley me olhou, parecendo achar graça, até que uma expressão aparentemente pensativa surgiu em seu rosto.

— Bom, acho que explica a Brooke, né.

— Como assim?

— Você passou séculos obcecada por ela. E nunca se sentiu sufocada, né?

— É.

— Bom, não me leve a mal, mas ela não estava a fim de você. Então você ficava direto no estágio "quero me aproximar", né?

— Meu Deus do céu. Você é genial.

— Verdade — disse ela, acenando com a colher de sorvete, antes de enfiá-la de volta no pote. — Mas onde entram a mamãe e o papai nessa história?

— Ah. É que, o tipo de apego vem de como a gente é criado. No caso do apego desorganizado, são pessoas que queriam buscar conforto com os pais, que eram justamente o motivo de elas precisarem de conforto.

— Faz sentido. Então você acha que precisava de conforto deles porque eles não te deixavam falar quando estavam vendo série?

— Isso.

— E não porque brigavam aos berros noite sim, noite não, enquanto a gente tentava dormir?

— Hum. Também pode ser, sei lá.

— Pode ser — disse ela, me passando o sorvete, e eu logo peguei uma colherada. — Caramba. E agora?

Deixei o sorvete no chão, e ela abriu os braços para eu me aconchegar.

— Nossa, você não é coisa pouca, não — disse ela, rindo com a cara encostada no meu cabelo, enquanto me ninava. — Arrasa-corações.

— O que eu faço? — perguntei, aninhada no peito dela.

— Está *me* perguntando?

— Bem, não posso perguntar ao armário.

A gente se afastou um pouco e riu juntas.

— Você gosta do Brougham?

Com um grunhido, me joguei para trás, quicando no colchão.

— Sei lá. Talvez.

— Tá. Então. Qual é a cor dos olhos dele?

— Um tom azul-escuro bem bonito. Azul-marinho, diria.

— O que ele acha de Phish Food?

— Prefere tiramisu.

— Qual foi a última vez que você viu ele sorrir?

— Quando ele me perguntou se eu ficaria chateada se ele não voltasse com a Winona — respondi na hora.

Ainsley ficou em silêncio. Quando voltei a olhá-la, ela estava me encarando, com a sobrancelha erguida, fazendo cara de sabe-tudo.

Finalmente, entendi.

— Ai, *cacete*. Talvez eu goste dele.

— É, talvez.

Tá. Merda. Talvez.

Talvez eu gostasse de Alexander Brougham.

Eu estava interessada em Alexander Brougham.

Alexander Brougham, e suas discussões, sua cara sempre séria, sua grosseria.

Alexander Brougham e sua vulnerabilidade, sua atenção, sua capacidade de fazer tudo que eu dizia soar ponderado e importante.

Alexander Brougham e seus olhos azuis demais, seu sorriso mais lindo e raro, seus dedos delicados.

Alexander Brougham e seu karaokê animado no carro, seu amor por filmes de terror, suas decisões impulsivas como subir numa árvore em uma montanha na chuva.

Mas, se eu gostasse mesmo de Alexander Brougham, o que aquilo queria dizer de mim?

Tentei imaginar a reação do meu pai a Brougham, um *garoto*, aparecendo em casa de novo. A reação do Clube Q&Q se eu anunciasse que era uma garota namorando um garoto. A reação do mundo se eu aparecesse em eventos queer e falasse do meu namorado.

Eu nem tinha notado que sentia aquele medo. Mas, pensando bem, minha barriga se revirou com tanta violência que ficou claro que aquilo estava povoando meu inconsciente fazia tempo.

Peguei o caderno e reli minha análise, atordoada. Então contive todos os pensamentos agitados e confusos com uma conclusão simples, segura e objetiva.

— Mas, sabe, não vai funcionar de jeito nenhum, no fim.

Ainsley, sempre tão paciente, assentiu.

— Por que não?

— Bom, porque ele é do tipo ansioso, e, se eu for do tipo desorganizado, como pareço ser, nunca pode dar certo. Vai ser tóxico, que nem ele e a Winona. A gente vai se enlouquecer. Eu vou entrar em parafuso, e aí ele vai entrar em parafuso porque eu entrei em parafuso, e aí eu vou entrar em um parafuso pior ainda.

— Tem certeza que você é do tipo desorganizado?

Neguei.

— Preciso fazer uns testes para ter certeza. Mas, se eu for, já era. A não ser que a gente consiga trabalhar bem nos nossos mecanismos de defesa, mas é um esforço *enorme*, e pra ser sincera ainda não investi nada nesse lance com ele, então provavelmente é muito mais fácil me afastar enquanto ainda não estou tão envolvida.

— Darcy?

— Hum?

— Não me leva a mal, mas eu pensei numa coisa. Sei que você gosta muito dessa história de conselhos amorosos. E você é ótima nisso, não me entenda mal.

Não estava muito animada para ouvir o resto. Nenhum elogio começava assim.

— Tá...?

— Mas... será possível que, pelo menos com Brougham e Brooke, você esteja racionalizando as coisas para não ter que, sabe, senti-las?

Enchi as bochechas de ar enquanto refletia. Era assim a sensação de receber comentários diretos do armário 89? *Intenso.*

— Talvez?

Talvez Brooke fosse uma fantasia para mim. Uma fantasia que me deixava emocionada, um pouco sem fôlego, mas, principalmente, segura. Na vida real, contudo, ela não era minha esposa imaginária. Era minha melhor amiga, uma pessoa de verdade. E, na vida real, eu não desafiava ela, nem acendia nela o fogo que ela merecia e precisava.

E, sendo sincera, eu poderia dizer que o mesmo acontecia comigo. Só que eu ignorava aquilo em favor das fantasias de como ela me *desafiaria*, me *iluminaria* — quando, se, talvez. Ainsley pegou uma almofada e a afofou no colo antes de apoiar os cotovelos.

— Não tenha medo de emoções difíceis, tá? Talvez seja bom deixar os sentimentos fluírem, mesmo que só hoje, e ver no que dá?

Sendo racional, eu sabia que Ainsley poderia estar certa. Talvez eu não fosse do tipo desorganizado. Talvez estivesse só... assustada. Porque, se eu gostasse de Brougham e ele gostasse de mim, eu poderia me magoar, o tipo de mágoa que nem se comparava a amor não correspondido. Naquele momento, eu estava sentada no espaço entre um som e seu eco. Brougham tinha feito uma pergunta, e eu precisava responder.

Ou isso, ou continuar a sonhar com amor e ajudar outras pessoas a encontrá-lo, sem nunca me permitir arriscar.

Apesar da decisão que tomara com Ainsley, adiei por mais tempo do que planejava. Ao longo do dia seguinte na escola, eu esperava esbarrar nele, mas, da única vez que o vi, ele estava tão longe que não valia a pena tentar alcançá-lo. Depois da aula, em casa, fiquei escrevendo e apagando mensagens sem parar. Finalmente, decidi que precisava conversar ao vivo, e que o procuraria no dia seguinte.

Pelo menos era fácil encontrar Brougham às quintas-feiras.

Parei no meio do corredor vazio e abandonado depois da aula, perto do armário 89, criando coragem de ir falar com ele. Aparentemente, em certo momento, falar com Brougham se tornara apavorante. Minhas mãos estavam tremendo. *Tremendo*. Por causa de ninguém menos que Alexander Brougham.

Olhei com raiva para minhas mãos até elas pararem de tremer e empurrei a porta.

Brougham estava treinando nado livre na raia mais próxima de mim, e um aluno que eu não reconhecia treinava nado de costas na raia do outro lado da piscina.

Brougham desacelerou até parar quando me notou e veio nadando até a beira da piscina.

— Oi.

Me agachei, cuidando para não deixar a barra da saia encostar no chão molhado.

— Oi. Podemos conversar?

Ele balançou um pouco na água, pensando.

— Pode ser, tenho uns minutos livres.

Nossa, que generosidade. Pulei para trás enquanto ele saía da piscina, e me esforcei ao máximo para não ficar admirando as gotas de água escorrendo pelo tronco até a curva longilínea dos músculos de suas costas magras.

Ele pegou uma toalha do banco e se esfregou de qualquer jeito antes de jogá-la nos ombros. Se era assim que ele se secava, não me surpreendia as roupas dele estarem encharcadas no dia em que a gente se conheceu.

— E aí?

Baixei a voz. Era um cuidado desnecessário; eu tinha certeza que a pessoa na outra raia não nos ouviria com a orelha embaixo da água, mas mesmo assim me pareceu um tom mais respeitoso.

— Desculpa pelo outro dia.

O rosto de Brougham, como de costume, não demonstrava nenhuma emoção.

— Você não precisa se desculpar por nada.

Ele parou, e, depois de um instante, notei que estava esperando eu falar. Certo. Eu tinha mesmo dito que falaria com ele depois, afinal.

No entanto, em vez de falar, congelei.

Ele estava me olhando, e uma mínima faísca de esperança ou expectativa surgiu no rosto, então as palavras me escaparam. Era que nem preparar um discurso e travar no microfone, na frente de um auditório lotado. Eu não fazia ideia de onde tinha brotado aquele medo. Sabia só que me paralisava.

O rosto de Brougham voltou à inexpressividade de costume, e ele pigarreou antes de falar, em tom seco:

— Só... para tirar qualquer dúvida, ver se a gente está na mesma... Foi esquisito aquele dia, mas acho que não significou nada para nenhum de nós dois, né?

Então não era esperança que eu tinha visto na cara dele. Eu só estava interpretando o que queria ver, de novo. Com a maior rapidez e entusiasmo que consegui naquele momento, e rezando para meu rosto não revelar meu choque, confirmei.

— É, sim.

— Tá, que bom. Porque, hum, Win me convidou para ir com ela à festa de formatura. De casal. Eu queria ver com você se não seria esquisito.

Ele analisou meu rosto.

Desde quando chamava ela de Win?

E desde quando ele tinha caído no papo da *Win* de novo?

Era esquisito era esquisito era esquisito era...

— Nada esquisito — falei, esganiçada, e contorci o rosto no que esperava ser um sorriso de prazer.

Porque eu estava *feliz* por Brougham. Tinha ajudado ele e conseguido o que ele queria, e eu *não ia passar a vergonha* de admitir que achava que aquele dia tinha, sim, significado alguma coisa. *Por que você me beijou, se ainda queria ela?*, quis perguntar. Mas eu sabia a resposta. Eu estava ali. Era uma distração. Era uma substituta. Eu sabia o que ele sentia por Winona. Não tinha por que ficar surpresa, né?

Quase tentei dar um jeito de mudar de assunto, para confirmar que estava tudo tranquilo entre a gente, que na terça-feira não tínhamos destruído alguma coisa que deveria ser indestrutível. No entanto, ele tinha largado a toalha e virado para a piscina, impaciente. Não estava a fim de conversar. Por isso, acabei dizendo:

— Vou te deixar treinar.

Ele assentiu.

— Valeu. Até mais. E obrigado de novo.

Obrigado de novo.

Obrigado de novo.

Eu não podia fazer mais nada além de baixar a cabeça, enfiar as mãos cerradas nos bolsos do paletó e andar até a sala da minha mãe.

Passei as duas semanas seguintes em pane.

Apesar de Brooke e eu passarmos tanto tempo juntas como de costume — antes de Ray, pelo menos —, nossas conversas estavam caindo na apatia. A gente não falava de Brougham e não podia falar de Ray, porque Brooke ficava triste e eu desintegrava de culpa por dentro, então evitávamos os dois assuntos.

Sinceramente, eu já estava desintegrando de culpa várias vezes ao dia. Andava cada vez mais difícil encarar Brooke e fingir que a dor dela não tinha nada a ver comigo. Eu tinha estragado minha relação com Brougham e *sabia* que precisava contar a Brooke o que tinha feito com ela, mas não aguentava estragar a nossa relação também, então segui adiando, dia após dia. Dizia a mim mesma o tempo todo que não era certa a hora, mas, no fundo, só não queria que ela soubesse que eu era uma pessoa horrível capaz de fazer coisas horríveis.

Não queria pensar em mim mesma assim. Na minha cabeça, eu era a heroína, uma boa pessoa. Sempre tinha sido. Eu era legal (não era?) e me esforçava para fazer a coisa certa (normalmente). Mas para ser uma boa pessoa não bastava só querer. Era preciso fazer coisas boas. E eu tinha feito umas coisas muito, muito ruins com quem eu mais deveria amar.

Para piorar meu purgatório autoinfligido, sempre que eu vislumbrava Brougham, sentia um choque elétrico. Brougham jogando bobinho entre Hunter, Luke e Finn no corredor. Brougham correndo atrás de uma professora entre as aulas para tirar uma dúvida, com expressão ávida e postura respeitosa. Brougham buscando livros no armário, perdido em pensamentos.

Ele nunca olhava para mim. Era como se eu fosse invisível. Um mero ornamento decorativo no corredor, me misturando ao mar azul-marinho.

Certa tarde, voltando para casa, até minha mãe notou meu mau humor. Eu não queria jogar todos aqueles problemas nela, porque ela lidava com dramas adolescentes todo dia, o dia todo. A última coisa de que ela precisava era que eu levasse mais drama para casa também. No entanto, honestamente, não tinha me ocorrido que ela notaria, porque em geral ela não notava nada, então não consegui fingir muito bem.

— Tudo bem, de verdade — falei quando ela insistiu, mas ela apenas ergueu as sobrancelhas.

— Eu te carreguei na barriga por nove meses, te criei, moro com você há quase dezessete anos, e acha que não sei quando tem alguma coisa acontecendo?

Em resposta, me encolhi, puxando os pés para o assento e apertando muito os braços. Pelo jeito que ela falava, parecia até que a gente vivia desabafando. Mas, tudo bem, ia topar fazer isso daquela vez.

Era óbvio que eu não podia contar tudo. Mas talvez pudesse dar um jeito de contar o que tinha acontecido, sem dar tantos detalhes.

— É por causa da Brooke e da Ray — falei.

Minha mãe abanou a cabeça, com uma expressão compreensiva.

— Está sendo difícil para você, né?

Ela sabia o que eu sentia pela Brooke. Ou *sentira* pela Brooke.

— Não, nem é isso. Na verdade, elas terminaram. E foi mais ou menos culpa minha.

Ela ergueu a sobrancelha, mas ficou em silêncio. Era meu convite para prosseguir.

— Então, a Ray fez uma coisa bem ruim com a Brooke — falei.

Era melhor não contar à minha mãe do roubo nas eleições. Não queria que ela envolvesse os professores nesse rolo.

— E eu descobri, e sabia que Ray queria contar para Brooke, mas fui e contei primeiro. Aí ela terminou com a Ray.

Não adiantava dourar a pílula, nem tentar melhorar a situação para o meu lado. Se eu não pudesse ser honesta sobre o meu lado mais sombrio com minha mãe, com quem seria? Era impressionante notar que, nessa equação em que algumas pessoas já não eram inocentes... era eu quem estava mais errada.

Felizmente, minha mãe não demonstrou choque, nem julgamento. Por outro lado, ela não demonstrou muita coisa. Mal desviou o olhar da rua ao responder.

— Então conte para a Brooke que a Ray queria contar para ela, querida. Você não deveria mentir, mesmo por omissão.

— Mas... se eu contar a história toda para Brooke, ela vai ficar chateada comigo.

Minha mãe deu de ombros.

— Talvez. E talvez ela tenha direito de ficar.

Hah. Ela não sabia da missa a metade.

— Mas desde quando isso é motivo para não fazer a coisa certa? — continuou ela.

— É, eu entendo, mas... não sei se consigo.

Minha mãe pisou com tudo no freio ao parar no sinal.

— Um segundo, querida, esse cara não larga do meu pé.

Ela abriu a janela e botou a cabeça para fora, lançando um olhar de raiva para o carro logo atrás. Nossa. Bom saber que ela estava tão emocionalmente envolvida no meu sofrimento. Não tinha sido *ela* quem insistiu para conversar?

O sinal abriu, e minha mãe voltou a avançar, mas não tirava os olhos do retrovisor. Finalmente, o carro atrás da gente acelerou e nos ultrapassou.

— É, vai nessa, espero que chegue em casa cinco segundos mais rápido — disse minha mãe, irritada.

Fiquei em silêncio. Minha mãe resmungou baixinho. Finalmente, lembrou que eu estava desabafando.

— Desculpa, Darc, o que era mesmo? Ah, Brooke. Querida, ela vai ficar com mais raiva se descobrir que você sabia e guardou segredo. Além do mais, você vai ficar aliviada de tirar esse peso do peito. É melhor resolver isso de uma vez.

Será que ela estava certa? Seria melhor a longo prazo, para mim e para Brooke, se eu contasse tudo logo? Para ela saber que, depois de meses de escolhas erradas seguidas, eu no mínimo estava determinada a mudar o padrão?

Ao pensar nisso, o tijolo na minha barriga havia semanas desapareceu.

Ao mesmo tempo, todos os pelos do meu corpo se arrepiaram de pavor.

Eu sabia o que deveria fazer. Mas nem por isso estava animada.

dezesseis

Autoanálise:
<u>Darcy Phillips</u>

É uma boa pessoa que fez ~~uma coisa ruim~~ duas coisas muito ruins.

Faria qualquer coisa para proteger Brooke, especialmente quando se apaixona e é atacada pela síndrome da vida em cor-de-rosa.

Se pergunta se tudo bem magoar alguém para poupar a pessoa de dores piores?

Isso não seria "O Bem Maior"?

Não é a motivação de todos os vilões de filme?

<u>Não</u> é uma vilã de filme. Não é <u>nenhum</u> tipo de vilã. É?

Está se esforçando pra cacete, tá?

(Tem certeza?)

Esperei a hora do almoço do dia seguinte, quando Brooke e eu sentamos à mesa. O humor de Brooke estava ok, pelo menos, se comparado às semanas anteriores. Só notei ela olhar para a mesa de Raina uma vez.

Eu tinha passado a manhã toda ensaiando. Sabia exatamente o que diria, e exatamente o que Brooke retrucaria, e como eu responderia. Tinha preparado pelo menos quinze reações possíveis de Brooke à notícia. Nada me pegaria de surpresa, né? Eu só precisava começar.

— Então, até onde sei, Ray não tem par para a formatura — disse Brooke, parecendo satisfeita. — Não sei se ela convidou alguém, nem nada, só sei que ela vai com um grupo de amigas. Foi Jaz quem me contou. E duvido que isso mude em três dias.

Fala logo. Forcei um sorriso.

— Que bom.

Brooke hesitou.

— Você sabia do Brougham?

Cortei meu mantra motivacional.

— O que tem ele?

— Ele vai para a formatura com a ex-namorada.

— Ah.

Brooke tinha sido Time Brougham desde que eu liguei para ela depois do beijo, e inexplicavelmente continuava torcendo mesmo que não tivesse dado em nada.

— É, ele me contou faz um tempo — falei. — E acho que ela não é mais "ex". Tranquilo.

— Uau. Estou muito orgulhosa de você, Darc. Só imagino como deve ser esquisito, mas você está sendo totalmente madura.

Fala logo, fala logo, fala logo.

— Por que você tá me olhando assim? — perguntou Brooke.

Fala...

— Porque fiz uma coisa muito ruim e preciso te contar e você vai me odiar para sempre.

Bom, pela cara dela, estava mais achando graça do que com medo ou em fúria. Pelo menos por enquanto. Era um bom começo.

— Hum, ok, duvido, mas manda aí.

E, mesmo depois de ensaiar tanto, as palavras desapareceram da minha mente. Fiz gestos circulares com a mão, tentando trazer as palavras, mas não teve muito efeito. Só fez Brooke ficar meio confusa. Finalmente, as palavras voltaram.

— Eu sou a responsável pelo armário 89. Sempre fui. Comecei uns dois anos atrás. Peguei a senha do armário na lista da recepção e depois apaguei do registro.

Brooke ficou boquiaberta e olhou ao redor, para ver se ninguém estava escutando. Todo o resto do refeitório estava cuidando da própria vida, nem notava que o maior segredo da minha vida tinha acabado de ser revelado pela segunda vez naquele ano, a poucos metros das outras mesas.

Se soubessem do que a gente estava falando, imaginei que poucos continuariam tão indiferentes.

— Como… Mas… Por que você não me *contou*? — perguntou Brooke, com os olhos brilhando.

Ela parecia tão chocada quanto impressionada. Não parecia chateada por eu não ter contado. Eu tinha guardado um segredo enorme, e a reação imediata dela era pedir mais informações, mas só para *entender*.

Só que a ficha ainda não tinha caído.

— Não contei para ninguém — falei, achando que era melhor deixar a história do Brougham para depois. — Começou aos poucos, mas cresceu muito rápido, e eu não sabia quando te contar, e também não queria colocar ninguém em uma situação delicada.

— Meu Deus do céu. Assim, eu te odeio por esconder isso, porque *caramba*? É a notícia mais incrível do mundo, não acredito que era *você*, mas não estou com *raiva*.

Hah.

— Ainda não acabei. Ray escreveu sobre você umas semanas atrás. Logo antes da festa de Alexei.

Brooke levou um segundo para processar a notícia.

— Foi assim que você soube?

— É. Ela explicou o que tinha feito e disse que estava pensando em confessar para você.

— Espera… e você falou para ela não confessar?

— Não — falei, e hesitei. — Eu nem cheguei a responder.

— Mas, quando você me contou, não mencionou *nada* sobre ela querer me contar. Parecia que isso nunca tinha passado pela cabeça dela.

— Eu sei — falei, simplesmente.

Não fiz nada para me defender, para dizer que só queria cuidar dela, porque, honestamente, eu já não sabia bem o quanto acreditava naquilo. E Brooke enxergaria o golpe se eu tentasse. Se quisesse o respeito dela, precisava assumir meus atos. Mesmo que ela estivesse me olhando com uma cara digna dos meus pesadelos.

— Você queria que eu terminasse com ela.

— Queria. E agora me arrependo. Eu estava com raiva dela por ter feito isso com você, e não achava que ela te merecia, e fiquei com ciúmes por você achar que ela era perfeita. Queria que você visse que não era verdade.

Brooke já tinha esquecido a comida completamente. Ela só conseguia me encarar.

— Uau.

— Eu estou muito arrependida de não ter te contado. Foi um erro, foi muito egoísta, e nem posso dizer que não sabia o que estava fazendo, porque sabia, *sim*. Fui uma manipuladora e tenho total consciência disso, por isso estou te contando agora.

Brooke tinha desviado o olhar de mim, e estava encarando a mesa, com a cara fechada.

— Espera aí, você era responsável pelo armário quando eu e Jaz recebemos aquelas respostas esquisitas mandando a gente manter distância.

Por mais que eu soubesse que, cedo ou tarde, ela fosse se dar conta daquilo, senti que preferia ser enfiada no armário e largada para morrer de fome a fazer Brooke lidar com aquilo. Se existisse viagem no tempo, eu agarraria carvão em brasa, engoliria massa de cimento, ou abriria meu peito com as próprias mãos em troca da possibilidade de voltar atrás naquilo.

— Era — sussurrei.

— Você ficou com ciúmes — repetiu Brooke.

As palavras dela revelavam que ela compreendia tudo. Não consegui encará-la, e meu rosto queimava tanto que em breve formaria bolhas. Ela tinha entendido. Finalmente tinha entendido. E me lançava um olhar que eu só poderia descrever como desprezo. O tempo pareceu se distorcer, ao mesmo tempo mais lento e rápido.

— Tá bom. Para não deixar dúvidas. Você não me contou do armário, me deixou escrever informações particulares sem saber que era para você, abusou da autoridade para destruir um relacionamento meu com alguém porque estava com *ciúmes*, e aí fez a mesma coisa *de novo* com Ray por *ciúmes*. E em nenhum momento me contou que estava com ciúmes, nem o motivo para isso. Deixei alguma coisa passar?

— Eu estou *tão* arrependida, você nem imagina, não sei nem *começar*...

— Não estou com raiva de você — interrompeu ela, erguendo a voz. — Porque raiva seria o eufemismo do *século*.

— Se eu puder fazer alguma coisa, qualquer coisa, juro...

— Eu nem te *conheço* — exclamou ela, levantando, e algumas pessoas nos olharam com curiosidade. — Quem é *você*? Como você fez uma coisa *dessas*? Eu não... Eu só... Não acredito. Não *acredito*. Você gostava de mim, e, em vez de me contar, estragou todos os meus relacionamentos?

Eu não conseguia mais falar. Minha garganta estava totalmente fechada. Rangi os dentes e tentei conter as lágrimas.

— Você deve cagar muito para mim mesmo, né? — disse Brooke, ainda de pé. — Porque, desde que consiga controlar minha vida do jeito que for melhor para você, foda-se o que eu sinto! Você me viu, você *viu* como eu fiquei, durante semanas. E não. Disse. *Nada*.

— Estou dizendo agora.

Ela riu, e a gargalhada me congelou.

— Obrigada pelo mínimo do caralho.

Então, sob a atenção de metade do refeitório em choque, ela me mostrou o dedo do meio, andando para trás, antes de me dar as costas e me deixar.

Sozinha.

dezessete

Querido Armário 89,

Eu e meu namorado brigamos porque ele se recusa a ir à minha casa. Basicamente, meu pai e meu irmão têm um senso de humor meio sarcástico, e fazem muitas piadas sobre o que meu namorado veste, diz e faz, e ele tem ficado magoado. Vivo tentando explicar que eles são assim mesmo e que fazem isso comigo a vida toda e eu tento só levar na brincadeira mesmo não tendo tanta graça, porque não vale a pena discutir. Sinto que ele demonstra uma falta de interesse em mim/na minha família ao não estar nem disposto a tentar levar na esportiva. Está causando problemas na minha casa, também, porque minha família notou que ele não quer falar com eles, então começou a achar que ele não é bom para mim. Não sei o que fazer e me sinto magoada por me pedirem para escolher um lado.

Por favor, me ajude,
sra_shawnmendes2020@gmail.com

Armário 89 <armario89@gmail.com> 19:32 (há 0 min.) para Sra. Shawn Mendes

Oi, sra. Shawn Mendes!

Bom, vamos lá, sem rodeios. Pela informação que você me deu, não acho que a questão seja seu namorado injustamente pressionando você para escolher um lado. Grande parte de um relacionamento sólido é poder ver no outro uma base segura para explorar o mundo: você pode sair por aí, se machucar e se dar mal, mas, ao voltar para seu parceiro, deve sentir aceitação, amor e apoio incondicionais. Chamamos essa base segura de "bolha do casal". Quando seu namorado diz que essas "piadas" o deixam magoado de verdade, e você invalida os sentimentos dele ao pedir que ele leve na esportiva, você deixa de ser uma base segura, pois não o apoia numa situação importante.

Agora, não estou dizendo que você deve escolher seu parceiro em detrimento de outras pessoas em qualquer circunstância! Muitas vezes é melhor priorizar família e amigos. Mas seu namorado não está pedindo para você deixar de ir a alguma comemoração especial, nem para abandonar um parente doente ou necessitado de ajuda, nem para sacrificar alguma coisa importante em nome dele. Ele está apenas pedindo respeito e dignidade básicos em uma situação na qual o fizeram se sentir inseguro, e ele não sente mais seu apoio.

Pela sua carta, parece que seu pai e seu irmão não estão respeitando limites básicos (e parece que fazem o mesmo com você, e você não tem obrigação de aceitar). Não precisa comprar briga com sua família para defender seu namorado. Algumas soluções possíveis são conversar com seu pai e seu irmão e pedir que deem uma trégua, ou dizer "não achei graça" quando eles fizerem comentários agressivos, ou garantir ao seu namorado que, se ele for à sua casa e eles começarem com as piadas, você vai levá-lo a um canto mais afastado. A chave aqui é seu namorado sentir que a mágoa e os sentimentos dele são importantes para você, e que você se dispõe a ceder um pouco e defendê-lo se ele for injustamente desrespeitado pelas pessoas que você conhece.

Boa sorte!
Armário 89

Brooke se recusou a falar comigo no dia seguinte. Não foi inesperado, já que ela não respondeu às mensagens na noite anterior, mas ainda foi um grau de horror impressionante vê-la me olhar de frente, com frieza, e desviar o rosto sem hesitar.

Eu estava acostumada a ficar sozinha na escola, mas não quando tinha outros alunos lá. De manhã, enquanto eu vagava à toa esperando o sinal, fingindo estar ocupada arrumando meu armário, ou caminhando decidida como se tivesse aonde ir, senti que estava todo mundo me encarando.

Então, quando dei meia-volta e comecei a repetir o caminho, ainda me fingindo de decidida, notei que estava *mesmo* todo mundo me encarando. Quando passei por Marie, ela abriu a boca como se fosse dizer alguma coisa, mas fechou e desviou o olhar. Um grupo de garotas cochichava entre si, e *com toda a certeza* escutei meu nome, e todas elas olharam para cima quando passei, com a discrição de um vídeo viral do TikTok.

Desacelerei o passo e olhei ao redor do corredor, sentindo um calafrio com tantos olhares. Como era possível que tanta gente soubesse que eu e Brooke tínhamos brigado no dia anterior? Ainda mais importante, por que tanta gente *se importava*?

Finalmente, uma garota que eu mal conhecia — mal conhecia mesmo — me abordou. Eu só a reconheci por causa de seu gosto impecável para hijabs, que sempre combinavam com a sombra de olho colorida. No entanto, eu não acertaria o nome dela nem se tirasse de um chapéu com só um papelzinho.

— Oi, posso falar com você um segundo? — pediu ela.

Estava todo mundo de olho na gente. Um novo espetáculo de sucesso, protagonizado por mim e pela garota de maquiagem colorida. Não tinha nada de bizarro naquilo, imagina.

A gente deu alguns passos, até nos afastarmos da maior muvuca. Mesmo assim, não tinha muita privacidade, nos viramos para a parede e conversamos aos cochichos.

— Então, o que... como posso te ajudar? — perguntei, atrapalhada.

— Eu queria pedir para você, por favor, manter segredo da minha carta — disse ela. — Achei que fosse confidencial quando mandei, e é muito, muito importante que fique entre nós.

E finalmente entendi o que estava acontecendo.

Comecei a formigar inteira, e o mundo pareceu perder a cor.

— Como você sabe disso? — perguntei, com a voz fraca.

Mas eu sabia a resposta, não?

— Ah. Todo mundo sabe. Achei que você... Desculpa.

Dei um jeito de me manter de pé, e relativamente estável.

— Tá, entendi. Hum. Tá. Eu não sei quem você é, nem sei a que carta se refere, mas eu não contei nada para ninguém. É totalmente confidencial.

Ah, o nível de *ceticismo* na cara dela...

— Jura? Porque eu soube...

— Sim, ocorreu um incidente ontem, mas prometo que foi excepcional. Eu nunca, nunca contarei a *ninguém* o que você me escreveu...

— Hadiya — falou, sem parecer convencida. — Estou falando sério, não pode mesmo vazar.

— Hadiya, eu juro pela vida da minha irmã que não contarei a absolutamente ninguém sobre sua carta. Por favor, não se preocupe. Mas eu... eu preciso ir.

Estava todo mundo me olhando *mesmo*.

Eu era *mesmo* a estrela da peça. A mocinha que se revelava vilã no final.

Precisava encontrar Brooke, porque, mesmo que ela não pudesse dizer nada para melhorar a situação — eu já *sabia* o que tinha acontecido —, era a única óbvia etapa seguinte. E eu precisava de uma etapa seguinte. Se não tivesse nada, seria obrigada a ficar parada, sozinha e desamparada, no meio daquela multidão, alvo de olhares de acusação.

Então, primeira etapa. Andar.

Meus pés cooperaram.

Segunda etapa. Localizar.

Ela já estava na frente da sala de aula, esperando para entrar e escolher o lugar mais longe possível do meu. Pelo menos não tentou fugir quando viu que eu estava chegando, furiosa.

— Você contou para todo mundo? — sibilei assim que a alcancei.

Ela se manteve firme e respondeu, determinada:

— Contei para Ray. Ela tinha todo o direito de saber o que aconteceu.

— Todo mundo sabe.

Ela deu de ombros. Não era problema dela.

— Imagino que Ray tenha contado aos amigos o que você fez com ela. Por que não contaria? Ela não te deve nada.

— Mas...

Mas o quê?

— Era meu segredo — tentei. — Eu não queria que ninguém soubesse.

Brooke não se deixou abalar.

— Pois é. É uma merda quando suas questões pessoais vão parar no ouvido de gente que você não queria que soubesse, né?

De certa forma, eu havia acreditado que contar a verdade a Brooke era a decisão correta, e que ninguém era castigado pela decisão correta, portanto eu não teria que enfrentar as consequências. Era errado mentir a respeito do que eu tinha feito, portanto, escolher não mentir deveria ter me absolvido, certo?

É claro que isso era ridículo. Admitir que eu tinha feito uma coisa horrível não fazia minha atitude desaparecer magicamente. Nem um pedido de desculpas faria. Assumir a responsabilidade poderia impedir que o desastre fosse ainda pior, mas eu ainda tinha uma dívida cármica. Meu maior pecado não era esconder o que tinha feito. Era ter feito.

Então, próxima etapa?

Fingir que ninguém está me olhando. Entrar na aula. Deixar Brooke sentar o mais longe possível. Me concentrar na professora. Sobreviver.

Era minha única opção, não era? Eu deixaria a onda me derrubar, a correnteza me puxar, e prenderia o fôlego até passar. Esperava que, ao voltar à superfície, tivesse uma ideia melhor de como nadar até a areia.

No fim, sobreviver à aula não era a fase do chefão.

Sobreviver ao tempo livre, sim.

Eu mal tinha saído da sala antes de uma garota com quem eu tinha falado poucas vezes, Serena, se acotovelar pela multidão de alunos para me alcançar.

— Quero minha carta de volta — disse ela.

Meu coração disparou.

— Não tenho sua carta. Eu rasgo todas as cartas e jogo fora depois de responder.

— Mas você não me respondeu. Quero meu dinheiro, e minha carta.

Por um momento, eu não entendi. Eu tinha quase certeza de que nunca deixara de responder a ninguém. Rasgava todas as cartas depois de enviar o e-mail. Aí...

— Espera, quando você escreveu?

— Anteontem.

— Desculpa, normalmente sou mais pontual, mas esses dias foram uma loucura.

Ela cruzou os braços.

— Não estou nem aí. Só quero a carta de volta.

Bom, ela até que tinha razão.

— Tranquilo. A gente pode se encontrar depois da aula?

— *Agora.*

Puta que... argh, ok. Tá bom. A gente tinha uns dois minutos. Suspirei profundamente e pedi a Deus paciência.

— Vem comigo.

Os outros alunos fugiam do nosso caminho como se estivéssemos pegando fogo, como se a atenção deles tivesse sido arrancada do que estavam fazendo. Um cara baixinho e meio quieto chamado Justyce se afastou de um grupo de amigos para nos acompanhar.

— Vocês vão ao armário? — perguntou. — Quero pegar meu bagulho de volta.

— Entra na fila — murmurei.

Eu me sentia uma porcaria de pastora com um rebanho de ovelhas raivosas.

No caminho, duas garotas que eu não conhecia se juntaram a nós, em silêncio. Eu nem tinha mais energia para cumprimentá-las. Todo mundo podia pegar de volta aquelas cartas de merda, e eu... Bom, eu só teria que aguentar a vergonha.

Quando chegamos ao armário, estávamos cercados por um semicírculo de espectadores. Coloquei a senha no cadeado, fazendo o possível para esconder dos muitos, muitos olhos, e abri a porta.

— Tá, se vocês… — comecei, mas Serena avançou e começou a remexer nas cartas.

Uma das garotas se juntou a ela, e Justyce chegou por trás, tentando enxergar por cima das duas.

— Podem me dar as cartas, por favor? — perguntei.

Não me surpreendeu que ninguém desse qualquer sinal de ter me ouvido. Fui completamente expulsa do grupo que brigava pelas cartas. Alguns envelopes escaparam e caíram no chão, escorregando um pouco no linóleo.

— Ei — protestei, esticando a mão. — Parem.

Uns alunos ao nosso redor gritaram de susto. De repente, vários outros avançaram para examinar os envelopes, tanto os do chão quanto os nas mãos das pessoas. Seguraram, puxaram, tentaram descobrir qual carta era a sua.

Até que os muitos se transformaram em dezenas. Papel ia rasgando conforme as pessoas fuçavam os envelopes, alguns indo embora com as cartas, outros com o dinheiro enfiado junto. Era um frenesi. Mais e mais gente ia chegando, e eu fui sendo empurrada para longe, e gritei para as pessoas pararem, pararem, *pararem*, mas minha voz foi sufocada pela algazarra.

Um cara agarrou um envelope e começou a se afastar, e outro pulou em cima dele, gritando que a carta era dele. Eles colidiram com a porta do armário, que fez um estalo quando o primeiro cara bateu o ombro com força e gritou de dor.

— Ei! — gritou o sr. Elliot, surgindo do nada e avançando até a gente. — Parou. Chega.

Alunos fugiram para todo lado.

Não tinha mais envelope.

O armário estava vazio.

E a porta estava um pouquinho amassada. Tentei fechar, mas tinha ficado meio torta e não encaixava bem. Afastei a mão e ela se abriu uns poucos centímetros com um movimento triste.

— O que foi *isso*? — perguntou o sr. Elliott.

Eu não sabia se a pergunta era dirigida a mim ou aos espectadores restantes, mas felizmente ninguém me dedurou.

— Longa história — falei. — Já está tudo bem. Obrigada.

— É, tá bom — disse ele, com um olhar desconfiado para mim. — Guarda essa energia para a Black Friday, tá?

Ele seguiu para a aula, e eu virei para olhar os poucos alunos ainda ali.

Entre eles, uma garota que eu não reconhecia, de óculos e cabelo cacheado, ergueu as sobrancelhas.

— Acabei de chegar. Minha carta estava aí — falou, apontando com a cabeça para o armário vazio.

Ah.

Isso.

Não era nada bom.

Quando fui chamada à sala do diretor no meio da aula seguinte, eu já estava esperando por aquilo.

Minha professora de história, Joan (sra. Lobethal para o resto da turma), veio à minha mesa e pediu para eu arrumar minhas coisas e ir sem fazer bagunça. Era assim na nossa escola: o professor recebia um e-mail e mandava o aluno ir à sala do diretor. Nada de anúncios públicos. Como regra geral, não queriam constranger ninguém. Eu já concordava com esse método antes, mas, na primeira vez que se aplicava a mim, fiquei especialmente agradecida. A última coisa que eu queria era que a escola toda soubesse da minha vergonha.

Que Brougham soubesse.

A sala irrompeu em cochichos quando levantei. Brooke me olhou de soslaio, mas não demonstrou emoção. O constrangimento poderia ser mais suportável se ela se comovesse.

O diretor Stan estava sentado à sua mesa de madeira grande e bagunçada, na poltrona de couro acolchoada, respondendo e-mails no computador que ficava em um dos lados da mesa curva. Quando bati na porta, ele minimizou a janela do e-mail e virou, com um gesto me convidando a sentar em uma das duas cadeiras forradas de tecido azul.

Assim que sentei, minha mãe entrou pela porta aberta atrás de mim sem nem bater e parou atrás da outra cadeira, com as mãos apoiadas no encosto.

— O que aconteceu? — perguntou a Stan.

Ele não combinava nem um pouco com o nome. Ao ouvir *Stan*, era de se imaginar um cara meio magrelo, que evitava discussões, que talvez usasse um bigodão e tivesse um tipo de humor meio ansioso. Já o nosso Stan era um armário que poderia ser um fuzileiro naval, um sósia parrudo do Terry Crews. No entanto, ele costumava ter um olhar gentil quando nos encontrávamos no corredor ou na sala dos professores.

Naquele dia, porém, não muito. Estava mais para *puto* da vida.

— Por favor, sente-se — disse ele à minha mãe.

Ela me olhou com preocupação e sentou. Stan continuou:

— Fui informado de que Darcy anda tocando uma espécie de negócio de conselhos amorosos na escola e que cobra pelo serviço.

Pela visão periférica, notei que minha mãe estava virando para mim. Continuei a olhar fixamente para a mesa.

— Pelo que entendi, ela faz isso já há vários anos. Hoje de manhã, ocorreu um incidente e informações particulares de vários alunos foram roubadas quando Darcy permitiu que outras pessoas acessassem o armário.

— Não foi culpa minha... — comecei, mas minha mãe me calou.

— Já recebi diversas reclamações dos alunos envolvidos — prosseguiu Stan —, assim como uma denúncia oficial de um dos pais. Além disso, o patrimônio escolar foi danificado.

— Foi um acidente — falei, ignorando o olhar de advertência de minha mãe. — E nem fui eu.

— O que foi danificado? — perguntou minha mãe.

— A porta de um armário.

— Vamos pagar pelo conserto — disse minha mãe.

Eu soltei uma exclamação de protesto. Era totalmente injusto. Por que deveríamos pagar por um dano que eu não tinha cometido? Ainda mais por sermos uma das famílias com *menos* condição de arcar com um custo daqueles.

— Este dano é a parte menos preocupante no momento — disse Stan. — Darcy, abrir um negócio, um negócio *pago*, no ambiente escolar é completamente inaceitável por milhares de motivos. Quando está aqui, você representa a escola, e a *escola* é responsável por todas as atividades que acontecem neste lugar. Se alguma coisa tivesse dado errado como consequência dos seus conselhos, dos conselhos pelos quais *cobrou*, a escola seria juridicamente responsável. Nossa reputação estaria em jogo.

Medo apertou meu peito, esmagando cada sinal de respiração, até eu só conseguir ofegar. É claro que eu poderia ser juridicamente responsável se alguma coisa desse errado. Eu não tinha pensado nisso, porque no começo era só por diversão. Eu me sentia protegida pelo anonimato. E ninguém havia me alertado sobre isso até então.

Não que muita gente soubesse de fato o que acontecia.

— O que você sugere? — perguntou minha mãe, séria.

Lembrei que ela estava falando com o chefe. Eu tinha certeza que ela não queria me entregar assim, mas não tinha liberdade de gritar, xingar ou dizer que ele estava sendo ridículo. Especialmente porque eu estava mesmo errada.

Stan voltou a atenção para mim.

— Darcy, você tem algo a dizer em sua defesa? Há algo que eu ainda não saiba?

Engoli em seco e inclinei a cabeça para trás, tentando fazer as lágrimas voltarem para dentro dos olhos.

— Desculpa. Eu estava só tentando ajudar as pessoas.

Stan suspirou e cruzou as mãos na mesa, em cima de um bloco.

— Normalmente, no caso de estudantes com histórico tão impecável quanto o de Darcy, resolveríamos tudo com uma advertência, ou no máximo detenção depois da aula. No entanto, Darcy não apenas infringiu várias regras, como arriscou a reputação da escola e o bem-estar de outros alunos. Neste ponto, não temos opção além de recomendar uma suspensão de dois dias, com efeito imediato. Darcy pode recolher seus pertences. Nós a veremos de volta na segunda-feira.

Suspensão.

Quase pareceu irreal. Parecia um pesadelo horrível naqueles segundos antes de acordar. Eu não podia ser suspensa. Eu nunca nem tinha sido chamada à sala do diretor para levar uma advertência. Era sempre tão cuidadosa em obedecer os professores, em não envergonhar minha mãe. Em não ser a *bolsista* que prejudicava a escola.

Mas ninguém riu. Ninguém disse "Nossa, que exagero". Mesmo quando tocou o sinal do fim da aula, e minha mãe me acompanhou até meu armário, eu tinha esperança de que ela sussurraria para eu esperar no carro enquanto ela dava um jeito naquilo.

Mas ela não fez nada disso. Ficou apenas ali parada, rangendo os dentes, enquanto eu colocava na mochila todos os materiais que precisaria ter em casa nos dias seguintes.

A decepção que ela emanava me cobriu como bruma, enevoando meus pensamentos e embaçando minha visão. Minhas costas ardiam sob o olhar dos outros alunos. Dava para ouvir os cochichos. No entanto, ninguém parou para perguntar o que tinha acontecido. Não que eu fosse culpá-los, estando minha mãe do meu lado em sua pose mais imponente, de braços cruzados e cara séria.

Minha mochila não era feita para carregar tantos livros. Quando enfiei tudo o que coube, apertado junto com meu notebook, tive que carregar o resto no braço. Minha mãe, abraçando o papel de sargento, desceu o corredor intempestivamente, sem nem me oferecer ajuda para carregar o material.

A multidão de alunos se abriu diante de nós, um mar Vermelho que se afastava só de olhar para a cara da minha mãe. No meio daquele mar, vislumbrei um rosto conhecido. Olhos assustados. Boca aberta, dizendo palavras que eu não escutava em meio ao ruído do corredor. Empurrando e se acotovelando para me alcançar.

Brougham irrompeu da muralha de corpos e veio até a gente, sem se deixar impedir por minha mãe.

— Oi, Darcy. O que houve? Aconteceu alguma coisa?

Ver o rosto dele, preocupado e honesto, fez meu coração crescer. Era a primeira vez, naquele dia todo, que alguém me olhava com alguma emoção melhor que desdém. Ter alguém que me entendia, alguém ao meu lado — e que não estivesse chocado de descobrir meu segredo —, era de uma importância enorme.

— Vamos logo — disse minha mãe, irritada.

Apertei o passo, e Brougham acompanhou.

— Descobriram do armário — sussurrei.

— Espera aí, você está enrascada? — perguntou ele, em pânico. Minha mãe virou para Brougham.

— Volte para a aula — disse ela, em um tom perigoso.

— Já vou, sra. Morgan, um segundinho.

— Não, *Alexander, agora.*

Ninguém se metia com minha mãe quando ela usava aquele tom. Era o tom de "nem chegue perto do fogão quente", de "como você ousa fazer birra no supermercado", de "se você me pedir para comprar isso mais uma vez, não vou dizer ao Papai Noel que você pediu".

E Brougham, pobre Brougham, que tinha crescido apavorado do que podia vir quando seus pais erguiam a voz, ficou paralisado.

Então, surpreendentemente, ele voltou a se mexer, correu um pouco e nos alcançou de novo.

— Espera, sra. Morgan. Não foi só a Darcy. Eu também estava envolvido. E a senhora não entende, ela não fez nada de errado. Ela estava *ajudando...*

Se ele nos acompanhasse por mais um minuto, eu não sabia do que minha mãe seria capaz. Toquei o braço de Brougham para interrompê-lo.

— Não adianta. Volta para a aula. Vai ficar tudo bem.

— Mas...

— Vai. Senão você vai piorar a situação.

Olhei para ele em súplica, e ele desacelerou, magoado. Já tínhamos chegado à porta, e Brougham não podia nos acompanhar até o carro. Ele ficou para trás, e eu saí ao lado da minha mãe.

Entramos no carro, e minha mãe recostou a cabeça no assento sem virar a chave.

— Você fez uma besteira e tanto, filha.

Esfreguei os olhos com a mão para conter as lágrimas teimosas que tinham escorrido à força.

— Eu sei. Desculpa. Vou encerrar o armário.

— Hum, *óbvio*, isso é indiscutível. E você vai devolver o dinheiro de todo mundo que aconselhou.

Fiquei lívida.

— Não dá! Já gastei a maior parte.

— Vai precisar economizar.

— Bom, então vou economizar até os trinta anos, porque recebo umas dez cartas por semana.

— Dez cartas por... por *semana*? Você dá conselhos sexuais para adolescentes toda semana?

— Não são *sexuais* — falei. — São de relacionamentos. Que nem a Oriella.

Minha mãe soltou uma gargalhada.

— Darcy, você tem *dezesseis anos*, você não entende tanto assim de relacionamentos para dar conselhos pagos a ninguém!

Eu faria dezessete na semana seguinte. Minha mãe sempre fazia isso: arredondava minha idade para cima quando achava que eu não fazia o suficiente, e para baixo quando achava que eu fazia demais.

— Bom, pelo visto, entendo, sim, porque as pessoas continuaram a pedir — falei, na defensiva. — Eu pesquiso tudo. Não estava só tirando coisas da minha cabeça.

— Que tipo de conselho você tem dado aos estudantes, exatamente?

Dei de ombros e olhei pela janela, embora o carro estivesse parado.

— Todo tipo de coisa. Como estabelecer limites, o que fazer se seus amigos não gostam do seu novo namorado, como contar à namorada que está infeliz sem magoá-la. Esse tipo de coisa.

Minha mãe fez que não com a cabeça.

— Inacreditável. Você não é psicóloga. Não pode oferecer terapia.

— Não era *terapia*. Não tem as colunas de conselho?

— São publicações de opinião pública, com avisos. É liberdade de imprensa. As regras a respeito de quem pode oferecer terapia servem para proteger todo mundo, Darcy.

Cruzei os braços e franzi a testa.

— Não me parece que eu estava colocando os alunos em risco.

Até onde sei, ensinar alguém a usar uma linguagem corporal amigável ou ajudar a fazer o parceiro se sentir mais respeitado não são questões de alto risco.

— É, mas mesmo assim você está oferecendo conselhos sem ter qualificação para isso, e aceitando pagamento pelos conselhos, sem termos de responsabilidade ou isenção. Por sinal, é por isso que normalmente vemos com maus olhos adolescentes que começam negócios próprios escondido de todos os adultos, porque vocês não têm *ideia* do que estão fazendo, do ponto de vista jurídico!

— Bom, tudo bem, porque nada deu errado, e agora acabou.

— Parece que *muito* deu errado hoje!

— Não foi minha culpa.

— Deixa eu te contar uma coisa, Darcy, quando você oferece privacidade em troca de pagamento, é sua responsabilidade garantir a privacidade. Se você não fez tudo que podia para proteger aquela informação, sem dúvida *alguma* as pessoas podem te denunciar.

Era um pesadelo. Eu ia ser processada, e a gente ia perder tudo. Ou alguém chamaria a polícia e eu seria presa. Eu não sabia exatamente por quê, mas provavelmente existia alguma lei que eu desconhecia a respeito de informações vazadas. Descobririam o que eu tinha feito com Ray, e iria tudo por água abaixo.

Não consegui mais segurar as lágrimas.

Minha mãe me olhou de relance, notou minha expressão e mudou um pouco o tom.

— Mas você está certa — falou, ainda firme. — Foi sorte sua não ter acontecido nada mais grave. *Poderia* ter sido muito pior. Neste caso, mocinha, vamos avisar pela escola que todos que quiserem ressarcimento podem me procurar. Vou organizar os pagamentos, e você pode me pagar depois. Mesmo que te leve mais catorze anos.

— Não sei por que precisamos ressarcir todo mundo. Eu fiz o que me pagaram para fazer.

— Controle de danos — disse minha mãe, simplesmente.

Todo o trabalho que fiz naqueles anos. Tudo acabado. Tudo que eu tinha ganhado ia virar dívida. Nada de armário. Nada de conselhos. Nada daquela sensação ótima de resolver um problema difícil. Nada de saber que eu ajudava gente que não tinha mais a quem recorrer.

Tudo acabado.

— E não preciso nem dizer que você está de castigo — completou minha mãe. — E amanhã vou passar a noite fora, por causa da viagem de ciências do nono ano. Não sei se posso mais confiar em você. Temos essa confiança entre nós?

— É claro — falei.

— Bom, não sei, Darcy. Você não me contou isso.

Fiz um ruído de desdém.

— Quando era para eu te contar, mãe? Você me faz passar a tarde toda aqui, mas fica tão ocupada corrigindo prova que não tem tempo para mim quando preciso de ajuda. Eu preciso procurar Ainsley para *tudo...*

— Isso não é justo.

— É, sim! Ainsley me leva para todos os lugares e me dá todos os conselhos, e me conforta quando estou chorando no quarto e *você* nem percebe. Você nem sabe de *Brougham*, pelo amor de Deus.

— O que tem o Brougham?

— *Não quero falar do Brougham agora.* A questão não é essa. A questão é que eu *queria* falar dele com você, mas você estava muito ocupada. *Sempre* está.

Minha mãe me olhou, magoada.

— Eu vivo perguntando de você. Como pode dizer que estou sempre ocupada demais?

— Até pergunta, mas, quando começo a responder, você para de prestar atenção!

— Não é verdade.

— É, *sim.*

Ela respirou fundo e devagar.

— Você está chateada e descontando em mim. Não é justo.

Sequei as lágrimas e olhei com raiva pela janela. Do que adiantava discutir se ela ia negar tudo que eu dissesse?

— Então você quer dizer que não vou me arrepender de te deixar em casa na sexta-feira e que não preciso te mandar para a casa do seu pai para ele te vigiar?

— Posso garantir. Além do mais, a Brooke me odeia, e eu não tenho mais amigos, então eu nem teria o que fazer se fosse desobedecer.

— Espera aí, o que aconteceu com a Brooke?

Virei para *cravar* os olhos nela. Algo semelhante a horror passou pelo rosto da minha mãe. Eu não tinha argumento melhor do que aquele.

— Por que você não me contou?

— Eu passei a noite toda chorando no quarto ontem, imaginei que você fosse notar e *perguntar.* Por sinal, foi por causa do *seu conselho.* E eu não deveria ter te escutado, porque você não sabia a história toda, então deu tudo errado.

— Hum, isso é porque você não *me contou* a história toda.

— Eu não senti que *podia* contar! Sabia que você ficaria com raiva por causa do armário.

— Bom, é *claro que fiquei, eu...* — ela parou, respirando fundo, e ligou o carro. — Essa conversa não acabou, tá? Precisamos discutir isso tudo quando estivermos as duas mais calmas. Mas... não é legal você sentir que não pode conversar comigo. Então.

É. Veríamos se ela voltaria ao assunto um dia. Eu ia esperar sentada.

Enquanto esperava para sair do estacionamento, a cara fechada da minha mãe foi tomada por um pequeno sorriso.

— Dez cartas por semana — murmurou baixinho, meneando a cabeça. — Nossa senhora, menina.

dezoito

Como minha mãe saiu e deixou a casa vazia na sexta-feira, eu e Ainsley nos preparamos para passar a noite comendo besteira, vendo Netflix e lamentando minha situação.

Como se não bastasse a tristeza que eu sentia — de um jeito estranhamente satisfatório —, me distraí no meio do filme vendo as fotos que iam sendo postadas da formatura. Uma foto de Winona, espetacular em um vestido cor-de-rosa justo e cintilante. Ray com um grupo de amigas, de macacão magenta. Brougham, Finn, Hunter e Luke posando com um grupo da turma, rindo de uma piada que eu nunca ouviria.

O sorriso de Brougham era genuíno, o olhar estava alegre. Era lindo de ver.

Ele tinha me mandado uma mensagem na noite anterior perguntando como eu estava. Eu agradeci a preocupação e expliquei da suspensão, mas não quis continuar a conversa. Estava soterrada por uma nuvem de vergonha e não queria falar do assunto. Só queria comer e esquecer da derrocada social e acadêmica. Lidaria melhor com aquilo na semana seguinte.

— Ano que vem é sua vez — disse Ainsley, ao ver as fotos. — Algum escândalo?

— Não que eu saiba.

— Ah. As histórias vão começar a chegar na segunda-feira. Me conta se envolverem alguém que conheço.

Me perguntei como Brooke estava se sentindo ao ver aquelas fotos de Ray. Queria poder reconfortá-la. Queria ainda mais nunca ter magoado elas duas.

Então, para minha surpresa, o celular começou a vibrar com uma ligação, e eu corri para atender. Brooke? Nem me importava o motivo da ligação, se era para gritar ou chorar, desde que falasse comigo.

Mas era Finn. Ainsley pausou o filme para eu atender.

— É o Brougham — disse Finn assim que ouviu minha voz.

Levantei tão rápido que dei mau jeito no pescoço.

— O que foi?

— Aconteceu uma merda aqui, depois te conto, mas, em suma, ele está bebaço.

— O *Brougham*?

— Nunca vi ele assim. Estou com medo do que os pais dele fariam se ele for para casa.

Móveis derrubados. Palavrões aos berros. Portas batidas e ameaças. E isso era só o que eu já tinha visto.

Não, eu também não queria que Brougham fosse para casa.

— Cadê a Winona?

— Foi embora já faz tempo. Não atende o celular.

Por mais ridículo que fosse, um sentimento amargo e ciumento golpeou minha barriga ao constatar que Finn tinha ligado para Winona primeiro. E então uma parte magoada e cruel de mim sugeriu que eu mandasse Finn insistir com Winona. Que dissesse que Alexander Brougham não era responsabilidade minha. Ele tinha escolhido ela, afinal, então qual era meu papel na vida dele?

Mas era Brougham.

Era Brougham, e eu nunca, nunca, faria aquilo.

— E sua mãe está na excursão, né? Você pode ajudar?

Honestamente, nem estava em questão.

— Ains — falei. — Me empresta o carro? Temos um problema aqui.

O *after* da formatura ainda estava rolando, com grupos de adolescentes se espalhando pelo jardim, mexendo no celular, tirando selfies perto das luzes na árvore, ou sentados e jogados na varanda. A festa principal parecia ser no quintal — dava para ver as cabeças por cima da cerca lateral, e a música alta vinha de lá. A casa ficava isolada, no fim de uma estrada de terra ladeada de casas em terrenos enormes repletos de cavalos e cabras. Dava para entender por que tinham escolhido aquele lugar.

De início, eu tinha me oferecido para ir sozinha, me sentindo culpada de pedir que Ainsley se trocasse e saísse tão tarde por minha causa. No entanto, quando ela argumentou que alguém precisava ir no banco de trás com Brougham para cuidar dele na volta, não tive como discutir. A única exigência de Ainsley foi contar à nossa mãe o que estávamos fazendo, mas ela se responsabilizou, para que eu não estivesse *tecnicamente* descumprindo o castigo. Não se fosse *Ainsley* que chamasse um amigo para dormir lá em casa.

Mandei mensagem para Finn quando chegamos. Não adiantava entrar na cova dos leões na esperança de uma missão de resgate; acabaríamos correndo atrás deles pela casa.

A gente só precisava torcer para ele lembrar de olhar o celular mesmo estando bêbado e sabe-se lá o que mais.

— Aquele é o Luke? — perguntou Ainsley, se endireitando.

Apertei os olhos.

— Ainsley, aquele garoto não tem nada a ver com Luke.

— Bom, *sei lá*, já faz tempo.

— Faz dez meses que você se formou!

— É — disse ela, com um olhar sério. — Dez longos meses, que me mudaram de formas inimagináveis.

— Claro, Ains.

— Tá, aquele ali *com certeza* é ele. Perto da varanda.

Dessa vez, ela estava certa. Lá estava Luke, de smoking amarrotado, andando — ou melhor dizendo, cambaleando — junto com Finn. Entre eles, vinham carregando Brougham, que fazia uma tentativa deprimente de caminhar. O cabelo dele estava uma zona, grudado de suor na testa, os olhos embaçados e perdidos, e a postura dava a impressão geral de que seus ossos tinham evaporado. Sua camisa social que um dia tinha sido branca, estava cheia de manchas em tons de amarelo e cor-de-rosa.

Ele estava péssimo.

Praticamente me joguei do carro para correr até eles. Ainsley veio logo atrás.

— Oi — falei, ofegante, quando os alcancei.

Finn pareceu aliviado. Brougham levantou a cabeça como se pesasse toneladas e me olhou com raiva.

— Estou *ótimo* — disse, se desvencilhando de Luke.

No entanto, puxou o braço com força demais e caiu em cima de Finn, que já tinha se preparado para o impacto.

— Se até *eu* acho que você não está ótimo, é porque você está mesmo mal — disse Finn. — Oi, Ainsley.

— Oi. Metido em encrenca como de costume, é?

— Eu? Hoje fiquei bem comportadinho, diferente de *certas pessoas* cujo nome não direi — disse Finn. — *Brougham* — acrescentou, para garantir que tinha ficado claro.

Brougham não conseguiu formular uma resposta coerente, mas soltou um grunhido de irritação.

— Ele vomitou? — perguntei a Finn enquanto ele e Luke levavam Brougham ao carro.

A cabeça de Brougham pendeu para a frente como se todos os músculos do pescoço tivessem se desmanchado de uma vez.

— Não — disse Brougham, ainda acordado, apesar das aparências.

— Umas duas vezes, já — disse Finn. — Vocês têm um balde?

— Temos, sim. Esperamos não precisar, mas temos.

— Achei que ele tivesse desmaiado em certo momento, meia hora atrás, mas ele resmungou quando a gente cutucou, então acho que estava tudo bem. Aí a gente cutucou ele mais um pouco só por diversão, e ele resmungou mais, então... Sabe. É um bom sinal. Ainda assim, é melhor ficar de olho nele por um tempo. Me liga se acontecer alguma coisa, porque os pais dele acham que ele foi passar a noite na minha casa.

— Peraí, como é?

— Vai ficar tudo bem. Vou te passar o número da mãe dele só por via das dúvidas, tá bom?

Não estava bom, mas já era tarde.

— Quais são as consequências judiciais se ele morrer na minha casa?

— São horríveis. Por isso estou passando a responsabilidade para você.

Finn sorriu e dobrou os joelhos para empurrar Brougham, totalmente molenga, para o banco de trás, enquanto Ainsley segurava a porta.

— *Pronto*, cara — falou ele. — Confortável?

Brougham apertou os olhos com força e jogou a cabeça para trás, soltando um gemido demorado.

Enquanto Finn tentava fechar o cinto de Brougham com os dedos desajeitados de bêbado, eu dei a volta no carro e entrei no banco de trás ao lado dele. Brougham observou as mãos de Finn com certo interesse.

— Tudo bem? — perguntei, alto para superar o barulho do motor.

Ele emergiu da confusão e me olhou como se tivesse acabado de notar minha presença. Em seguida, os olhos dele pesaram, e a cabeça também.

— Eu hummm dormir.

— Pode se apoiar em mim se quiser.

Nem precisei insistir. Sua bochecha grudou imediatamente no meu ombro, o cabelo fazendo cócegas na minha clavícula e a respiração quente no meu peito quando ele começou a respirar fundo e metodicamente, como as pessoas respiram quando estão se esforçando muito para não vomitar.

Peguei o balde e o acomodei no meu colo por via das dúvidas.

Em casa, eu e Ainsley precisamos tirar Brougham do carro juntas e levá-lo à sala. Manter ele de pé enquanto abríamos portas e mexíamos nas chaves não era fácil. Quando largamos Brougham sem cerimônia no sofá, eu já estava sem fôlego.

Ainsley correu ao carro para pegar o balde enquanto eu ficava de olho nele, que tinha tombado para o lado, mas continuava no sofá.

— O que acontece se ele começar a vomitar? — perguntei a Ainsley quando ela voltou.

— Para que você *acha* que trouxemos o balde?

— Tá, mas não seria, tipo, mais higiênico levar ele ao banheiro?

Ainsley fez que não, largando o balde vazio perto do sofá.

— Não. Ele pode quebrar um dente.

— Como é que *é*? — perguntei, chocada.

— É sério. Aconteceu com um cara da minha turma. Ele estava debruçado no vaso, e a cabeça pesou, e aí...

— *Não* continue essa frase. A gente tem alguma roupa para ele dormir?

— Hum… nossa, seria mais fácil com o papai. Que tal o Suéter Cintilante? — sugeriu, se referindo ao suéter oversized de tricô bege, coberto de bolinhas douradas e brilhantes, que eu tinha usado até gastar no segundo ano do ensino médio.

— Por que ele não pode pegar uma roupa *sua*? Você é mais alta do que eu!

— É, mas você é mais larga, sra. "Quadril de Parideira". O Suéter Cintilante é a roupa mais larga que temos.

Brougham foi com tudo para trás, se recostando no sofá.

— Quer um copo d'água? — perguntei, e ele não pareceu me ouvir. — …Vou pegar um copo.

Ainsley entrou na cozinha com o Suéter Cintilante enquanto eu enchia o copo.

— Você acha que ele consegue se vestir sozinho?

Olhei horrorizada para o suéter enquanto sentia meu rosto ruborizar.

— Ah.

Nós duas nos entreolhamos, apavoradas.

— Eu não — disse ela.

— Eu não! Ele é meu amigo.

— Hum, é. Exatamente por isso tem que ser você.

— Um amigo que *me beijou* umas semanas atrás, preciso lembrar? Além do mais, você é mais velha, vai ser como ajudar um irmão mais novo.

— A gente não tem essa intimidade!

Maravilha. Parecia que minhas opções eram: a) colocar Ainsley numa posição desconfortável, b) deixar Brougham marinar na camisa encharcada de suor, bebida e vômito a noite toda ou c) ajudar um amigo a trocar de roupa de forma sistemática e sem nenhum interesse romântico.

Eu estava exagerando. Por quê?

Porque, cochichou uma voz, *ele não é apenas seu amigo, e você sabe muito bem disso.*

Bom, dane-se. Ele precisaria ser.

E, francamente, eu não estava tentando ultrapassar nenhum limite de propósito: sem dúvida teria preferido que fosse Winona a cuidar do namorado. Se ela ligasse para Brougham nos trinta segundos seguintes, eu passaria a tarefa para ela *com prazer* para evitar o constrangimento.

— Tá, ok. *Tá*. Você pode pegar um lençol ou alguma coisa pra cobrir o sofá?

— Já vou.

Me ajoelhei na frente de Brougham com o copo de água e o Suéter Cintilante, enquanto Ainsley ia ao armário de roupa de cama.

Brougham estava recostado no sofá, imóvel, de olhos fechados. Me aproximei um pouquinho e apertei o braço dele de leve.

— Ei, tá acordado?

Ele abriu os olhos abruptamente e fez que sim.

— Trouxe uma roupa para você dormir.

Os olhos embaçados viram o Suéter Cintilante, e ele fez que sim de novo, mais determinado.

— Obrigado.

Já estava falando palavras mais coerentes do que na festa. Ele começou a desabotoar a camisa, e me afastei um pouco, na esperança de não precisar intervir. Infelizmente, ele soltou três botões antes de decidir puxar a camisa pela cabeça e ficar preso.

— Ajuda — pediu com uma voz de dar dó.

Eu passei a camisa pela cabeça e pelos braços dele. Fiz o que pude para não olhar os músculos longilíneos dos braços, a pele macia e lisa do peito ou as dobrinhas ao redor do umbigo quando ele se encolheu. Nem a leve trilha de pelos perto do umbigo. Nem os ossos protuberantes da clavícula.

Aparentemente, a tentativa não tinha dado muito certo.

Fixei o olhar no rosto dele e o ajudei a vestir o suéter. Vestir um bebê devia ser daquele jeito. Se o bebê tivesse quase um metro e oitenta.

O Suéter Cintilante estava bem curto nos braços, mas dava para o gasto. Além do mais, eu nunca o vira usar uma roupa que não fosse de alta qualidade e bem selecionada — sim, inclusive o pijama casual na festa do Q&Q —, então a visão geral era um pouco ridícula.

Ele começou a desabotoar a braguilha com os dedos desajeitados, e, para meu intenso alívio, conseguiu virar e tirar a calça sem precisar da minha ajuda, o que o deixou de Suéter Cintilante e cueca boxer.

— Ai — disse, baixo, flexionando a mão direita.

Foi a primeira vez que notei que estava vermelha e inchada.

— O que você fez? — perguntei.

— Uhum humm.

Ah, sim, isso explicou tudo.

Ele já estava perdendo o fôlego diante da enormidade das tarefas que lhe tinham sido dadas, e se encolheu quando Ainsley chegou com lençóis e travesseiros para uma cama improvisada. Aceitou nossa ajuda para se ajeitar no sofá e, depois de algumas camadas de coberta, acabou em um casulo seguro.

Então deitou, praticamente desmaiado, de barriga para cima. Ainsley balançou a cabeça e pegou algumas almofadas da poltrona.

— O que você está fazendo? — perguntei quando ela o virou de lado e colocou almofadas entre as costas dele e o encosto do sofá.

Ela respondeu para Brougham, não para mim.

— Você não vai dormir de barriga para cima hoje — falou, devagar e clara. — Fica de lado. O balde vai estar aqui. Tá bom?

Brougham murmurou um "uhum", mas não abriu os olhos.

Ainsley voltou a me olhar.

— De lado, ele não vai engasgar no vômito. Melhor prevenir do que remediar.

— Nossa, desde quando você virou especialista em cuidar de bêbados? — perguntei, surpresa.

— A faculdade me transformou. Eu vi *tanta* coisa, Darcy.

— Caramba. Respeito.

Como já eram quase duas da manhã, Ainsley foi deitar. E, de repente, só restava eu. Eu e um cara muito bêbado que talvez fosse meu amigo, talvez não. Era difícil ter certeza.

Para ser justa, isso descrevia a *maioria* das pessoas da minha vida no momento, então...

Com um suspiro, sentei no chão diante do sofá. Eu provavelmente já deveria ter ido dormir, mas estava desperta de adrenalina. Além do mais, queria ficar ali mais um pouco, por garantia.

Brougham já dormia pesado, a cara esmagada na mão. Ele respirava normalmente. Isso era bom sinal, não era? Não tinha por que me preocupar.

Enfiei o fone de ouvido de um lado, deixando a outra orelha livre para me atentar a qualquer mudança, e abri um filme no celular.

Mais ou menos na metade, bem quando estava começando a sentir sono, Brougham se mexeu.

No escuro, quase não dava para ver seus olhos grandes e comoventes. Aqueles olhos lindos e intensos. Atentos a mim. Ele piscou devagar, as pestanas compridas e grossas roçando a bochecha.

— Darcy?

— Pois não?

— Por que você foi me buscar?

— Porque você precisava de mim.

Ele continuou a me observar com os olhos arregalados, mexendo a boca. Tudo que eu queria fazer naquele momento, o que tudo em mim exigia aos *berros*, era me aproximar e abraçá-lo. Fazer cafuné nele e prometer que eu estaria sempre a postos para ajudá-lo. Passar a ponta do dedo do pescoço dele ao ombro, e garantir que não o abandonaria por nada, não importa o que ele fizesse.

Mas eu não podia prometer isso, porque já o abandonei uma vez.

E o preço que eu pagava era saber que nunca poderia fazer nada do que eu queria. Nunca poderia tocá-lo assim de novo.

Nunca poderia beijá-lo de novo.

E, em pouco tempo, eu teria esquecido o gosto dele. Aí seria como se aquele único beijo jamais tivesse acontecido.

Pior ainda era o jeito que ele me olhava, a boca entreaberta, o queixo erguido, a respiração pesada. Ele parecia querer ser beijado. Naquele momento, no escuro, no silêncio, eu senti que, se me aproximasse, talvez ele acabasse com a distância entre nós. Talvez me puxasse para um abraço forte, me beijasse do jeito que eu não permitira da primeira vez.

Mas eu simplesmente... não podia.

— Como você está se sentindo? — sussurrei.

— Dor de cabeça.

— Bebe água.

Ele sentou, tonto, e pegou o copo que ofereci. Os dedos dele roçaram nos meus. Não tinha sido de propósito, e senti vergonha do arrepio que subiu pelos meus ombros.

— Finn te contou da Winona? — perguntou ele, as palavras ásperas e densas.

— Contou. Foi por isso que me ligou. Que pena que você teve que se contentar comigo.

Brougham me encarou, muito sério.

— Não é uma pena.

Bom, sim, eu tinha aprendido minha lição, nunca mais ia falar da namorada de ninguém, então ignorei.

— Estamos só eu e Ainsley em casa hoje — falei, enquanto ele bebia goles pequenos e demorados. — Deixei uma toalha junto das suas roupas. Pode tomar um banho quando quiser. A gente dorme lá em cima, então o barulho não vai nos acordar. Deve ter uma escova de dentes nova no armário também. Pode usar à vontade.

Ele pestanejou, tentando processar as informações. Precisei lembrar que, mesmo consciente, ele não necessariamente estava sóbrio.

Mais um dos muitos motivos para eu manter a distância.

Com o maior cuidado possível, Brougham conseguiu colocar o copo no tapete sem derramar uma gota de água. Ao se debruçar ao lado do sofá, seu rosto se aproximou do meu, e eu me afastei rápido, perdendo o fôlego. Eu tive que me mexer, mas minha vontade era ficar parada. E deixar nossas bocas se encontrarem.

Ele levantou o rosto com os olhos desfocados mas ainda atentos o suficiente para notar que eu estava me afastando. Voltou a encostar a cabeça, e me olhou sem dizer palavra.

Não podia dizer que não era nada.

Era alguma coisa.

Então levantei, engolindo em seco.

— Vou subir, me chama se precisar. Vai ficar tranquilo aqui?

Ele fez uma cara ainda mais séria.

— Vou — falou em uma voz tão perfeitamente alegre que soou estranho demais.

— Legal. Boa noite.

Ele mordeu o lábio e, finalmente, assentiu.

— Boa noite.

O coitado do Brougham passou metade da manhã seguinte vomitando no banheiro.

Felizmente para mim e Ainsley, ele já estava bem o bastante para usar o vaso sanitário, então não precisamos lidar com o balde, mas ainda fazia um barulho horrendo. Depois do café, Ainsley debochou, dizendo que era muito difícil filmar qualquer coisa com aquela trilha sonora. Sugeri que ela criasse alguma coisa horrorosa para combinar. Ela não achou tanta graça quanto eu, mas amoleceu quando Brougham voltou ao sofá arrastando os pés que nem um zumbi e se encolheu, vestindo meias, cueca e o Suéter Cintilante.

— Posso botar isso na lava e seca — sugeri, apontando para as roupas dele. — Você provavelmente não quer vesti-las nesse estado.

— Não posso pedir para você lavar minhas coisas — gemeu Brougham, enfiando a cara na almofada. — Que humilhação.

— É, bom, você vai precisar superar.

— Me desculpa.

Ele me olhou por cima da almofada, com arrependimento estampado na cara.

— Não se preocupa. Melhor você estar aqui do que na sua casa.

Ele fez uma careta e concordou, e eu saí para lavar a roupa. Finn tinha se oferecido para refugiar Brougham assim que ele estivesse bem o suficiente para sair. No entanto, Brougham ainda não tinha passado mais de vinte minutos sem vomitar violentamente, então não era uma opção.

Falando nisso, pelo barulho, ele tinha voltado ao banheiro. Esperei por ele na sala, mas, como ele estava demorando para voltar, me preocupei. Bati na porta e perguntei se estava tudo bem.

— Tá — disse ele, com a voz fraca. — Pode entrar se quiser.

Ele estava ajoelhado no nosso tapetinho cinza felpudo e com a cabeça deitada no vaso, o cabelo suado grudado na testa, e a cor tinha sumido do rosto. Não abriu os olhos quando entrei.

— Nem tem mais nada para botar para fora — disse ele, ofegante. — Estou vomitando só ar.

— Desde quando você bebe tanto? — perguntei, tentando soar curiosa, e não crítica.

A única resposta foi um aceno de mão. Aparentemente não era da minha conta. Ok, justo.

— Acho que... minha cabeça... nunca doeu tanto.

— Tomou o Tylenol que te dei mais cedo?

— Uhum. Não adiantou.

Ele apertou os olhos com ainda mais força e virou para vomitar de novo. Como tinha avisado, não saiu nada.

Tudo bem fazer carinho nas costas dele, né? Era um gesto relativamente desinteressado. Estiquei o braço devagar e pressionei a mão no Suéter Cintilante, fazendo pequenos círculos.

Quando parou de engasgar, Brougham soltou um soluço frustrado.

— Me nocauteia. É crueldade passar por isso consciente.

— É só um pouco de intoxicação, logo acaba. Nosso corpo não gosta de ser intoxicado.

— Quem poderia imaginar.

Ele recuperou o fôlego e ficou de olhos fechados. No entanto, não se desvencilhou da minha mão, então supus que estivesse ajudando.

O sol do meio da manhã estava entrando pelo basculante alto do banheiro, jogando um brilho claro e quente nos azulejos brancos reluzentes e na pia e na banheira de porcelana. Aquele branco todo provavelmente não estava aliviando em nada a dor de cabeça.

— O que aconteceu com sua mão? — perguntei.

A vermelhidão da noite anterior tinha sumido, substituída por um hematoma marrom-arroxeado nos nós dos dedos.

— Não faço ideia, mas está doendo pra caralho.

— Posso ajudar? Gelo, ou...?

— Não.

Alguma coisa na voz dele me dizia para deixar pra lá.

— Brougham?

— Humm?

— Podemos, por favor, voltar a ser amigos?

Ele abriu os olhos, mas não levantou a cabeça.

— Nunca deixamos de ser.

Soltei uma risada seca.

— Tá, certo — disse ele. — Você está certa. A gente bagunçou as coisas e desde então tudo ficou esquisito. Eu adoraria voltar a ser seu amigo.

Graças a Deus. Graças a Deus eu tinha Brougham. Saber que eu não tinha destruído nossa amizade para sempre não resolvia tudo, mas me dava um norte quando eu estava à deriva.

— Legal.

— Você está bem? — perguntou ele.

— Ah, sabe como é. Já estive melhor, mas pelo menos não estou de cueca vomitando no banheiro da minha professora.

E com isso consegui ganhar um sorrisinho dele.

— É uma pena o que aconteceu com o armário.

— Pois é. Mas talvez minha mãe estivesse certa. Talvez alguns dos conselhos fossem bons, mas é provável que eu errasse o tempo todo. Foi sorte eu não ter ferrado ninguém *de verdade*.

Pensei em Brougham dizendo que eu não tinha informação suficiente só pelas cartas. Pensei na impressão que tive dele no início, e em como isso mudou de lá para cá. Em como minha percepção dele, e das questões dele, mudou. Minha taxa de sucesso sempre foi motivo de orgulho. Mas como podia ser tão alta? Sério?

— Você provavelmente errou às vezes — disse Brougham, a voz fraca de esforço. — Mas a questão nunca foi essa.

— Como assim?

— Ah, talvez algumas pessoas precisassem mesmo de conselhos. Mas aposto que boa parte das cartas era só de gente que queria que alguém escutasse sem julgar, ou que validasse o que sentiam. É um grande feito encontrar um lugar seguro para só… desabafar.

— Está dizendo que eu só servia para escutar? — perguntei, me endireitando.

— Não. Estou dizendo que você é genial e dava conselhos incríveis muitas vezes, mas que a pressão que põe em si mesma para fazer tudo perfeitamente é desnecessária.

Ué.

Havia algo de especial em ser vista como Brougham parecia me ver. Talvez Ainsley me compreendesse um pouco dessa forma também, mas era diferente, porque ela era minha irmã. Brougham era um completo desconhecido para mim até uns meses antes, e ainda assim estava disposto a me desvendar e a ouvir o que eu dizia — na verdade, ele ouvia ainda mais o que eu não dizia —, e deu um jeito de encaixar todas as peças corretamente para me compreender. Talvez ele tivesse conseguido fazer isso porque, de certa forma, éramos espelhos um do outro. Tínhamos rachaduras em lugares complementares.

Brougham me fazia ver a melhor versão de mim, a versão mais gentil, sábia e empática que eu sempre quis ser. E aquilo era muito valioso, o que tornava a possível perda muito maior. Eu quase tinha perdido.

Estava com medo de arriscar de novo.

No entanto, aquilo era algo muito intenso para compartilhar. Por isso, o que eu disse foi:

— E agora todo mundo me odeia.

— Eles vão te perdoar. Não se preocupa tanto.

— Talvez. Não sei.

— Bom, se não perdoarem, conheço uma escola excelente na Austrália para você recomeçar.

— Ah, verdade! E agora conheço aquela música dos trabalhadores. Vou estar praticamente em casa.

— Uhum. Descreva a música exatamente assim, com essas palavras, para saberem que você é autêntica.

Rimos juntos, o que levou a outra rodada improdutiva de ânsia de vômito, tão intensa que o esforço gerou lágrimas nas mangas do Suéter Cintilante.

Bem, olhando pelo lado bom... pelo menos eu tinha certeza que Winona não se sentiria muito ameaçada se descobrisse como eu tinha passado a manhã com o namorado dela.

dezenove

A escola foi um horror.

Brooke ainda não queria falar comigo. Sempre que a gente se via, ela virava o rosto na hora, arrumando alguma coisa, qualquer coisa, para fazer.

E os outros alunos cochichavam. Ninguém me dizia nada abertamente, mas os olhares me acompanhavam como ímãs, e eu ouvia meu nome entrando e saindo dos grupinhos enquanto andava pelo corredor, esperava pela aula, mexia no meu armário.

E o armário 89 continuava entreaberto, a porta empenada e as prateleiras vazias.

O pior era a hora do almoço. Entrar no refeitório sozinha, olhar para as mesas todas ocupadas no caminho e saber que eu não tinha aonde ir.

Brooke estava sentada com Jaz e suas amigas. Eu tinha mandado mensagens pedindo desculpa para Ray e Jaz no fim de semana. Em resposta, Ray tinha me bloqueado, e Jaz, me ignorado — e eu não julgava. Brooke fingiu não me ver, mas continuava com um olhar frio. Eu não podia sentar com pessoas que mal conhecia, porque talvez estivessem putas comigo. Talvez tivessem perdido cartas no armário. Ou talvez só se sentissem desconfortáveis. Talvez achassem que seriam identificados por suas cartas. Talvez, em alguns casos, estivessem certos.

Eu queria dar meia-volta e sair correndo. Para ser sincera, estava a segundos de fazer exatamente isso. Era melhor do que sentar sozinha me segurando para não chorar ali mesmo, onde minhas lágrimas de humilhação não passariam despercebidas com tantos olhares em cima de mim.

Então, como se tivesse se materializado do ar, Brougham abriu caminho entre um grupo e encostou no meu cotovelo.

— Vem — disse, sem mais.

E, pela primeira vez, a ordem não soou autoritária nem grosseira.

Ele gentilmente me conduziu pela multidão até a mesa do grupo dele, em outro canto do refeitório, longe de Brooke e Jaz. Fiquei tão agradecida que também quase chorei.

Hunter e Luke também estavam na mesa. Ao lado de Hunter estava Finn, aparentemente feliz ao ver que Brougham tinha me resgatado. Parecia que nós três já tínhamos resgatado uns aos outros de sofrimentos autoinfligidos em graus variados.

— Obrigada por me deixarem sentar aqui — falei na cadeira na frente deles.

— Não temos motivo para ficar chateados com você — disse Finn. — Nunca precisamos dos seus serviços.

Brougham e eu nos entreolhamos por um instante, mas nenhum de nós corrigiu Finn.

— Isso facilita — falei.

— Mas parece que a maioria da escola precisou, em um momento ou outro — refletiu Finn. — Estou impressionado. Você devia viver ocupada.

— O negócio era movimentado.

— Estou vendo — disse ele, dando mais uma mordida e mastigando, pensativo. — Assim, eu nunca mandei nada porque supus que fosse uma menina branca e hétero que respondesse — falou, inclinando a cabeça e estreitando os olhos para mim. — Acertei pela metade.

Sorri.

— Você teria mandado se soubesse que era eu?

Finn tentou segurar uma risada.

— Darcy, eu te adoro, mas você não tem *bagagem*. Sem querer ofender, mas se, sei lá, um cara quiser ir comigo ao casamento da minha prima, sendo que parte da minha família ainda finge não ver que sou gay, eu não ficaria exatamente desesperado pelo conselho de alguém que não sabe um pingo da minha vida e nem imagina como é ser coreano-americano. Tipo, do que é que você sabe, né?

Ele falou tudo de modo muito amigável e tranquilo, mas não era bem o que eu esperava ouvir. Ainda assim, mantendo em mente o que Brougham tinha me dito no fim de semana, contive o impulso de me defender. Em vez disso, dei de ombros.

— Bom, talvez faça sentido mesmo.

Finn já tinha perdido o interesse na conversa. Ele se aproximou de Brougham, que estava olhando para outro lugar. Acompanhei o olhar deles, mas não entendi o que estavam vendo. Só alunos. Até onde tinha notado, ninguém estava agindo de forma estranha.

— O Jack tá olhando para cá — disse Finn, baixinho.

— Eu vi — falou Brougham, também baixo.

Eu não fazia ideia de quem era Jack, mas virei, procurando. Finalmente reparei em um garoto ruivo e atarracado que estava olhando de soslaio para Brougham. Quando percebeu meu olhar, voltou a atenção imediatamente para a comida.

— Ainda está bolado com a briga da formatura — disse Finn.

Me animei. Era a primeira fofoca que eu ficava sabendo da festa de formatura, já que basicamente todo mundo me odiava.

— Aaah, que briga?

Finn me olhou de um jeito engraçado e inclinou a cabeça para o lado.

— Hum, a do Brougham? — falou.

— Não vamos falar disso agora — interrompeu Brougham.

Olhei de um para o outro, boquiaberta.

— É o *quê*? O que rolou?

— Brougham encheu a cara e esmurrou o Jack Miller.

— *Não* foi isso — disse Brougham, calmo. — Foi antes de eu encher a cara.

Eu nunca tinha ouvido falar daquele tal Jack Miller.

— Está falando sério? O que aconteceu?

Finn respondeu:

— Bom, esse é o grande mistério. Ele não quer *contar o motivo*, nem Jack.

Chocada, olhei para Brougham, em dúvida. Ele me olhou de volta e se manteve impassível, mastigando um pedaço de lasanha.

— Tenho quase certeza que eu sei — insistiu Finn.

— Por favor, me conta, estou morrendo de curiosidade — retrucou Brougham.

— Vou contar. Darcy, me diga se acha que estou quente ou frio. Winona e Jack estão envolvidos em um caso de amor tórrido e proibido há meses, e não puderam se comprometer porque seus pais trabalham em livrarias concorrentes. Uma é independente, e a outra é de uma grande rede.

— Imagino que sejam filhos da Meg Ryan e do Tom Hanks — disse Brougham, seco.

Finn não reagiu: obviamente não tinha entendido a referência.

— Além do mais — continuou Brougham —, você sabe que a mãe da Winona trabalha em um banco. Por que você não escuta ninguém?

— Porque não registro informação sem graça. Tá bom, então. Um banco independente, e outro banco grande.

— Um banco independente — repeti. — Quão independente? Tipo, um maço de dinheiro debaixo do colchão?

— Pode ser, achei romântico. Enfim, os pais deles são rivais, mas também estão apaixonados, então Winona e Jack não puderam consumar seu amor.

— E está claro que você não faz a mais *vaga* ideia do significado de "consumar" — comentou Brougham.

— Vocês podem parar de interromper? Enfim, Jack nessa hipótese na verdade é meio-irmão perdido de Brougham... Cara, você mandou mal de guardar um segredo *desses*, hein, Brougham?

Brougham levantou as sobrancelhas quase imperceptivelmente, pestanejando.

— Mas então Jack fica *louco* de ciúmes por Brougham e Winona terem voltado — prosseguiu Finn. — Ele vai atrás da Winona na formatura e tenta beijá-la, e ela diz "Não, não posso, meu coração já pertence a outro" — falou, jogando um braço por cima da cabeça para dar efeito dramático —, e Jack fala, tipo, "Mas você nunca vai amá-lo como me amou", e Winona foge e se esconde no banheiro, então Brougham tem que passar a festa comigo. Eu estou lá, por sinal. Me imagine como o bardo da história.

— Desde que você não comece a cantar — disse Brougham.

— Você é muito chato. Aí Winona volta como se nada tivesse acontecido, e ela e Brougham dançam, então Jack planeja vingança. No *after*, Jack confronta Brougham e o desafia a um duelo pelo coração de Winona...

— Porque relacionamentos são meras transações — disse Brougham, e Finn o ignorou.

— ... e Brougham vence o duelo! Winona fica toda dividida e angustiada, então foge para casa e não atende o celular. Por isso, Brougham toma um porre para afogar as mágoas.

Finn concluiu e esperou nossa reação. Bem. Para dizer o mínimo, era a pior história que eu já tinha ouvido. Brougham brigando por Winona como se ela fosse uma mocinha desamparada. Que nojo.

Brougham e eu nos entreolhamos, e ele deu de ombros.

— Nossa, na boa, nem sei por que você queria que eu te contasse. Você acertou até os mínimos detalhes.

Senti o estômago apertar.

— Sério? — perguntou Finn.

— Não, nem de longe. Mas fiquei curioso, que relevância tem Jack ser meu meio-irmão?

— É para dar tensão dramática — respondeu Finn, sem hesitar.

— ... ah, claro.

Dei mais uma olhada no Jack e esperei ele olhar de volta. Um dos olhos, que eu não tinha conseguido ver antes, estava mesmo com um roxo suspeito, tão inchado que ele nem conseguia abrir. Eita. O que poderia ter feito Brougham, que não bebia e tinha todos os motivos para evitar álcool, encher a cara? O que poderia ter feito Brougham, que adorava implicar mas detestava confrontos de verdade, bater em alguém?

Se Brougham não queria contar nem a Finn, não tinha jeito de eu descobrir o que tinha acontecido com ele naquela noite. Ainda assim, depois que o sinal tocou e todo mundo começou a sair, fiquei um tempinho a mais com ele.

— Não quero me meter onde não fui chamada — falei, baixinho. — Então não precisa me contar o que aconteceu na formatura. Mas eu queria confirmar se está tudo bem. Se você quiser desabafar, ou precisar de conselho, ou qualquer coisa...

— Nada. Na verdade, estou muito bem. Obrigado.

— Ah.

Doeu um pouco, mas o importante era que ele estava bem. E não era o objetivo de todo coach de relacionamento motivar o cliente a ser capaz de enfrentar as situações com confiança sozinho? Não que eu soubesse, visto que era meu primeiro cliente e tal. Mas parecia fazer sentido.

— Fico feliz em saber. Se você estiver bem, tudo certo.

Brougham contorceu os lábios.

— Valeu. Ei, aliás, eu falei que Finn não tem medo de dar a opinião dele.

Levei um segundo para entender a mudança de assunto, até que lembrei da conversa sobre o armário.

— O argumento dele fazia sentido — admiti.

— É claro que sim. Mas a cara que você fez quando ele disse que não teria escrito para você...

Brougham parecia praticamente em êxtase, o que, para ele, envolvia um mínimo sorrisinho de canto de boca.

— Eu não fiz uma *cara*, fiz?

— Ah, fez uma cara, sim — disse Brougham, e eu corei. — Você não vai dominar todos os assuntos, sabe. Tudo bem não saber sempre mais do que todo mundo.

Me recostei no armário ao lado do dele enquanto Brougham recolhia o material. Depois de superar a surpresa de ouvir Finn dizer que não queria meus conselhos, eu me sentia idiota. Era *óbvio* que eu não seria a melhor pessoa para conversar sobre algumas paradas que ele vivia. E o fato de que Brougham havia notado minha inquietação me fez querer evaporar. Os dois deviam achar que eu tinha o maior ego indevido da escola. E, pra falar a verdade, eles não estariam exagerando.

Quando Brougham saiu do armário, olhou de relance para minha cara e perguntou:

— O que foi?

Fechei a porta dele e fui andando. Ele apertou o passo para me alcançar.

— Eu nunca tinha que ter dado conselho nenhum — falei.

— Por quê? Pelo que Finn falou?

— Nossa, não. Finn estava totalmente certo. É só... tudo. Não fui ética com Brooke, quebrei a confidencialidade da Ray, deixei aquelas cartas todas serem roubadas. Comecei o negócio do armário para ajudar as pessoas e acabei usando para magoá-las. Magoei tanta gente. Qual é meu *problema*?

— Ei — disse Brougham, tocando meu braço para me desacelerar. — Você fez merda. Acontece. É mais útil para todo mundo agora se você aprender com o que fez e não repetir no futuro do que ficar se lamentando e se achando uma escrota. Né?

Metade de mim sabia que ele estava certo. Mas como eu podia começar a compensar o mal que tinha feito?

— Né? — insistiu ele.

— É. Eu devo a Brooke o maior pedido de desculpas.

— Já é um bom começo — disse Brougham, e olhou ao redor antes de se aproximar. — Hum, por sinal, falando de erros imorais, quero te contar o que rolou com o Jack.

Isso me arrancou da espiral de vergonha mais rápido que qualquer sermão.

— Não me diga que ele é *mesmo* seu meio-irmão?

Brougham revirou os olhos.

— Vocês são ridículos. Não. A carta dele foi uma das que vazaram.

Meu sorriso morreu e vi o corredor todo embaçado.

— Ah.

— A gente estava conversando em grupo e surgiu o assunto, e ele estava bêbado, e furioso, e começou a levar para o pessoal.

— Pessoal comigo ou com você?

— ... com você. Como eu disse, ele estava bêbado e furioso. E não importa o que ele disse, mas não foi... educado. Mandei ele calar a boca, mas ele continuou, e eu perdi a cabeça.

Brougham olhou para o chão. O rosto dele estava tomando um pouquinho de cor.

— Nunca bati em ninguém antes — continuou. — Nem era minha intenção. Minha mão agiu sem permissão do cérebro.

Era. Muito a processar. Então... era *eu* a mocinha desamparada?

— Por que você não me contou? — perguntei.

— Porque fiquei com vergonha. Não quero ser o tipo de pessoa que sai por aí socando gente. Só nunca tinha sentido tanta *raiva* antes.

Não pude me conter. Fiquei lisonjeada, e um pouco comovida, mesmo que odiasse com todas as forças a ideia de ser qualquer tipo de mocinha desamparada.

— Você estava defendendo a honra da sua coach — falei, sorrindo. — Até que foi fofo.

— Não foi.

— Um pouco. Aposto que você faria o mesmo se alguém começasse a xingar seu técnico da natação.

— Eu... talvez. Não sei. Espero que não.

Eu ri. Não dava para me conter — ele parecia um cachorrinho pego no ato de rasgar uma almofada do sofá. Mesmo que fosse sério, e que eu *entendesse* que qualquer ato de violência era uma grande questão para ele, especialmente considerando o que via em casa, era difícil não me encantar por alguém que tinha me defendido quando eu mesma não poderia fazer isso, e ainda tinha a decência de se mostrar tão *culpado*.

— Bom, já foi. Provavelmente não foi a *melhor* decisão, mas só... tenta não fazer de novo.

Ele manteve o olhar fixo no chão, contraindo a boca.

— E — falei, me abaixando um pouco para olhá-lo nos olhos — obrigada. Foi muito fofo da sua parte, mesmo que de um jeito violento e agressivo.

Ele acenou com a cabeça, a contragosto.

— De nada. E prometo nunca mais deixar ninguém com olho roxo por sua causa.

— É, você provavelmente não precisava ter batido tão forte nele. Ou, sabe, nem ter chegado a bater.

— Eu puxo ferro três vezes por semana. Parece que tenho alguma força aqui — falou, balançando o braço para a frente e para trás.

Se Winona tinha ficado incomodada com o soco, ou se sabia que tinha a ver comigo e achava estranho, ou se tinha ido para casa mais cedo por um motivo totalmente diferente, eu não sabia. Mas veja bem... *será* que ela deveria ter achado estranho? Era estranho ele defender minha honra assim? Eu deveria me perguntar o significado daquilo?

Não, pensei, um pouco frustrada com a conclusão. Brougham disse que estava tudo bem, então o que quer que tivesse acontecido foi por uma boa causa. Se tivesse mais alguma coisa por trás daquilo, não haveria jeito de ele estar tão calmo e confiante quanto à situação com Winona.

Então, fiquei feliz por ele, e por sua nova capacidade de lidar com estranhezas em relacionamentos.

Ou quase.

Eu, minha mãe e Ainsley estávamos na sala, elas duas no sofá, e eu encolhida na poltrona, nós três olhando para o meu celular.

— Não consigo se vocês ficarem me olhando — falei.

Minha mãe e Ainsley se entreolharam.

— Tenho um projeto a fazer, até — disse Ainsley, relutante, levantando.

Minha mãe pegou o notebook da mesinha de centro.

— Nem estou aqui. Estou só corrigindo trabalhos.

— Mas você obviamente está aqui, na verdade.

— Você disse que eu não tenho tempo para você, e agora quer me mandar embora. Se decide!

Hum. Fiquei surpresa de ouvi-la mencionar aquilo. A gente estava em uma trégua meio instável desde que ela havia voltado da excursão, e nenhuma de nós tinha falado da briga no carro da semana anterior.

— Quero ajudar — insistiu minha mãe.

Tá. Ok.

— Estou com medo de ligar.

— Ela é sua melhor amiga há quantos anos, Darc? Ela não vai morder.

— É, mas pode dizer que não quer mais nada comigo.

— Não vai dizer.

— *Pode* dizer.

— Tá bom, vou dar uma de advogado do diabo. E daí se ela disser?

Sério. Que tipo de pergunta era aquela?

— Daí vou ter perdido a melhor amiga que já tive. Não percebe como isso pode me deixar arrasada?

— Claro, mas ela não é sua única amiga. O importante é que você a respeita o suficiente para pedir desculpas direito. Se ela vai te perdoar ou não, é o de menos. Só quero dizer que — acrescentou, apressada, quando abri a boca para protestar —, vamos supor que ela ainda não esteja pronta. Tudo bem. O foco do pedido de desculpas não é *você*. E, se você perdê-la, o que duvido que aconteça, você vai sobreviver. Você não está dependendo dessa garota para um transplante de rim nem nada, né?

Tudo o que ela estava dizendo fazia sentido, até esse final.

— Que jeito de minimizar minha dor, hein, mãe!

— Só quis botar seus pés no chão.

— Sério? Parece que você só está me mandando parar de show porque a situação não é tão grave assim.

Minha mãe parou de fingir estar mexendo no notebook.

— Querida, não é nada disso. Terminar amizade é pior que terminar namoro. Sei que dá medo. Só não quero que se isole por estar apavorada com a possibilidade de Brooke te rejeitar se você for procurá-la.

Revirei o celular sem parar na mão. Era uma boa representação do meu estômago no momento.

— Ela não é só minha melhor amiga, mãe, é minha *única* amiga na escola. Tenho um bom relacionamento com outras pessoas, mas ela é minha *amiga*, sabe? Apostei tudo no mesmo número e fiz o número de picadinho.

— Ah, *Darc...*

— E nem me *diga* que posso fazer novos amigos facilmente porque tenho uma "personalidade ótima", tá?

— Bem, tá, eu não ia dizer isso, apesar de eu não gostar de te ouvir falar que tem uma "personalidade ótima" como se fosse mentira, tá? Não lido bem com críticas feitas a você, ainda que venham de você mesma. Eu *ia* dizer que te vi hoje no refeitório.

Ai, saco, eu odiava quando minha mãe vinha com esse papo de que tinha me visto na escola. Sempre me dava a sensação de que ela estava me vigiando das sombras.

— Você parecia estar se divertindo com Finn e Alexander. Eles não são amigos?

Bom, sim, mas não, mas... Quer dizer, mais ou menos. A primeira coisa que passou pela minha cabeça foi dizer que era diferente com Brooke, e era mesmo. Nenhum deles sabia dos meus momentos mais constrangedores, nem meus prazeres secretos, nem quem eram os alunos que me irritavam tanto que eu sentia náusea só de ver no corredor. Se eu quisesse alguém para me fazer companhia até as três de manhã, comer besteira e ver vídeos no YouTube, eu não ligaria para Finn ou Brougham. Não somos íntimos a esse ponto. E era assim ter uma melhor amiga. Era incrivelmente íntimo.

No entanto, talvez minha mãe tivesse razão. Não era só por não serem dignos do cargo de *melhor amigo* que eu deveria desmerecê-los por completo. Na verdade, já que ela tinha mencionado, era meio engraçado eu não lembrar deles quando pensava nos meus amigos. Nem mesmo em Brougham.

— Alexander definitivamente te considera uma amiga — continuou minha mãe. — Aquele menino passou a sexta-feira toda insistindo para Stan voltar atrás na sua suspensão. Ele não foi embora depois do almoço com os outros veteranos para se arrumar para a formatura. Nancy disse que praticamente teve que arrancar ele pela gola da camisa.

Dizer que eu estava passada era pouco. Do que ela estava falando, e por que eu não tinha ficado sabendo daquilo antes?

— Por que você não me contou?

— Bom, eu já estava na excursão, não vi nada disso pessoalmente. Mas hoje estavam contando na sala dos professores — falou minha mãe, e se empertigou, sorrindo. — Tenho que ser sincera, ele ganhou uns pontos comigo depois dessa. Não é qualquer aluno que enfrentaria Stan.

Nossa.

Huh.

Decidi mencionar o assunto com Brougham na próxima oportunidade. Por que ele não tinha me contado? A gente tinha passado o sábado praticamente todo juntos e ele nem chegou a pensar em falar que tinha me defendido para o diretor?

Acrescentando a isso a história de Brougham socar — *socar!* — alguém em uma festa por causa do armário? Bem, as pessoas viviam escrevendo ao armário com perguntas a respeito de sinais confusos, e eu dava sempre mais ou menos a mesma resposta. Não existem sinais confusos: as pessoas dizem a verdade com clareza por meio de suas ações, e ou você acredita nas palavras doces que nem um bobo apaixonado ou dá valor demais à ação inconsistente excepcional. Mas talvez eu tivesse que engolir minhas palavras, porque não havia nada de claro no comportamento de Brougham. Ainda mais se, ao que tudo indicava, ele ainda estava feliz com Winona.

— Vai ligar para essa menina ou não? — perguntou minha mãe, me arrastando de volta para a realidade.

— Não — falei.

Tudo era confuso, assustador e pesado demais. Era um exagero acrescentar a isso um telefonema.

— Não, vou mandar mensagem — acrescentei.

— Nem pensar! *Não* se pede desculpas por mensagem, Darcy.

Eu ignorei, porque me ocorreu que, por mais constrangedor que eu achasse o telefonema, Brooke provavelmente acharia ainda pior. Botar ela contra a parede e exigir uma resposta instantânea, ou esperar em um silêncio demorado e desconfortável? Não, isso *sim* era uma exigência grosseira e emocionalmente pesada. Uma mensagem seria mais educada, na verdade. Eu diria para ela, com clareza e sem enrolação, qual era meu ponto de vista, e ela teria tempo para processar e responder quando quisesse. Ou nem responder, se preferisse.

— Como sua geração é *grossa* — reclamou minha mãe enquanto eu escrevia a mensagem. — *Darcy*.

Oi, então, eu ia te ligar, mas achei esquisito. Posso ligar se você quiser, não estou tentando escapar, mas achei melhor não colocar essa pressão em você. Queria dizer que estou muito, muito arrependida. Eu estava tão tão tão errada na história com a Jaz, e também estava errada na história com a Ray. Disse a mim mesma que ia te contar porque me preocupava com você e queria te proteger. Mas na verdade eu queria te ter de volta. Por isso fodi com sua vida. Me

arrependo disso mais do que de qualquer
outra coisa, e, o que eu puder fazer para
melhorar a situação, farei. Entendo se não
bastar para você, e você não tem que
responder se não quiser. Mas, por favor,
saiba que estou arrependida e peço
desculpas. Nunca farei nada desse tipo
de novo. Além do mais, estou com saudade.
Muita.

Enviar.

— Liga para ela, Darc — disse minha mãe.

— Já foi. Mandei a mensagem. Ela vai me dizer se quiser conversar.

Minha mãe revirou os olhos e deu um suspiro exagerado, que nem se eu tivesse decidido mandar por mensagem a notícia de um ataque nuclear iminente para o presidente, só para não telefonar. É, tá bom, eu e minha geração éramos todos hereges, já entendi.

— Obrigada — falei.

— Pelo quê? Você não seguiu nenhum dos meus conselhos.

— É. Mas você me escutou.

Minha mãe estendeu as mãos para me abraçar, e eu me aproximei.

— Prometo que vou melhorar nisso. E também preciso que você prometa me procurar sempre que precisar de ajuda. Combinado?

— Combinado.

— Já acabaram? — gritou Ainsley da escada. — Não estou ouvindo choro nem súplicas.

— Preferi mandar mensagem — gritei de volta, soltando o abraço.

— Ah, boa ideia — disse Ainsley, voltando à sala. — Assim você não bota uma pressão chata nela.

Minha mãe jogou as mãos para cima, incrédula.

Ainsley vinha trazendo um vestido no braço.

— Tá, duas coisas. Primeiro, preciso arrancar essas mangas.

Ela desenrolou a roupa, revelando um vestido de camponesa bege com mangas bufantes, que ficavam justas e alargavam de novo, várias vezes, do ombro à cintura. Tinha três pedaços bufantes em cada manga.

— Hum, óbvio, são horrendas — falei.

— Claro. Mas estou na dúvida se tiro totalmente, ou se faço bainha debaixo da primeira parte bufante, para ser, tipo, um bufante discreto.

Minha mãe estreitou os olhos, pensando seriamente sobre aquilo. Eu fiz o mesmo.

— Bufante discreto — dissemos ao mesmo tempo.

— Legal, fantástico, vocês são ótimas. Hum, outra coisa: Oriella acabou de postar um vídeo, Darc.

— Maneiro, depois vou ver.

— Não, tipo, um vídeo *importante*. Ela acabou de anunciar uma turnê. Ela vem a Los Angeles.

Soltei um grito e me endireitei tão rápido que quase caí da cadeira.

— É o *quê*?

— É, tipo, ela vai falar numa conferência, e depois uma oficina, e tem *meet and greet*. Você pode conhecê-la!

Mexi a boca, tentando arranjar palavras para descrever o quanto eu precisava ir. Tipo, eu *tinha* que ir, não tinha escolha, *Oriella*, que morava na *Flórida*, estaria a uma hora de carro de mim. Eu nunca teria outra oportunidade daquelas. E um *meet and greet*? Ela poderia me conhecer, saber que eu existia no mesmo plano que ela, que respirava o mesmo ar? Eu poderia contar tudo que tinha aprendido, e o que fiz na escola, poderia até contar alguns dos meus conselhos e perguntar se tinham sido bons.

A sala estava flutuando.

Ou era eu quem flutuava.

Ainsley abanou o vestido.

— Você já escolheu entre festa e presente? Porque dane-se a festa, é a *Oriella*.

Só precisei olhar por um instante para minha mãe, que balançava sutilmente a cabeça para Ainsley com uma careta no rosto, para perceber que não dava mais tempo.

— Já compramos seu presente — disse minha mãe, devagar.

Ainsley puxou o vestido para o peito e olhou para ela com cara de quem tinha falado besteira.

— Opa, foi mal.

— Tá tudo bem — falei ao mesmo tempo.

— Mas temos o recibo — continuou minha mãe. — Quer que eu troque?

O rosto dela transparecia gentileza e honestidade. Não havia armadilha ali, a oferta era sincera, e parte de mim ficou tentada a agarrar a oportunidade e agradecer com gritinhos de emoção. Não seria uma crítica ao talento deles com presentes; era só que o contexto não tinha ajudado. Não tinha como meus pais saberem que aquilo ia rolar.

Ao mesmo tempo, eu me sentia meio mal de pedir para alguém trocar um presente comprado para mim. Minha mãe e meu pai tinham conversado — provavelmente de uma forma civilizada —, chegado a uma decisão, ido à loja e comprado algo especial para mim. Era um *pouco* menos esquisito que pedir um recibo de troca depois de abrir um presente... mas, na minha opinião, daria quase no mesmo, afinal.

— Não, não, não — falei. — De jeito nenhum. Não se preocupa.

— Você mesma pode comprar — disse Ainsley. — Né? Você tem dinheiro.

— É claro — disse minha mãe, seca. — Sua fonte de renda misteriosa da qual só fiquei sabendo por esses dias.

Bom. Interessante. Só que minha mãe não sabia do dinheiro ao qual Ainsley se referia. O dinheiro do armário ia para vários gastos conforme eu ganhava: a conta do celular, maquiagem, cinema, livros de autoajuda. Eu mal tinha guardado dinheiro *daquele* trabalho, especialmente depois de quatro alunos aceitarem a oferta de ressarcimento da minha mãe na escola e eu precisar tirar quarenta dólares das minhas parcas economias.

Mas Ainsley estava falando do dinheiro do Brougham. O dinheiro que tinha chegado em duas parcelas, em notas grandes.

Esse dinheiro, eu não tinha gasto.

Mas era o único dinheiro que eu teria por enquanto, visto que minha fonte de renda tinha secado.

Antes que eu conseguisse formar um pensamento coerente, meu celular vibrou e tudo, tudo, foi pelos ares. Só o que importava era que Brooke havia acabado de me enviar suas primeiras palavras em muitos dias.

Oi. Obrigada pelo pedido de desculpas.
Ainda estou me sentindo bem esquisita com
tudo isso, mas é bom saber que você sabe
que errou. Preciso de mais tempo.

Tá bom. Mais tempo era ok. Melhor do que "nunca". Por enquanto, eu aceitaria o que me ofereciam.

vinte

Na quinta-feira, passei a reunião do Q&Q toda aflita. E olha que o responsável da semana era Finn, um especialista em descontrair ambientes tensos desde criancinha, mas nem isso ajudou. Uma coisa estava se tornando mais óbvia para mim. Uma coisa que tinha começado a me incomodar, bem lá no fundo, tão vaga que demorei para encontrar as palavras. A questão era que eu tinha arruinado qualquer chance de romance com Brougham, mas, mesmo sem ele em jogo, ainda precisava dar um jeito nesse meu medo. Porque estava começando a notar que era isto: medo de várias coisas.

Precisava, de início, discutir aquilo com as únicas pessoas que entenderiam. No espaço seguro que tínhamos criado, aberto à discussão de qualquer assunto.

Na minha frente estava Erica Rodriguez. Ela tinha aparecido na porta no começo da reunião perguntando se podia entrar, só para ver como era. Desde que tinha se apresentado, não disse uma palavra sequer, mas eu sabia por que estava ali. De certa forma, eu a tinha convidado. Sorri para ela, mas não consegui passar sinceridade. Ela retribuiu, hesitante, e sacudiu as trancinhas *box braids* que caíam pelos ombros.

Finn pigarreou dramaticamente quando a reunião se aproximou do final.

— Como presidente, acrescentei alguns itens à ata do dia.

O sr. Elliot arregalou os olhos, assustado, mas não interferiu.

— Número um. Chad e Ryan em *High School Musical 2*.

Olhei de relance para Brooke automaticamente. Ela estava segurando uma gargalhada. Espalharam-se alguns murmúrios.

— *Sério?* — cochichou Ray.

Finn continuou, sem se deixar abalar:

— Quero que o grupo tire um momento para considerar a música "I Don't Dance", que talvez tenha a letra mais pesada da história da Disney, quiçá da história do entretenimento. É tudo cheio de duplo sentido. "I'll show you how I swing", "te mostro meu balanço"? "Slide home, you score, swinging on the dance floor", "entrou, marcou, balançou na pista"?

— Nossa senhora — murmurou Alexei.

— E para os céticos apresento a conclusão: Ryan e Chad são vistos pouco tempo depois, sentados lado a lado, *de roupas trocadas*. É o maior escândalo disfarçado da Disney desde que Simba escreveu "sex" no céu com folhas.

— Não era S-F-X? Tipo, o nome que dão para efeitos sonoros? — perguntou o sr. Elliot.

Finn fez que não para ele, com pena.

— Tão velho, mas tão ingênuo.

— Velho? Eu tenho *vinte e sete* anos! E nem venha falar desses filmes comigo como se eu não fosse entender, porque eu *assisti*.

— Onde você quer chegar, Finn? — interrompeu Ray, a voz seca e direta de volta.

Brooke olhou de relance para ela, e de volta para o chão. Pelo que eu sabia, elas ainda não tinham se resolvido. Acho que, mesmo que eu tivesse desencadeado o problema irresponsavelmente, a raiva de Brooke pelo que Ray fizera não seria apagada em um estalar de dedos.

— Quero propor que Ryan e Chad sejam os mascotes oficiais do Clube Q&Q.

— Vamos pensar. Próximo item — disse o sr. Elliot, rápido.

Finn estreitou os olhos para ele e desceu o dedo pela prancheta.

— Ok... aqui está uma proposta de... — falou, apertando mais os olhos, e se afastou. — Finn Park.

Ray parecia querer arrancar a prancheta das mãos dele.

— Acordei de um sonho inspirador às quatro da manhã hoje e tive uma sacada: aliteração! A gente deveria se chamar *Qlube* Queer e Questionador. Qlube, com Q. Triplo Q. Isso *com certeza absoluta* vai atrair novos membros.

Silêncio. Finn olhou ao redor da sala, agitando as mãos, pedindo respostas.

Ray levantou a mão, rígida. Finn apontou para ela.

— Raina, é sempre um prazer ouvi-la.

— Só falta um item, e nosso tempo está acabando — disse Ray.

Finn pareceu chateado.

— Tá, mas vamos revisitar essa questão semana que vem. Enfim, o último tópico é... bifobia, com Darcy.

Ele não precisava ter falado que nem um apresentador de TV.

De repente, todos me olharam. Eu não queria fazer aquilo, mas sabia que era preciso.

— Então — falei. — Eu ando me sentindo muito... confusa ultimamente. A questão é que estou... com muito medo de me apaixonar por um cara, qualquer cara — soltei.

Pronto. Depois de dizer as palavras em voz alta, eu não podia negar o sentimento nem se quisesse.

— Sou bi — continuei. — Mas da última vez que fiquei a fim de um cara eu nem estava neste grupo, e ser bi não era parte muito importante da minha identidade. Mas agora é, e acho que me sinto meio esquisita...

— Como assim esquisita? — perguntou Finn.

Engoli em seco e olhei para os rostos virados para mim. Ninguém parecia estar irritado nem me julgando, mesmo assim aquilo parecia ser algo idiota e bobo para se discutir ali. Era o medo de ser vista como hétero, pelo amor de Deus.

— Eu sinto que, se estiver com um cara, não vou mais me encaixar tão bem aqui. E se eu tiver um namorado? Eu me sentiria esquisita de levá-lo a eventos de orgulho queer e até de falar para outras pessoas queer que tenho namorado. Sinto que iam me julgar.

— Meu deus, Darcy — disse Jaz. — A gente não te julgaria por isso.

— Você pertence a este grupo — disse Finn, sem mais.

Brooke concordou, e eu perdi o fôlego. Era a primeira vez que ela reconhecia minha existência em semanas.

Alexei cruzou os braços e se debruçou na mesa.

— Isso é coisa da sua cabeça — disse elu. — Só você está pensando isso, garanto.

— Não — disse Ray, seca, e virei para ela.

Ela não parecia estar com raiva, mas seu tom era firme. Senti meu estômago se revirar. Era aquele o meu medo. Que eu me abrisse e meus medos fossem reforçados. Aí ela continuou:

— Para de *gaslighting*. O que ela está descrevendo é bifobia internalizada, e essa merda toda não é invenção de bis. A sociedade nos transmite essa mensagem. Fazem a gente sentir que nem sempre somos queer o bastante para pertencer a grupos queer.

Nossa. Era pouco dizer que eu estava passada. De uma vez, senti uma onda de carinho e gratidão por ela. Gratidão imediatamente contida por uma sensação que lembrava muito culpa. Eu não merecia o apoio de Ray.

— É verdade — disse Lily. — Pessoas ace e aro também lidam com essas merdas.

Erica virou a cabeça para Lily, arregalando os olhos de esperança.

— Exatamente — disse Ray.

— Bifobia internalizada? — repetiu Jay.

Ray nem hesitou.

— Isso. É quando bissexuais começam a acreditar na bifobia que nos cerca. Ouvimos que nossa sexualidade não existe, ou que somos héteros se estamos com alguém de outro gênero, e que nossos sentimentos não valem se nunca namoramos alguém de determinado gênero, esse tipo de baboseira. Aí a gente escuta isso tanto que acaba duvidando de si.

— É — falei. — É isso que sinto. Já ouvi que tinha "virado" hétero ou "virado" lésbica dependendo do gênero da pessoa de quem estava a fim. E recentemente me disseram que era bom eu poder namorar caras, porque aí não precisaria enfrentar discriminação.

Brooke se sobressaltou, e foi só então que notei que tinha sido ela quem fez aquele comentário. Minha intenção foi criticá-la, e eu esperava que ela não levasse a mal. Mas depois que comecei a soltar a raiva e a frustração que mal sabia que estavam tão acumuladas em mim, não consegui mais me conter.

— E acho que *tecnicamente* posso escolher só agir de acordo com meu interesse em caras, mas *puta que pariu*, né? E a implicação aí é que eu sou menos queer que outras pessoas, porque, sabe, posso só *virar hétero* e não ter que lidar com nenhuma opressão, simples assim. Como se ficar com um cara automaticamente me tornasse hétero. Como se fosse uma competição, um ranking, e eu precisasse parar de falar de questões queer porque, afinal, será que sou *mesmo* queer? *Mesmo*, mesmo? E quero esclarecer que a pessoa que fez esse comentário não disse nada disso, mas é o que senti. E talvez eu não saiba como é ser gay, nem lésbica, mas sei que há pessoas que *nunca* entenderão o que é ser queer mas ficar *constrangida* de falar sobre isso por sentir que está se metendo onde não é chamada, como se, quando falam em queer, não estivessem falando de *mim*.

Eu não tinha a intenção de gritar.

Um silêncio desconfortável se instaurou na sala. Brooke tinha coberto a boca com a mão, e Ray mordeu o lábio.

— Uma vez, uma garota me perguntou quem eu escolheria — falei. — E eu perguntei, tipo, bom, de quais pessoas estamos falando? E ela respondeu, tipo, ah, ninguém em específico. E eu retruquei: se você tivesse que escolher entre a garota A e a garota B, quem escolheria? Aí ela ficou toda resmungona e falou que era diferente.

Ao redor da sala, o resto do grupo estava começando a sorrir aos poucos.

— Vivo ouvindo que de repente é "esquisito" eu gostar de um gênero depois de já ter sentido atração por outro — falei. — Ah, e uma vez, um cara hétero perguntou como "funcionava" ser bi se eu estiver em um relacionamento. E quando perguntei como funcionava para ele, ele disse "funciona porque eu não sou bissexual". Aí perguntei como ele era capaz de se segurar para não trair a namorada com toda mulher que encontra, já que ele gosta de mulher. Tipo, porra, cara, eu falei que sou bissexual, não ninfomaníaca.

— Deus do céu — disse Ray, rindo.

— Juro, a maioria das pessoas acha que ou a gente tá mentindo quando diz que sente atração por mais de um gênero, ou que a gente deve sentir *tanta atração por todo mundo* que precisa pegar todos os seres humanos da *Terra, imediatamente, caralho!*

Finn bateu as mãos na mesa, e eu, Brooke e mais algumas pessoas levamos um susto. Ele se endireitou na cadeira, muito sério.

— Darcy.

— Pois não?

Ele sorriu.

— Você é queer.

Ray concordou.

— Você é queer.

Brooke olhou dela para mim, com a boca trêmula.

— Você é queer, Darcy.

Eu amava ela tanto. Podia até não estar mais *apaixonada* por ela, mas a amava. Seria aquilo um pedido de trégua? Será que a gente voltaria a se falar? Eu faria qualquer coisa, *qualquer* coisa, por isso.

— Você é queer — ecoou Alexei.

— Você é queer — repetiu Jason.

— Você é queer — disseram Jaz e o sr. Elliot em uníssono.

Erica sussurrou junto deles, em uma voz baixa demais para ser ouvida.

— Você é queer! — gritou Lily, levantando para dar ênfase.

Eu não ia chorar. Eu não ia chorar. Eu não...

— Mesmo se eu estiver com um cara hétero? — perguntei.

— Sim.

— Claro.

— Porra, sim.

— *Sempre.*

Em vez de lágrimas, uma gargalhada escapou de mim. Uma gargalhada feliz e animada. E os outros riram comigo.

Pela primeira vez, a primeiríssima vez, eu acreditei neles de verdade. Que meus relacionamentos não mudavam quem eu era. E que, mesmo se outras pessoas não concordassem, todo mundo naquela sala me apoiaria sem pensar duas vezes. Eu estava com eles, eles estavam comigo, e estávamos todos juntos. Uma comunidade dentro de uma comunidade dentro de uma comunidade. Sem perguntas. Sem provas. Sem documentos comprovatórios.

A gente pertencia ao grupo por pertencer.

Depois da reunião, todo mundo se dispersou, e Brooke não ficou para trás para me dizer nada. Aparentemente o primeiro passo daquele dia tinha sido só isso mesmo: um primeiro passo, e não uma reconciliação. Ray, ao menos, tinha me oferecido um sorriso antes de sair. A gente não tinha nenhuma amizade a recuperar, mas definitivamente parecia que tínhamos chegado a uma espécie de trégua.

Ainda assim, elas nem chegaram a se olhar, o que me dava a impressão de que elas queriam, sim, se olhar. Quem não dava bola para alguém não gastava tanta energia para evitar essa pessoa.

Mandei mensagem para Brougham pedindo que me encontrasse no armário depois da aula e antes do treino. A gente se encostou na parede, escapando dos últimos alunos que ainda estavam indo embora, e resumi meu dia. Não tudo, é claro — guardei para mim a questão de que ficar a fim dele tinha me excluído da minha própria identidade. Mesmo que eu estivesse começando a entender que, em parte, minha reação ao nosso beijo tinha sido motivada por medo, não era uma informação relevante para ele, que estava de novo com Winona.

No entanto, contei da mensagem para Brooke. E do apoio dela na reunião. Era bom poder compartilhar aquilo tudo com Brougham. Ele me dedicou atenção plena enquanto eu falava, estreitando os olhos, concentrado, e murmurando "ah" sempre que era necessário. Em momentos íntimos assim, eu sentia que éramos nós dois contra o mundo. Me esforcei para lembrar que a realidade não era essa, porém. Não éramos só nós dois. Ele tinha namorada. Eu era amiga dele, ponto-final.

— Você acha que ela vai me perdoar um dia? — concluí.

Brougham soltou uma risada tanto rara quanto inesperada.

— "Querido armário 89…" — brincou.

Soltei um gemido.

— É, eu sei. Mas estou envolvida demais na situação. Não confio na minha perspectiva.

— Olha. Você não tem como apagar o que fez — disse Brougham.

— Já foi. Mas talvez possa tentar consertar um pouco?

— Mas como?

— ... Sério? Você não explica às pessoas como resolver as coisas há mais de dois anos, ou foi alucinação minha?

Tá. Bom argumento.

— Assim, tem umas coisas que talvez eu possa tentar — falei.

E essas coisas custariam dinheiro. Mas eu ainda tinha um pouco, se... não fosse no evento da Oriella.

— Mas não vou conseguir sozinha — acrescentei.

Brougham batucou com os dedos no armário no qual estava apoiado.

— Que bom que não está sozinha.

Na tarde de sábado, Brougham chegou à casa da minha mãe para participar da minha pequena comemoração de aniversário, trazendo um prato de pão branco coberto de confeito colorido, por algum motivo.

Ainsley o levou à cozinha, onde eu, minha mãe e meu pai estávamos sentados ao redor da mesa, no meio da qual havia um belo bolo de chocolate do supermercado. Uma das melhores partes do meu aniversário, talvez a *melhor* parte, era estar com minha mãe e meu pai no mesmo lugar, ao mesmo tempo, e vê-los se esforçar para não brigar. Era muito raro vê-los juntos, então só aquilo já era basicamente um presente.

Brougham abriu um sorriso leve assim que me viu e me ofereceu o prato, que todos nós olhamos ao mesmo tempo.

— Trouxe *fairy bread* — disse ele. — É indispensável para qualquer festa.

— Isso não é bem uma festa — disse Ainsley, abrindo um pacote de velas.

A gente estava esperando Brougham para comer o bolo. Brougham e eu tínhamos que sair correndo para arrumar as coisas dali a meia hora, então eu tinha convidado ele para a comemoração. Em situações normais, seria Brooke que me acompanharia, mas essa não era uma opção naquele dia.

— Será que posso saber o que é isso? — perguntou minha mãe, olhando com desconfiança para o prato.

O que Brougham tinha feito na aula de ciências para ela desconfiar tanto assim da comida dele?

— É pão com manteiga e granulado.

— Mas *por quê*? — perguntou Ainsley.

Ela cortou uma fatia triangular de pão para analisá-la. Depois de uma mordidinha no canto, deu de ombros.

— Tem o gosto que eu esperava, até — declarou.

Era suficiente para convencer meu pai, que pegou outra fatia. No entanto, meu pai também achava que abacaxi e anchovas poderiam funcionar juntos em pratos horrendos, então não tinha nenhuma moral para ser esnobe com comida.

— Feliz aniversário — disse Brougham, animado, me oferecendo o prato.

Tentei não rir ao aceitar a oferta. Tive a impressão clara de que ele tinha feito aquilo tudo só para nos deixar intrigados.

Meu pai e Ainsley acabaram de arrumar as velas no bolo, as acenderam e me fizeram sentar na frente enquanto todo mundo cantava parabéns. Ainsley filmou tudo com o celular.

— Não esquece de fazer um pedido — falou no fim da música.

Não era difícil escolher um pedido. Eu só queria que a noite corresse bem. Ao olhar para Brougham do outro lado da mesa, parado entre meus pais com aquele sorrisinho sutil e perfeito, me ocorreu que, por mais sorte que eu sentisse por tê-lo na minha vida, mesmo que como amigo, ele não substituiria Brooke. Ninguém substituiria.

Soprei dezessete velas de uma só vez e ergui a sobrancelha para Brougham enquanto me preparava para cortar o bolo.

— Fiquei surpresa por você não ter uma versão especial australiana do parabéns.

— Na verdade, até temos. Mas é bem malvada, aí achei que não cairia bem.

Aaaah, ele estava aprendendo!

— Mandou bem.

Meus presentes foram deixados na mesa por minha mãe e Ainsley. Dos meus pais, ganhei um par de brincos de diamante solitário de verdade.

— Porque aquele pessoal da sua escola pode gostar de se exibir com todas as modas mais caras, mas não dá nem para comparar com uma joia de qualidade e eterna — explicou minha mãe, rindo quando eu os abracei.

De Ainsley, ganhei uma bata rosa-arroxeada que ela tinha coberto com centenas de flores e folhagens bordadas em dourado e tons de rosa. Era tão elaborado que cheguei a arfar.

— *Caralho*, Ainsley. Vou vestir agora mesmo.

— Posso filmar você? Faz séculos que estou filmando o processo. Vou precisar de imagens para o vídeo.

Nós duas subimos correndo, deixando Brougham conversando com meus pais e/ou impedindo eles de se matarem sem testemunhas.

— Tudo pronto para hoje? — perguntou Ainsley enquanto arranquei a blusa que estava usando antes.

— Uhum. Seis ainda tá bom? — perguntei, com a voz abafada pelo tecido da bata passando pela minha cabeça.

— Vamos chegar às seis em ponto.

Ajeitei a bata por cima do short jeans e paramos na frente do espelho de corpo inteiro de Ainsley para admirar. Eu estava...

— Tão linda — suspirou Ainsley. — Eu sou *tão* talentosa.

— Obrigada. Tá, pronta para gravar?

Ainsley coçou a boca, pensativa.

— Tá, peraí.

Ela abriu a gaveta da mesa e revirou a pilha desordenada de amostras de maquiagem e pincéis — que dariam um ataque cardíaco em Brooke se ela visse — e catou o batom líquido cor de pêssego que tinha pegado na minha frente meses antes.

— Vai combinar perfeitamente.

Sorrindo, eu passei o batom, e o enfiei no bolso do short.

— Ei — protestou Ainsley. — Devolve!

— Preciso para retocar depois! Vou te devolver, relaxa.

— Melhor mesmo — resmungou ela.

Gravamos o vídeo o mais rápido possível e descemos para a cozinha, onde Brougham estava sentado entre meus pais, com a coluna muito esticada e as mãos enfiadas entre os joelhos. Meus pais estavam conversando aos cochichos por cima da cabeça dele, os dois com uma expressão nítida de "estou irritado com você, mas vou passar por cima disso e manter a elegância".

Brougham parecia aliviado de me ver e levantou na hora.

— Provavelmente devemos seguir para minha casa — disse ele. — Temos muito a organizar.

O alívio do meu pai era igualmente palpável.

— Bom, então acho que é minha deixa também — disse ele, se espreguiçando. — Feliz aniversário, meu bem.

— Obrigada. E obrigada pelos brincos — falei, tocando as orelhas.

— Boa sorte hoje — disse minha mãe, me puxando para um abraço.

— Espera, o que vai acontecer hoje? — perguntou meu pai.

Ele sabia um pouco da situação, óbvio. Tipo, sabia que eu tinha sido suspensa. Sabia do armário. Sabia que eu e Brooke tínhamos brigado. Fora isso, não muito. Minha mãe, contudo, estava por dentro de tudo. Eu tinha contado meu plano, e ela tinha me escutado, inclusive fazendo algumas sugestões.

— Brougham e eu vamos fazer um jantar para Brooke.

Meu pai fez um aceno vago e simpático com a cabeça.

— Ah. Que legal — falou.

Quando eu e Brougham saímos, deu para escutar a voz de bronca da minha mãe.

— Você deveria se interessar mais pela vida dela, sabe. Fazer umas *perguntas...*

vinte e um

— Tá, ingredientes na cozinha — instruiu Brougham quando a gente carregou as sacolas de mercado do carro dele para a casa. — Começamos com isso, ou com as decorações?

— Vamos preparar o máximo possível logo, para enfiar tudo no forno de uma vez mais tarde — sugeri, largando a sacola reutilizável estufada no balcão reluzente e impecável.

Brougham sentou no balcão e pegou o celular. Olhei para ele, boquiaberta.

— Não senta aí! Que falta de higiene!

— Como assim? Minhas calças estão limpas.

— É, e você já sentou em *um monte de lugar*.

Ele revirou os olhos e desceu para se acomodar em um banquinho, como deveria ter feito desde o início. Olhei feio para ele e peguei um pano na pia para esfregar o balcão. Só Deus sabia quantas bundas já tinham se sentado ali.

— Tá, me conta aí qual é nosso menu sexy — disse Brougham, colocando os óculos. — Vou digitar, imprimir e plastificar enquanto você se prepara.

— Mas não usa "menu sexy" de título, tá? — falei. — "Menu" já tá bom.

Brougham fez cara feia, mas não discutiu.

— Vamos começar com ostras preparadas na manteiga de alho e envoltas em massa folhada, seguidas de figos, batatas e aspargos assados em molho de pimenta e limão, e concluir com morangos mergulhados no chocolate.

Brougham anotou tudo e inclinou a cabeça.

— Elas são pescetarianas?

— Não. Só não tive dinheiro para carne depois de comprar o projetor.

— Legal, só quis conferir. Peraí. PAI?

Uma das razões principais para termos decidido fazer aquilo na casa de Brougham, além de toda a ambientação do jardim, era que a mãe dele ia passar o fim de semana em Las Vegas na despedida de solteira de uma amiga. Ele já tinha me garantido várias vezes que o sr. Brougham não era tão ruim se não estivesse brigando com a esposa. Era minha hora de descobrir.

Na verdade, era a primeira vez que eu via o pai de Brougham pessoalmente. Quando ele entrou na cozinha, fiquei chocada pela enorme diferença dele para o filho. Ele tinha cabelo castanho fino, que talvez um dia tivesse sido cacheado, mas já dava sinais de calvície, era atarracado — enquanto Brougham era naturalmente esguio — e tinha um pescoço sólido e grosso, sem uma curva à vista.

Considerando as brigas a respeito da infidelidade da sra. Brougham, me perguntei se aquelas diferenças já tinham entrado em discussão.

— E aí, cara? — perguntou o sr. Brougham.

Ele me cumprimentou com a cabeça, com um sorriso tão reservado quanto o de Brougham antigamente.

— Oi — falou. — Darcy? Feliz aniversário.

— Obrigada.

— Temos planos para o pato na geladeira? — perguntou Brougham.

O pai dele apoiou a mão no balcão.

— Nada programado. Sua *mãe* ia fazer para o jantar de ontem, mas ficou *ocupada*.

Aquele tom indicava que tinham brigado na noite anterior.

Brougham ignorou a alfinetada à mãe.

— Podemos usar?

O sr. Brougham fez beicinho, pensativo.

— Só se cozinhar direito e me der um pouco no jantar.

Brougham soltou um ruído de desdém.

— E *quando* eu não cozinho direito?

O pai dele apontou para mim com um floreio.

— Quer mesmo fazer essa pergunta na frente dessa sua mocinha?

Ao ouvir isso, Brougham ficou todo vermelho. Me meti para mudar de assunto.

— Se pudermos usar o pato, teremos *muita* comida para todos.

— Manda ver — disse o sr. Brougham. — Gritem se precisarem de alguma coisa, tá? E não esquece a louça. Não é porque a sargento não está que você pode relaxar.

— Nunca.

Era interessante ver Brougham interagir com o pai. Ele continuou relaxado, bem diferente de quando o vi na presença na mãe. Não havia o ar de tensão, apesar de estar "modo educado: ativar". Dava para ver por que ele queria aproveitar para ficar em casa enquanto ela estava viajando. A não mansão dele nem *me* parecia mais tão vasta e vazia.

No fim das contas, Brougham não era tão péssimo na cozinha quanto o acusaram, ele só tinha a mania de subestimar o tempo necessário para as coisas ficarem prontas. Por isso, enquanto preparávamos o pato e picávamos legumes, demonstrei para que servia um termômetro de cozinha, o que o deixou fascinado. Levamos mais tempo do que eu esperava para botar tudo para assar no forno, então dividimos as outras tarefas: Brougham foi encarregado de imprimir os menus e montar o projetor, e eu, das decorações.

Não foi necessário muito esforço para transformar o pátio do jardim de Brougham em um paraíso romântico. Imediatamente atrás da porta dos fundos ficava um pátio enorme, com piso de alvenaria, decorado com plantas em vasos de pedra, flores em tom pastel ladeando a área e hera descendo pelas paredes. Ao centro, havia uma mesa para quatro pessoas protegida por um guarda-sol marrom, diante da piscina enorme. As beiradas do pátio formavam um semicírculo ao redor da casa e desciam ao jardim em vários degraus largos, acompanhados por luzes quentes amarelas embutidas.

Comecei a desembolar e prender os pisca-piscas nas colunas da varanda e em alguns dos arbustos e árvores pelo jardim. Uma vela acesa foi para o meio da mesa, e Brougham me ajudou a esconder as extensões para não estragar a paisagem. A gente tinha *acabado* de conectar meu Spotify na caixinha de som portátil de Brougham quando Ray apareceu; imaginei que o sr. Brougham a tivesse deixado entrar.

— Uau — disse ela, girando para admirar o jardim.

Estava toda arrumada, com calça preta de couro justa, uma blusa turquesa decotada e sapatos de salto brancos. Parecia que Brougham tinha de fato frisado que o traje da noite era "chique-e-sexy" — palavras dele, não minhas.

Por sorte, Ray estava cem por cento disposta a fazer qualquer coisa para ganhar o perdão de Brooke, e tinha agarrado a chance de ir ao jantar na hora em que Brougham mandou a mensagem (ele teve que mandar porque ela tinha me bloqueado em tudo que era *possível* bloquear, apesar da nossa mais ou menos trégua; ainda assim era compreensível).

— Quando Brooke vai chegar? — perguntou Ray, passando os dedos de leve pela mesa.

— Ainsley deve chegar com ela daqui a uns minutos — falei.

— Fiquei muito aliviada por ela ter aceitado vir.

Brougham e eu nos entreolhamos.

— Bom — falei. — Ela não... sabe exatamente o que vai rolar. Acha que aceitou vir me ver de surpresa para meu aniversário.

— Ah — disse Ray, fechando a cara. — Feliz aniversário. Mas... ela vai acabar indo embora.

— Acho que não — falei. — Ela anda péssima desde que... — Desde que eu tinha feito elas terminarem. — ... vocês terminaram. Acho que ela só precisa de uma chance para te escutar.

— Falando nisso — disse Brougham, olhando para a casa atrás dele.

Ele estava certo. Dava para escutar vozes distantes. Fiz um sinal de joinha para Ray e entrei atrás de Brougham.

Brooke estava no corredor enorme com Ainsley, ao mesmo tempo exasperada e perplexa.

— Feliz aniversário? — disse ela quando entramos. — Eu, hum... Eu nunca deixei de ir a um aniversário seu. Seria esquisito.

— Muitas coisas têm sido esquisitas — concordei. — Estou muito feliz por você ter vindo.

— Legal — disse Brooke. — Ter vindo para... a casa do Brougham? — acrescentou, hesitante.

— Sabe — disse Brougham, ao meu lado. — Acabei de perceber que esse plano envolveu você mentir para se desculpar por mentir.

Brooke virou para ele, arregalando os olhos.

Valeu, Brougham.

— Você não veio só para meu aniversário — falei, rápido. — Ray está aqui, e quer falar com você. E a gente fez um jantar para vocês. E preparou uma apresentação também.

Brooke pestanejou.

— Ray está aqui?

311

Não parecia furiosa.

Voltei a me animar.

— É, ela quer conversar. Se você também quiser, pode ir até o jardim e conversar o quanto quiser.

Brooke assentiu e remexeu na bolsa.

— Eu, hum, trouxe um presente. Mais ou menos.

— Ah, não precisava.

Ela me passou uma caixa e, quando abri, vi umas vinte amostras de maquiagem e cosméticos. Dei um sorriso.

— *Obrigada!* Minha coleção já está acabando.

Ao meu lado, Ainsley enfiou a cara na caixa e soltou um gritinho de animação.

— Ah, deve estar mesmo — disse Brooke, rindo. — E você não vai ter mais muito dinheiro para comprar novos produtos, né?

Meu sorriso sumiu, e eu pigarreei.

— É. Verdade.

— Desculpa por você ter perdido o armário. E ter sido suspensa.

— Não foi sua culpa. Mas obrigada — falei, e virei para Ainsley. — Quer ficar para o jantar? Temos muita comida.

— Não, a mamãe já pediu comida chinesa pra gente. Mas boa sorte.

— Ei — disse Brooke, enquanto Ainsley se dirigia à porta. — Isso... — falou, apontando em acusação para a caixa que Ainsley carregava — é presente de aniversário da Darcy. Fiz uma lista de inventário e nada me impede de verificá-la mais tarde.

Ainsley revirou os olhos, mas prometeu, a contragosto, não roubar nada. Eu nem daria a mínima se ela roubasse, de tão ocupada que estava com a alegria de ouvir Brooke insinuar uma visita à minha casa. Será que ela estava um pouco mais perto de me perdoar?

Brougham e eu acompanhamos Brooke quase até o jardim, então ele mostrou a ela o resto do caminho e pegou minha mão para me impedir de ir atrás. Olhei para baixo, surpresa por aquele toque inesperado. A mão dele era mais macia do que eu lembrava.

— Vamos deixar elas sozinhas. A gente vai acabar atrapalhando. Vamos tentar ao máximo parecer que nem estamos aqui.

Ele me guiou à cozinha.

— Só se for você. Eu não atrapalho ninguém.

— Não, você é a pessoa que destruiu o namoro delas brutalmente por ciúmes, o que é muito pior.

— Se você quisesse ser discreto e parecer que nem está aqui, a gente deveria ter vestido roupa preta.

— Claro, teria sido muito útil neste belo anoitecer ensolarado e quente da Califórnia.

— Você não sabia que discutir com tudo que as pessoas dizem não é fofo? É absurdamente irritante.

— Jura? — perguntou ele, erguendo a sobrancelha. — Achei que você gostasse.

— É? Então você me contraria para me agradar?

— Em parte.

— Qual é a outra parte?

— Por diversão.

Revirei os olhos enquanto ele se abaixava para conferir as ostras no forno.

— Você acha discutir *divertido*?

Ele abriu o forno e olhou para trás, procurando uma luva. Estava mais perto de mim, então peguei a luva e entreguei. Os olhos dele brilharam antes de ele voltar à tarefa.

— Com você? Óbvio que sim. Você não acha?

Eu estava pegando pratos do armário, e parei, ainda curvada.

— Bom... Eu... ainda é irritante.

— Hum. Bom, então vou parar — disse Brougham, transferindo as ostras para os pratos que ofereci.

— Não precisa fazer isso. Só... faz o que quiser. Tanto faz.

Ele encontrou meu olhar e abriu um sorriso. Eu nem sabia mais se podia chamar aquele sorriso de raro. Ele vinha sorrindo com cada vez mais naturalidade ultimamente.

Lá fora, Ray e Brooke estavam debruçadas na mesa, conversando. A expressão das duas era séria. Elas se sobressaltaram e se encostaram na cadeira ao ouvir a porta se abrir.

Ray pegou o menu da mesa e leu.

— Ostras, é?

Brougham e eu servimos a comida, e Brooke pegou o menu de Ray.

— Figos, aspargos, pimenta, chocolate e morango? Darcy!

— O que foi? — perguntou Ray.

— É tudo afrodisíaco. Darcy, você não presta.

Brooke caiu na gargalhada. Ray corou em um lindo tom de magenta.

— Por que eu não presto? Foi só para dar um clima!

Além do mais, afrodisíacos não eram cientificamente comprovados. Foi só uma piadinha.

— Tentar deixar a gente com tesão na casa de outra pessoa é *estranho*!

Até Brougham começou a rir. Revirei os olhos e contive uma gargalhada.

— Vê se cresce. E comam logo.

— É, comam sua refeição de manipulação emocional em silêncio — brincou Brougham, sério, e eu o arrastei pelo braço.

Depois da entrada, era hora de começar a apresentação. Brougham e eu tínhamos montado um projetor e uma tela no pátio, e Ainsley, que era genial em edição de vídeo por causa do canal no YouTube, nos ajudou a fazer um filminho.

A tela se acendeu.

PARTE UM: O ESPÍRITO DOS RELACIONAMENTOS PASSADOS

Ainsley surgiu na tela, embrulhada em um lençol branco que tínhamos catado do armário.

"Oooooooh. Sou o espírito dos relacionamentos passados. Hoje, vocês serão visitadas por três espíritos. Serão todos eeeeeuuuu. Não sou paaaaagaaaa para iiiiiiissssooo."

— Realmente muito sombrio — cochichou Brougham do nosso lugar à janela da segunda sala, com vista para fora.

Estávamos ajoelhados no sofá de couro, debruçados no encosto.

"Primeiro, olhem para o relacionamento que passou, para sua memória não ser enevoada por raaaiiivaaa. RAAAAIIIIVAAAAA! BUUUUUUUU!"

Ainsley sacudiu o lençol.

— E você aprovou isso — comentou Brougham, tranquilo.

— Quando ela me mostrou já não dava tempo de refilmar, tá?

Então veio uma sequência de fotos e vídeos, ao som de "Only Time", da Enya. Escolha da Ainsley. Depois de revirar o Snapchat, o Instagram e a coleção particular de Ray, tínhamos arranjado imagens de memórias felizes o suficiente para um vídeo de muitos minutos. Lá fora, Brooke caiu na gargalhada, assistindo ao vídeo com Ray. Eu não sabia bem se ela estava rindo das imagens e das lembranças positivas, ou do vídeo em si. Bom. Seguiríamos.

Brougham e eu fomos preparar o prato principal. Era especialmente difícil de montar, porque envolvia segurar a bandeja de forma específica e posicioná-la um pouquinho mais perto de Brooke do que de Ray. Como planejado, Brooke, que estava mais perto, levantou a tampa prateada da travessa e soltou um grito tão apavorante que fiquei com medo do pai de Brougham aparecer correndo. Brooke saiu da cadeira, desesperada.

Na travessa estava uma aranha viúva-negra de plástico muito

realista que eu tinha comprado na internet. Eu a peguei e enfiei no bolso.

— Bom apetite.

Brooke, arfando como se tivesse corrido uma maratona, me encarou.

— Que *porra* foi essa?

— Quis só dar uma animada na noite.

— Por que a gente é *amiga*? — gritou ela, levando uma das mãos ao peito. — Eu quase tive um ataque cardíaco!

— Brougham sabe fazer reanimação cardiorrespiratória, tá tudo certo.

Ray e Brooke se entreolharam, incrédulas, e eu e Brougham entramos na casa de novo.

Havia motivo para a aranha, era claro. Uma das primeiras coisas que eu havia aprendido com minhas pesquisas: medo e adrenalina imitam com excelência a sensação de se apaixonar por alguém. Se possível, filme de terror era uma ótima opção para um primeiro encontro.

Aranhas também serviam.

Depois de levar a porção do pai de Brougham, como prometido, eu e Brougham sentamos perto da janela outra vez, um pouco distantes para que elas não nos vissem, e comemos.

— Elas já parecem muito mais felizes do que antes — comentou Brougham, de boca cheia.

— Noventa e cinco por cento de sucesso — respondi.

— Mandou bem.

— Falando nisso, como vai a Winona?

Brougham pareceu surpreso pela pergunta. Mas eu tinha falado do jeito mais despretensioso possível. Tudo bem que nunca mencionávamos muito ela, mas também não era um assunto proibido, era?

— Vai bem, acho. Parecia feliz da última vez que a gente se falou.

— Que entusiasmo — falei.

— Não sei o que você esperava. Era para ela estar animadíssima?

— Hum, seria o ideal, né?

Brougham abafou uma risada.

— É uma perspectiva otimista. Só não sei se muito realista.

Isso... partiu meu coração um pouquinho. Precisei de cada gota de força, cada *pedacinho* de autocontrole, para não interferir. Se alguém tivesse escrito uma carta para o armário descrevendo seu relacionamento com tanta ambivalência, eu teria dito que alguma coisa me parecia errada. Especialmente logo depois de reatar. Brougham merecia alguém que estivesse em *êxtase* de namorá-lo, porra, e se Winona não era essa pessoa...

Se Winona não era essa pessoa, problema dele. Não era da minha conta.

— Posso só perguntar se você está bem? — falei.

Brougham acabou de comer, baixou o prato e levantou. Ele não estava sorrindo, mas não havia nada de preocupante em sua expressão.

— Darcy, eu nunca estive melhor. Sério mesmo. Mas obrigado por perguntar.

Bom, era isso.

Enfim. Não tinha nem tempo para me preocupar, porque era hora do segundo filme.

vinte e dois

O rosto de Ainsley foi projetado na tela de novo. Dessa vez, ela usava um roupão de veludo vermelho e uma coroa de flores do acervo dos vídeos.

"Olá! Ho, ho, ho! Sou o espírito dos relacionamentos presentes!"

— Ela acha que é o Papai Noel? — murmurou Brougham. — Não sabe que são coisas diferentes?

"Não temos como mudar o paaaasssssssaaaaaaadooooo, ho, ho, ho!"

— Agora ela misturou os dois de um jeito inovador e apavorante — disse Brougham.

Eu pedi para ele se calar.

"Não somos obrigados a perdoar o paaaassssaaadooo, mas às vezes nos concentramos tanto nele que não olhamos para o presente, buuuuuuᴜᴜᴜᴜᴜ! ʙᴜᴜᴜᴜᴜᴜ!"

Ainsley se aproximou da câmera e praticamente gritou na lente, com um olhar desvairado.

Brooke estava rindo tanto que encostou a testa na mesa. Ray se afastou um pouco da tela, como se temesse que Ainsley fosse sair dali e gritar na cara dela.

"Para esta tarefa, pedimos apenas que escutem o que está sendo dito no presente, antes de decidir se vale a pena se agarrar ao paaaaassssaaaadooooo."

Ainsley foi se abaixando devagar, abaixando e abaixando até sumir da tela, mostrando apenas o quarto vazio. O vídeo acabou.

Eu e Brougham ficaríamos totalmente de fora daquela parte da noite. Quando convidamos Ray, ela disse que queria uma oportunidade de pedir desculpas diretamente para Brooke. Era o que ela ia fazer naquele momento. A gente podia espiar pela janela e tentar dar uma olhada em como estava indo. Podia ver as lágrimas escorrerem pelo rosto de Brooke e adivinhar se os gestos dela eram bom sinal. Mas não podíamos ouvir o que diziam.

Depois de uma eternidade, tanto Ray quanto Brooke começaram a parecer, na minha opinião, muito mais felizes. Ray virou para a janela — ao que parecia, as duas sabiam muito bem que estavam sendo observadas — e fez um gesto para avisar que podíamos sair. Brougham e eu corremos para buscar a sobremesa na cozinha.

Assim que servimos os pratos, levei o notebook para perto de Brooke.

— Você é responsável pela TI — expliquei. — Alguém precisa pausar e reiniciar o vídeo depois de cada pergunta, porque não tínhamos como prever o tempo necessário para vocês.

Brooke abriu um sorriso ainda choroso e concordou.

O próximo look de Ainsley era um moletom preto de capuz e óculos escuros. Era o melhor que deu para arranjar em pouco tempo.

"Eu", tossiu ela, na melhor imitação de fumante inveterada, "sou o espírito dos relacionamentos por vir. Queria mostrar previsões de vocês morrendo sozinhas, mas Darcy não deixou, então fiz um desenho mesmo assim e vou incluir sem a Darcy saber."

— É o *quê*? — murmurei.

A tela foi tomada por uma ilustração aparentemente feita no Microsoft Paint, representando dois túmulos, com MORREU SOZINHA escrito nas lápides, além dos nomes BROOKE e RAINA.

— Nossa senhora — resmunguei, massageando as têmporas.

— Isso que dá deixar ela sem supervisão — observou Brougham.

Fui até a janela enquanto a voz de Ainsley prosseguia, perdendo o som chiado de fumante por um minuto.

"Achei importante para o tema, mas sem pressão para vocês voltarem, e tal; sério, é *totalmente opcional*. Muitas pessoas vivem para sempre muito satisfeitas, solteiras e felizes."

Bati na janela para Brooke e Ray me olharem, assustadas.

— É verdade! — berrei, antes de voltar para Brougham.

"Assim, *eu particularmente* achei que fosse óbvio, mas agora que expliquei direito, para evitar que Darcy me assassine de novo — porque já sou um espírito, né —, a tarefa final dada a vocês duas tem a intenção de trazer mais transparência para o futuro. Vou apresentar a vocês trinta e seis perguntas. As duas devem respondê-las para concluir a tarefa, sob risco de mortes terríveis."

— Ela improvisou isso de última hora também? — perguntou Brougham.

— Não, ela disse que era crucial para combinar com o tom de espírito assustador.

— Ela se dedicou mesmo.

A primeira pergunta surgiu na tela: *Se você pudesse jantar com qualquer pessoa do mundo, do passado ou do presente, quem convidaria?*

— No que isso é baseado? — perguntou Brougham, se ajeitando para sentar em cima das pernas cruzadas.

— Trinta e seis perguntas para aumentar a vulnerabilidade. Supostamente acelera a formação de vínculos.

— Ah.

Vimos Brooke responder a Ray.

— Fico dividido entre minha avó e o diretor da CIA — disse Brougham, de repente.

Pestanejei, surpresa. Não esperava que a gente fosse responder também. Mas, tranquilo. Por que não?

— É uma dúvida interessante.

— Pois é. Minha avó é a melhor pessoa que conheço, e quando eu era pequeno meus pais sempre me mandavam para a casa dela quando estavam brigando. Mas ela mora em Adelaide, então a gente nunca mais se vê. Só que o diretor da CIA saberia muita parada maneira, e pensei que daria para sequestrar ele e forçá-lo a revelar segredos.

— Claro, tranquilamente.

— Isso.

— Minha resposta é a Oriella. É uma youtuber que eu acompanho. Eu adoraria conversar com ela.

— Sei quem é. Você já falou dela, aí eu pesquisei.

— Sério?

— É. Os vídeos dela são interessantes.

Hum.

Não imaginava que Brougham fosse se interessar por uma coisa dessas. Por outro lado, ele *tinha* procurado minha ajuda meses antes.

A pergunta seguinte surgiu na tela. *Você gostaria de ser famosa? Pelo quê?*

Brougham levantou a mão na mesma hora.

— Fácil. Recorde mundial de nado livre.

Continuamos assim por um tempo, tentando responder às perguntas que surgiam ao mesmo tempo que Brooke e Ray. Até que chegamos à primeira pergunta intensa.

— Minha lembrança mais horrível — disse Brougham. — Jesus. Não é algo em que paro pra pensar por livre e espontânea vontade.

Ele abriu um sorriso fraco, mas eu só esperei.

— Tá, hum — falou. — Uma vez, quando eu tinha uns dez anos, minha mãe ficou furiosa com meu pai, e eles tiveram uma briga feia, aí no dia seguinte ela ia me levar para a escola, mas mudou o caminho do nada e me levou ao aeroporto. Disse que a gente ia para outro país e que eu nunca mais veria meu pai, meus amigos, nem o resto da família. Ela comprou passagens, eu nem lembro para *onde*, e a gente entrou na fila da segurança, e eu estava *apavorado* pra caralho, queria pedir ajuda pra alguém, mas não podia, porque tinha ainda mais medo dela e do que ela faria. Mas pensar em nunca mais ter ninguém para mediar minha relação com ela, nem ver mais ninguém, nunca… Eu nunca senti tanto medo. Aí, quando chegamos ao fim da fila de segurança, ela me pegou pela mão e me levou embora. Saímos do aeroporto, então ela me deixou na escola e falou para eu nunca contar para ninguém o que tinha acontecido. E eu nunca contei.

Dava para ver na cara dele. O pavor que uma criança tinha sentido, um dia, ao ser sequestrada pela própria mãe, com medo demais para tentar pedir ajuda. Puta que *pariu*, era intenso, intenso demais, e acho que esse era mesmo o propósito das perguntas, mas *Jesus amado*. Eu esperava que Brooke e Ray estivessem bem.

— Eu sinto muito — falei.

— Tudo bem. Mas vamos só… não falar disso de novo, por favor.

— Combinado. Bom, minha pior lembrança é fácil. A gente era pequena, e eu tinha passado a manhã toda puta com a Ainsley por causa de uma briga qualquer, e nossos pais tomaram o lado dela, o que me deixou ainda mais furiosa. Aí a gente estava brincando no quintal, quando ela chutou uma bola que foi parar no telhado e decidiu subir para buscar, e eu nem tentei impedir, porque achei que seria engraçado se ela caísse. Não sei por quê… eu estava chateada com ela, e não entendia direito. Não achava que coisas ruins e sérias *podiam* acontecer com a gente. Aí ela caiu *mesmo* e tipo… ela não quicou, que nem eu imaginava. Ela desmaiou, e achei que tivesse morrido. Depois de alguns segundos, que me pareceram uma hora, ela acordou, e eu tive que enfrentar a ideia de que ela não era imune a todas as coisas ruins, sabe? As pessoas podiam morrer. Foi *esse* o momento mais assustador da minha vida.

Brougham me viu falar com uma expressão séria, concordando o tempo todo, sem nunca deixar de me olhar. Fazia séculos que eu não falava daquele dia. Fazia séculos que eu nem *pensava* naquele dia. Mas foi estranhamente libertador falar com ele.

As perguntas foram ficando cada vez mais intensas. Em algumas coisas a gente concordava, tipo a definição de amizade. Em outras, nossas respostas eram muito diferentes, tipo como víamos amor e afeto (para mim, era o sol ao redor do qual tudo girava; para Brougham, era um objetivo, algo que ele sentia que poderia mudar sua vida toda se ele tivesse na quantidade desejada).

A pergunta sobre nosso relacionamento com nossas mães deixou o clima pesado e desconfortável. Brougham hesitou, então eu respondi primeiro.

— Eu amo minha mãe. Acho que nossa relação está começando a mudar para melhor agora. A gente tem conversado mais. Por um tempo, foi difícil, porque ela vive *muito* ocupada, e sei que é porque tem que dar conta de tudo sem muita ajuda do meu pai, mas eu fico mais magoada quando ela me ignora por causa do trabalho do que quando meu pai faz isso. Talvez não seja justo, sei lá. Mas eu passo mais tempo com ela do que com ele, então era dela que eu queria mais apoio. Por outro lado, acho que é dela que sou mais íntima, no geral, pelo mesmo motivo.

Brougham olhou de relance para Ray e Brooke lá fora.

— Eu tenho medo de virar minha mãe, sem nem perceber. Não paro de pensar na formatura, quando enchi a cara. E não foi para me divertir, nem socializar, e sim porque estava com raiva e não queria mais estar. E isso me assusta.

Brooke e Ray tinham passado para a pergunta seguinte, mas eu senti que era melhor a gente pular. Brougham e eu precisávamos conversar um pouco mais sobre aquela.

— Olha, não sou especialista — falei. — Mas acho que você

está se cobrando muito. Você tem medo porque já viu como pode ficar feio. Mas também é uma pessoa bastante autoconsiente e tem a capacidade de refletir e não repetir decisões ruins tomadas no passado. Talvez você corra mais risco de ter problemas com álcool por causa da predisposição genética, mas isso não é uma sentença, sabe? O controle sobre como será sua vida está em suas mãos.

Brougham me olhou com a cabeça baixa.

— Acha mesmo?

— Acho. Você não é viciado, não tem histórico, e não iniciou nenhum hábito perigoso. Mas, se isso te assustar tanto, talvez deva conversar com alguém a respeito, tipo a psicopedagoga da escola, alguma coisa assim, para descobrir como lidar com isso se acabar acontecendo de novo.

Brougham encostou a cabeça no cotovelo.

— Boa ideia — falou.

Ele soava cansado. Ficamos sentados em silêncio. Brougham estava perdido em pensamentos, e eu não queria forçá-lo a voltar.

Algumas perguntas depois, me endireitei.

— Essa é mais leve — falei. — Três coisas de que gostamos um no outro.

Brougham pestanejou e balançou a cabeça um pouco.

— Ah, claro, melhor aproveitar essa chance de inflar o ego.

— Exatamente. Tá, eu gosto que você seja... impossível de prever, mas tenho começado a antecipar seus comportamentos esquisitos, então talvez você esteja começando a se tornar previsível para mim, de qualquer forma. Gosto que você sempre apoie as pessoas quando necessário, especialmente Finn. E gosto que você continue disposto a se envolver com as pessoas, mesmo que isso já tenha te causado mais sofrimento do que o normal.

Brougham fez uma expressão engraçada, embora não muito óbvia, enquanto processava isso. Ele pigarreou.

— Eu gosto que você sempre tenha uma resposta, nunca seja pega de surpresa por nada, sempre se adapte e responda. Gosto que você se preocupe tanto com a felicidade de desconhecidos e fique feliz quando outras pessoas estão felizes, mesmo sem receber crédito por ter ajudado. E gosto que você seja *divertida* de verdade. As pessoas gostam da sua companhia.

Nossa. Apesar de ele ter dito que eu nunca era pega de surpresa, fiquei sem palavras. Parecia que ele tinha me olhado, arrancado minha pele, olhado por baixo e ido mais fundo ainda.

Quando as perguntas finalmente acabaram, Brooke e Ray levantaram e se abraçaram, e ficaram daquele jeito por vários segundos. Brougham e eu as observamos, lado a lado, de ombros encostados.

— Está com uma cara boa — falei.

Ele soltou um grunhido, concordando.

O sol estava começando a se pôr quando saímos, e tudo brilhava em um tom quente de laranja. O jardim dava um clima onírico. Eu também, para ser sincera. Estava me sentindo completamente esgotada.

— Obrigada por montarem isso tudo — disse Brooke.

Os olhos dela estavam pesados. Era daquele jeito que eu me sentia.

— Foi só… — continuou. — Vocês fizeram um esforço sobre-humano. Foi… exagerado. Mas também muito fofo.

— Bom, sabe como é. Estou muito, muito arrependida do que fiz. Com vocês duas. Sei que isso não compensa nada, mas…

Dei de ombros.

— Vou dar uma carona para Brooke — disse Ray, sorrindo.

Será que tinha aceitado meu pedido de desculpas? Era difícil saber. Ela tocou de leve o ombro de Brooke e depois baixou a mão.

— Tá. Então… — falei, largando a frase no ar.

Brooke abriu os braços, e eu me aninhei no abraço dela.

— Te mando mensagem depois — falou, e foi a coisa mais maravilhosa que ela já tinha me dito.

Quando Brooke e Ray foram embora, Brougham me conduziu à piscina.

— Vamos descansar um minuto — falou.

Estávamos os dois de short, então foi fácil tirar os sapatos e sentarmos na beirada da piscina, lado a lado, com os pés na água. A piscina tinha absorvido o calor do dia, e estava quentinha. A temperatura perfeita para aquela hora. Eu deveria ter pensado em levar o maiô.

— Tenho um presente para você — disse Brougham. — De aniversário.

Olhei para ele, surpresa.

— Achei que isso tudo fosse meu presente.

— Não. Isso foi para elas. Já isto aqui é para você.

Ele tirou um envelope do bolso e, por um momento absurdo e irracional, achei que fosse uma carta do armário.

No envelope havia um pedaço de papel. Eu o desdobrei e alisei o vinco. Era um ingresso.

ORADORA ORIELLA   INGRESSO VIP
AV. SLATER, 209, SANTA MONICA, CALIFÓRNIA, 90408
QUANTIDADE: 2

Olhei para o ingresso, incrédula, enquanto Brougham falava rapidamente ao meu lado.

— Sei que você adora ela, e quando dei uma olhada nos vídeos vi que ela viria. Então falei com Ainsley e ela me contou que você não tinha ingresso, aí achei que seria, tipo, perfeito. Comprei dois para você não ter que ir sozinha, mas pode ir com quem quiser. E se não tiver quem levar, estou totalmente disposto a ir com você, tipo, não quero que você vá sozinha, e provavelmente seria interessante, mas não comprei dois ingressos só para você ter que me levar. Só deixando claro.

Isso.

Teria custado.

Tanto dinheiro.

Dinheiro demais para um presente de amigo. Será que Brougham tinha noção daquilo? Ou ricos não sabiam que gastar uma fortuna em um presente para alguém significava alguma coisa?

Uma brisa quente soprou, jogando meu cabelo no rosto. O pôr do sol tingiu com um brilho tom de pêssego a piscina, as colunas do pátio, a nossa pele. Uma libélula passou voando pela cabeça de Brougham e tocou a água, espalhando ondulações. Ele estava me olhando, com alguma incerteza, como se achasse que eu não tivesse curtido ou alguma coisa assim.

Não era isso.

Era só que…

— Brougham? — perguntei, ainda segurando o ingresso com as duas mãos. — A Winona, hum… sabe que a gente é amigo?

Brougham ficou confuso.

— Que papo é esse?

— O *papo* é que às vezes as pessoas escondem amizades das namoradas por acharem que isso pode dar problema, e nunca vi isso dar certo. Então, ela sabe?

— Tá, deixando de lado por um segundo o problema óbvio da pergunta, você acha que as pessoas não podem ser amigas de pessoas do gênero que curtem quando estão namorando?

Eu bufei.

— Claro que não. Assim, sou bi. Se eu não pudesse, minha vida social ficaria muito limitada.

— Do jeito que você falou, parecia que tinha algum problema nisso.

— Não, é só questão de abertura e honestidade.

— Mas por que as pessoas esconderiam algo que não é um problema?

— Isso acontece muito. E não quero interferir no seu relacionamento, mas...

— Mas interferir no relacionamento alheio era exatamente como você se sustentava — concluiu Brougham por mim, solícito. — Apesar de eu não entender de que relacionamento você está falando.

Bati com a mão no concreto, frustrada.

— Do seu com a Winona!

— Como é que é?

Brougham por um momento pareceu achar graça, até que o divertimento em seus olhos se transformou em confusão.

— Peraí — disse ele —, você não sabe mesmo que a gente terminou?

— Vocês *o quê*? Quando? Por que você não me contou?

Esperança brotou no meu peito, enquanto meu cérebro buscava clareza. Nada daquilo fazia sentido. Eu *saberia* se eles tivessem terminado, não? Brougham teria me contado, não?

Brougham desviou o olhar de mim, franzindo as sobrancelhas. Ele parecia tão perplexo quanto eu.

— Sinceramente, Darcy, achei que você soubesse. Imaginei que Finn tivesse te contado. Achei que você tivesse *dito* que ele tinha contado. Terminei com ela no *after* da formatura.

Eu o encarei, totalmente sem palavras, tentando rearranjar a semana anterior na minha cabeça.

Ele tinha terminado com Winona na festa.

Entrado numa briga por minha causa.

Enchido a cara.

Dormido no meu sofá e me olhado com aquela angústia no rosto (que eu finalmente comprava que não tinha imaginado), e mesmo assim não tinha tomado nenhuma iniciativa. Não me pediu para ficar quando fui para o meu quarto. Não tinha recusado ser apenas meu amigo. Mesmo achando que eu soubesse.

— Por quê? — perguntei.

Por minha sorte, pelo menos daquela vez ele não fingiu que não tinha entendido a pergunta. Levantou as mãos e voltou a baixá-las, sem jeito.

— Você não... você não *sabe*?

Eu estava apavorada de acreditar que sabia qualquer coisa. No entanto, algo dentro de mim teve a coragem de pegar a mão dele.

Ele era mesmo lindo. E, apesar da primeira impressão que tive, depois que o conheci melhor, soube que talvez ele fosse a pessoa mais bonita que eu já tinha visto na vida.

Sua perna esbarrou na minha debaixo da água quando ele se ajeitou. Ele apertou minha mão, e nós nos aproximamos, até nossas bocas se encontrarem, levemente, e Brougham inspirar fundo.

O gosto dele era bem como eu lembrava. Ele desentrelaçou os dedos dos meus e tocou meu rosto, então correu a mão para minha nuca, ao mesmo tempo afastando meu cabelo e me puxando para um beijo mais profundo.

Eu não queria mais que o beijo fosse suave. Puxei seu corpo para mais perto do meu e segurei seu pescoço. Então parei e virei para me sentar no colo dele, com uma perna de cada lado, os joelhos no concreto. Ele continuou a me beijar e agarrou meu quadril para me ajeitar em uma posição mais confortável. Estávamos espalhando água para todo lado, mas não importava.

Eu só conseguia beijá-lo por todas as vezes que tive vontade e não pude. Deixei minhas mãos vagarem por onde quisessem. Deixei que ele enfiasse as mãos dentro da minha blusa, acariciasse minhas costas e esfregasse os dedos com força pela minha pele. Aproximei mais o quadril do colo dele, soltando um gemido rouco. Ele se afastou um pouco e passou a beijar meu pescoço, me segurando para que eu não caísse na piscina enquanto me contorcia inteira. O calor da boca dele e o movimento da sua língua no meu pescoço quase me fizeram perder totalmente a noção da realidade, e me esforcei para voltar ao presente antes que eu pudesse ceder totalmente e puxá-lo para a água.

Porque a gente...

O cabelo dele era tão macio e volumoso, e a nuca dele parecia uma manta de visom...

... não conseguia fazer nada além de beijar...

... e me senti escorregar, ou talvez Brougham estivesse deslizando para a frente, mas meus pés tocaram a água, e eu queria deixar ele...

... porque o pai dele estava na *casa e poderia estar nos olhando bem naquele segundo.*

Eu queria, mas não consegui. Firmei nós dois, apoiando o joelho na beira da piscina, e me afastei, ofegante.

— Brougham.

Ele ficou paralisado. Um lampejo de pânico tomou seu rosto, como alguém levando um banho de água fria para ficar sóbrio. Voltando de repente ao foco total.

Ele achava que eu ia fugir de novo.

Acariciei o rosto dele e tentei transmitir um olhar carinhoso e tranquilizante.

— Seu pai está em casa.

Tudo relaxou, com tanta intensidade que senti fisicamente o corpo dele mudar sob o meu.

— Certo. É. Claro.

Mantive a posição enquanto recuperávamos o fôlego e tentávamos descer o grau de intensidade para mais perto de um três de dez.

— Queria te dizer que estava a fim de você — falei. — Mas você já tinha voltado com Winona. Aconteceu tudo muito rápido.

Brougham jogou a cabeça para trás, frustrado.

— É claro. É *claro* que foi isso que aconteceu. Porra, é isso que eu faço. Eu me convenci de que você não sentia o mesmo que eu, porque não falou comigo quando disse que falaria, então me joguei em Winona para tentar te superar e voltar ao que sentia por ela. Achei que fosse funcionar. Eu só não queria estar a fim de alguém que não me queria também, então tentei mudar meus sentimentos.

Porque era aquilo que *acontecia* quando uma pessoa de apego ansioso se sentia rejeitada. E eu sabia, mas não tinha conseguido aplicar a lógica a Brougham, porque estava próxima demais para enxergar com clareza.

— Tudo bem. Eu entendo.

— Eu fiz merda.

— Acho que é honesto dizer que nós dois fizemos.

Ele passou as mãos preguiçosamente pelas minhas coxas, o polegar começando a desenhar círculos na pele, um calafrio subindo em ondas até meus ombros.

— Hoje foi muito intenso — falou, e me soltou, se apoiando mais para trás, me dando controle total da posição. — Com certeza você tem um monte de coisas para pensar.

— Não tenho que pensar em nada — falei.

— Você precisa ir para casa — acrescentou.

— Ainda tenho um tempo.

— Está rolando meio do nada.

— Você diria mesmo que foi do nada?

Ele deu de ombros, porque sabia que não fazia sentido. Ele só queria se proteger e me dar uma desculpa. Qualquer desculpa.

— Não quero estar em nenhum outro lugar — falei.

Toquei o braço dele. Olhando para mim, sem desviar o rosto, ele ajeitou o peso para pegar minha mão.

Entrelaçamos nossos dedos e apoiamos as mãos entre nós.

Ele olhou para nossas mãos e de novo para meu rosto.

Então, abriu um sorriso. Suave. E nada raro.

— Tá bom.

vinte e três

Autoanálise:
<u>*Darcy Phillips*</u>

Não é incapaz de mudar.

A competição de natação era em uma piscina fechada, mas a parte superior de toda uma parede era de vidraças, permitindo que entrasse o sol da manhã, que reluzia na superfície da água. O efeito lembrava um pouco uma estufa e, somado ao calor que a água emanava e ao cheiro forte de cloro, o ambiente ficava quente, úmido e sufocante.

Nosso lugar na arquibancada ficava atrás de um posto de salva-vidas, onde uma garota de camiseta larga estava de olho nos nadadores. No chão ficava uma fileira de mesas de plástico brancas às quais pessoas com caneta, papel e cronômetros assistiam ao desfile sem fim de nadadores. Ao redor da piscina, garotas e garotos de jaqueta por cima dos maiôs e sungas, ou toalhas sobre os ombros, torciam pelos colegas ou esperavam a própria vez.

Não havia quase ninguém na arquibancada onde estávamos, só uns parentes e amigos de membros de cada equipe sentados nas pontas. No entanto, a pouca quantidade de gente era compensada pelo entusiasmo. A gente levantava e gritava a cada rodada. E eram *muitas* rodadas.

Em uma das famílias abaixo da gente, uma mãe especialmente envolvida estava sacudindo o celular de um lado para outro, tocando "We Will Rock You", do Queen. Não à toa, perto da piscina a filha dela fez cara de pavor, arregalou os olhos e virou o rosto.

Até Brooke, cujo ideal de diversão era experimentar maquiagens novas ou planejar a organização de um evento escolar em uma sala de reunião limpa, batia os pés, vibrava e levantava o braço, de mãos dadas com Ray, em um gesto de vitória quando a gente estava ganhando.

Eu, Brooke e Ray havíamos nos tornado um trio havia pouco tempo. Eu, que meses antes não podia sequer tolerar a companhia de Ray quando saía com Brooke, tinha passado não só a tolerar, como adorar a companhia dela. Ray equilibrava a doçura de Brooke com uma energia confiante e brusca que me dava a sensação de que, juntas, éramos invencíveis. E, se não fosse por Ray, eu provavelmente estaria ali sozinha — ela sempre insistia que fizéssemos aquele tipo de coisa juntas.

Melhor ainda, Ray também estava disposta a sair comigo e com Brooke dali para a frente. Alguns dias após meu aniversário, ela cogitou contar à escola sobre a trapaça na eleição, e isso foi o que faltava para se redimir completamente. Brooke não deixaria Ray contar, só para deixar claro. Acho que para ela bastou que Ray tivesse considerado fazer, e aparentemente foi de coração. Então tudo indicava que elas teriam um final feliz, e eu faria todo o possível para apoiá-las. Menos me meter.

Apesar de já estarmos chegando ao fim da competição, Brougham ainda olhava para a gente em intervalos regulares, lá do chão com o resto da equipe, que nem uma criança conferindo se a família estava de olho no parquinho. Sempre que encontrava meu olhar, a expressão dele ficava mais suave, e ele virava o rosto, radiante de alegria. Não era a primeira vez que eu ia a uma competição dele, mas Brougham ainda não tinha se acostumado com alguém ali para ver *ele*, torcer por *ele*.

Só faltava a corrida de revezamento quando uma garota de cabelo loiro comprido e liso e rosto anguloso, que eu reconhecia vagamente, sentou ao meu lado do nada. Eu não queria olhar para ela com tanta surpresa, mas, para ser sincera, não era normal pessoas aleatórias e desconhecidas virem sentar tão perto de você de repente com metros livres na arquibancada.

— Ei, você é a Darcy, né?

Meus ombros ficaram tensos. Na mesma hora, minha intuição disse que aquilo tinha a ver com o armário. Eu finalmente tinha chegado ao ponto de não sentir mais que a escola toda estava me julgando, e lá vinha alguém para voltar ao assunto.

— É, sou eu.

— Hadley, prazer. Meu irmão está na equipe do seu namorado.

— Ah, legal. Eles estão mandando ver hoje.

Hadley, Hadley... Aquele nome não me era estranho, mas não conseguia lembrar de ter visto em uma carta. Talvez ela fosse uma das pessoas azaradas que tinham perdido as cartas no dia do escândalo.

— É, estou muito orgulhosa — disse Hadley, hesitando, e Brooke olhou para a gente, interessada em escutar a conversa. — Ei, eu vim falar com você porque você me ajudou há um tempo. Escrevi por causa do meu ex-namorado... que não saía da minha órbita...?

Pisquei um pouco, e tudo me veio à mente.

— *Ah*, ele estava curtindo seus posts todos, né?

— Isso! Eu amei sua resposta. Especialmente a parte de merecer ser reconquistada com fervor. *Super* Jane Austen. Virou, tipo, o lema da minha vida agora.

Tá. A conversa não parecia estar se encaminhando para indignação moral. A tensão escapou do meu corpo.

— O que acabou acontecendo?

— *Bom* — disse Hadley, cruzando os braços e se apoiando nos joelhos, entrando no modo de contar histórias. — Mais ou menos um mês depois daquilo, ele começou a me mandar mensagem, todo "Estou com saudade, não paro de pensar em você, vi sua foto de patins e não consegui parar de pensar no seu sorriso".

Ela fez uma careta.

— Tarde demais? — perguntei.

— Ah, total. Eu já tinha começado a sacar que ele era um namorado meio escroto, sabe, tipo, só queria falar de si, e se a conversa virasse sobre mim era o mesmo que falar com uma bola mágica. "Sim, não, talvez, hummm, uau, que loucuuuuura" — disse ela, imitando a voz robótica e seca.

— Estou orgulhosa de você!

— Valeu. Você ajudou muito. Eu estava surtando quando te escrevi, há cinco minutos de invadir a sala de aula dele e exigir uma explicação. Mas, hum, queria falar com você: agora que o armário quebrou, ninguém mais sabe como te mandar uma carta, né?

Brooke *e* Ray estavam escutando a conversa, sem nem disfarçar.

— Não dá mais — falei, e dei de ombros. — A escola me proibiu de manter um negócio no campus.

— Tá, então, você tem alguma campanha de crowdfunding ou um serviço de assinaturas, sei lá?

Como é que é? Soltei uma gargalhada curta.

— Acho que ninguém quer mais saber dos meus conselhos.

Hadley ficou chocada.

— Hum, querem, *sim*.

— Fala sério, eu fiquei totalmente desmoralizada depois de...

Não precisava nem explicar. Hadley fez que não, impaciente, para me cortar.

— As pessoas ficaram putas por causa das cartas terem vazado.

Mas ninguém acha seus conselhos ruins, nada a ver. Tipo, minha amiga Erica disse que você ajudou ela com o namorado também, e eles estão num momento *ótimo* agora. E se for tudo on-line é mais seguro, desde que você use um VPN, né?

Fiquei sem saber o que fazer, pega inteiramente de surpresa. Assim, é… talvez… quem sabe? Eu não tinha pensado naquilo?

Hadley estava empolgada.

— Assim, eu usaria. Olha, vai começar o revezamento, preciso voltar para meus pais. Mas boa sorte.

— Obrigada — falei, vendo ela voltar correndo para o lugar, algumas fileiras atrás da gente.

Brooke, Ray e eu nos entreolhamos.

— Foi interessante — disse Ray.

É. Era mesmo.

Depois do último revezamento — que vencemos por uma margem perigosamente pequena —, Brooke voltou para casa com Ray, e Brougham anunciou, de forma meio preocupante, que estava praticamente morrendo de inanição. Paramos no Subway no caminho do meu pai, e Brougham implorou para parar e comer rapidinho, porque tinha medo de desmaiar no volante nos quatro minutos seguintes de trajeto.

Enquanto ele dava uma mordida gigantesca — ou melhor, empurrava goela abaixo — o sanduíche enorme e muito recheado, cruzei os tornozelos.

— Então, uma garota da escola veio falar comigo hoje. Hadley não sei de quê?

Brougham teve o bom senso de engolir antes de responder, apesar do momento assustador em que duvidei que tanta comida fosse descer pela garganta dele de uma vez.

— Ah, Hadley Rohan? Uma loira? Eu tinha uma aula com ela.

— Ela, sim. Ela disse que eu deveria considerar dar conselhos on-line.

Brougham parou com o sanduíche a caminho da boca, antes de abaixá-lo.

— E o que você respondeu?

— Não sei. Você acha que as pessoas usariam?

— *Claro* — disse ele, sem hesitar. — Você é incrível.

Mas alguma coisa estava me incomodando. As várias vezes que Brougham comentara que eu provavelmente tinha dado maus conselhos. Mesmo que ele insistisse que não tinha problema, parte de mim ainda achava que tinha. Eu me sentia meio impostora.

No entanto, se eu mencionasse o assunto de novo iria parecer que estava atrás de elogios, mas não era isso.

— Não paro de pensar em tudo que minha mãe falou quando fui pega por causa do armário — acabei falando. — Tipo, eu precisaria de seguro ou aconselhamento jurídico, e precisaria manter ela envolvida. E teria que fazer só posts públicos, com declarações de responsabilidade. Esse tipo de coisa.

Brougham refletiu, estreitando os olhos.

— Você acha que ela veria problema em você fazer isso?

— Provavelmente não. Desde que eu não minta.

— Então não minta. Simples assim. Você não precisa mais fazer tudo sozinha.

Muito bem colocado. Minha mãe e eu andávamos conversando mais, e eu sentia que ela reagiria com bom senso se eu trouxesse aquela questão. Não havia *necessidade* de esconder. Balancei de um lado para outro, enquanto uma empolgação meio hesitante subia pelo meu peito.

— Talvez eu meio que queira tentar.

Dessa vez, ele falou de boca cheia, porque era uma das missões eternas de Brougham ser o mais fofo e irritante possível.

— A shente pode mondá um saide.

— Você sabe fazer isso? — perguntei, finalmente desembrulhando meu próprio sanduíche.

— Sei, tranquilo. Só precisamos de hospedagem e registrar a URL; um monte dos serviços de hospedagem fornecem ferramentas básicas para montar o site. Entendo um pouquinho de HTML, e assim a gente deve dar um jeito.

— Será que dá para incluir uma seção para as pessoas mandarem perguntas anônimas para eu postar? E talvez até um botão de doação?

— Com certeza. Senão é de cair o cu da bunda.

Encarei ele pelo período de silêncio mais longo já registrado.

— ... é o *quê*?

Ele revirou os olhos, como se a esquisita ali fosse eu.

— Melhor dizendo, senão seria sacanagem. Se é pra fazer, tem que fazer direito.

Hum. Fazer direito...

Foi então que me ocorreu.

— Eu poderia pedir uma avaliação das pessoas — falei, devagar. — Minha única referência para saber se eu tinha feito besteira era a taxa de ressarcimento, mas eu nunca sabia se tinha me enganado em coisas pequenas, que não mereciam pedir dinheiro de volta. Mas se eu deixasse um espaço para reclamações, ou feedbacks, sei lá, poderia aprender com meus erros. Melhorar mesmo, em vez de só supor que mandei superbem de primeira.

Um esboço de sorriso surgiu na boca de Brougham.

— Como você acha que vai reagir se alguém escrever dizendo que você errou? Vai aguentar o tranco?

Era uma boa questão. Alguns meses antes, eu provavelmente não teria aguentado. Talvez até um mês antes não. Mas errar não me parecia mais uma catástrofe de antigamente. E sem dúvida não me parecia tão ruim quanto errar e nunca poder consertar.

— Acho que dou conta. Talvez eu possa fazer uns posts de blog mais gerais também. Tipo, um negócio de conselhos genéricos, além das respostas personalizadas.

Brougham assentiu, arregalando os olhos.

— *Adorei* a ideia. E, sabe, estar na internet significa que vai ter um alcance *muito* maior também. Pode crescer muito. Talvez a Ainsley até possa divulgar no canal?

— Talvez. Ela anda *mesmo* implorando para eu participar de algum vídeo.

Quanto mais pensava na ideia, mais me empolgava. Era um objetivo realmente possível. E eu andava sentindo muita saudade das cartas. Da emoção de perceber que eu sabia exatamente como ajudar alguém. Da satisfação ao ver a demanda crescer, conforme o boca a boca se espalhava. Da sensação de propósito.

E o dinheiro também não era nada mal.

Brougham e eu acabamos de comer o mais rápido possível e corremos para a casa do meu pai.

— Oi, gente — disse meu pai quando irrompemos porta adentro.

Ele estava no balcão da cozinha comendo também, um sanduíche de peru com picles, porque tinha o gosto culinário do próprio Satanás.

— Como foi a competição, amigo? — perguntou ele.

— Muito boa — disse Brougham. — Reduzi um segundo do meu tempo no nado livre de duzentos metros.

— Opa, parabéns.

Meu pai esticou a mão para um "toca aqui", que Brougham retribuiu.

Depois de meu pai se adaptar à ideia de eu namorar um garoto e não uma garota — e, pra ser sincera, chegou a parecer que de início ele ficou *decepcionado* por isso —, eu e Brougham fazíamos questão de passar o máximo de tempo possível com ele nos fins de semana em que ficava lá. Eu via meu pai tão raramente que, se fosse para ele se envolver com qualquer das pessoas da minha vida, teria que ser assim, de brinde.

Felizmente, quando meu pai ficou sabendo da dedicação de Brougham à natação — no dia que Brougham foi me buscar para ver a apresentação da Oriella, na verdade —, ele revelou que também foi da equipe de natação quando estava na escola, o que nem eu sabia, e os dois se empolgaram. Às vezes eu precisava puxar Brougham para ele parar de falar com meu pai um pouco quando estava lá, porque eu queria um tempo só com ele. No entanto, eu entendia. Brougham não tinha muita oportunidade de conversar com um adulto que tivesse tempo para escutar, muito menos validar, suas conquistas. Eu não ia me queixar disso.

... Por exemplo, naquele preciso momento.

— Isso me lembra do meu último ano de colégio — dizia meu pai ao meu namorado fascinado, que tinha acabado de contar os detalhes do último revezamento. — Eu sabia que o cara do meu lado seria meu maior concorrente, de longe, então ignorei todo o resto e fiquei pau a pau com ele o caminho todo, até que, nos últimos segundos, *bum*, dei impulso com toda a força, e saí na frente dele por um tiquinho. E, claro, acabou que a gente estava na dianteira, *e a arquibancada vibrou!*

Meu pai sacudiu o sanduíche pela metade para dar ênfase. Um picles caiu no chão.

— Muito legal, pai, mas podemos, por favor, continuar o assunto daqui a pouco? — perguntei, pegando o braço de Brougham para puxá-lo. — A gente estava *prestes* a fazer um negócio.

— Vocês têm minha bênção, desde que o "negócio" tenha classificação doze anos ou menos.

Brougham riu baixinho quando virei para olhar feio para meu pai.

— Hum, pode *parar*, por favor?

— Vai, me deixem em paz, estão me enchendo o saco — brincou meu pai com um sorriso.

O sorriso de Brougham murchou e ele analisou o rosto do meu pai. Para confirmar que o tom leve não escondia uma ameaça, pelo que percebi. Eu estava me acostumando com as microexpressões de Brougham — com uma cara daquelas, eu não tinha opção além de me tornar fluente. Apertei o braço dele com carinho, e seguimos para meu quarto.

— Ele estava só brincando — cochichei quando entramos.

Ele esperou no lugar até eu fechar a porta e virar, quando levou as mãos direto à minha cintura, os olhos pesando. Eu também já estava me acostumando com *aquela* expressão. Imediatamente comecei a perder o fôlego.

— Você foi *incrível* hoje — elogiei, acariciando o rosto dele.

Ele se aproximou e me beijou. Apesar de retribuir o beijo, me perdi em pensamentos na mesma hora.

Como eu espalharia a notícia? Talvez pudesse enviar um e-mail em cópia oculta para todos os contatos anteriores do e-mail do armário. Assim, todo mundo que já tinha se interessado saberia, e o resto se espalharia naturalmente... mas seria ético...?

Não notei que minha linguagem corporal tinha mudado enquanto eu me distraía, mas Brougham se afastou.

— Está tudo bem?

Fiz uma careta e abri um sorriso constrangido.

— Está, sim. Só comecei a pensar no site.

Brougham encostou a testa na minha e soltou um grunhido, rindo.

— Você está doida para começar, né?

Ele levou meu notebook até a cama, e eu me aninhei ao lado dele, me apoiando no ombro dele para vê-lo trabalhar.

— O que você está fazendo agora? — perguntei.

— Só... registrando... o domínio — disse ele, indo a uma ferramenta de busca com um cursor piscando. — Faz ideia do nome que quer?

— Querido Armário 89 está livre?

Ele digitou www.queridoarmario89.com. O endereço piscou em verde. Disponível.

— Quer? — perguntou ele.

— Quero, rápido, registra antes de alguém pegar!

— Uma verdadeira corrida contra o tempo — murmurou. — E... é todo seu.

— É só isso? Agora eu tenho um site?

— Você tem um *domínio* — disse ele, sorrindo. — Montar o site em si vai demorar um pouco. Vou mandar uma mensagem para o Finn e perguntar o que ele usou... ele disse que gostou bastante.

— O Finn tem um site?

— Tem — disse Brougham, de olho no celular enquanto escrevia para Finn. — É um negócio tipo "Mundinho Ryan Chad ponto com", acho?

Óbvio que era.

Brougham bloqueou o celular.

— Pronto. Tomara que ele responda logo.

Passei os dedos de leve pelos ombros dele.

— Acho que não faz mal tirar uma folguinha enquanto esperamos.

Brougham não precisava ouvir duas vezes. Em um movimento, ele fechou o notebook e virou para me beijar de novo. Dessa vez, eu o empurrei de costas na cama antes de rapidamente levar o notebook para a segurança do chão.

Aqueles dias, aquele gosto, aquele cheiro, me davam a sensação de estar quentinha, segura e infinita. Na verdade, refletindo bem, parecia que talvez meu apego não fosse desorganizado, afinal. Porque, apesar dos medos, das dúvidas e da confusão no começo, sempre que Brougham me olhava, ou eu o olhava, nenhuma parte de mim se sentia sufocada.

Tínhamos nossa bolha de casal. Ele era minha base segura. Eu era a dele.

Eu não temia ser engolida. Quando a vida dele se misturava à minha? A minha simplesmente crescia.

Então, talvez eu não entendesse tudo certo sempre, nem em relação a mim, nem aos outros. E talvez parte de aprender meu lugar no mundo fosse aceitar que eu nem sempre teria todas as respostas, e não seria sempre a heroína de toda situação, e talvez não tivesse sucesso em tudo que tentasse.

Mas eu tinha bastante certeza de duas coisas.

Fosse por mudar vidas com os conselhos em si, ou simplesmente pela minha disposição para escutar, eu tinha feito diferença com o armário.

E poderia fazer diferença de novo. Talvez uma diferença ainda maior. Especialmente com a ajuda de Brougham.

Falando de Brougham? De todas as decisões apavorantes que eu tivera que tomar naquele ano, entre todos os passos em falso, escolhas erradas, e tentativas fracassadas, aceitar ajudar Alexander Brougham foi a decisão mais perfeitamente correta que eu já tinha tomado.

agradecimentos

Todo livro que escrevo é importante para mim, mas acho que *Perfeita (na teoria)* é especial. Eu esperava explorar vários temas importantes ao escrever este livro. Apagamento bissexual e bifobia internalizada provavelmente são os mais óbvios, e acredito que minha posição é bastante clara para quem chegou até aqui: pessoas bissexuais são parte da comunidade queer, e sua identidade não muda de acordo com quem eles estão envolvidos em determinado momento.

Ao desenvolver os dois protagonistas, comecei com a criação de duas personalidades distintas e acrescentei a elas minhas vulnerabilidades mais profundas. Ao contrário de Darcy, eu nunca fui uma adolescente loira californiana com paixão por filmes de terror, um negócio de conselhos amorosos e interesse em hits da música pop. Mas fui o tipo de adolescente que se agarrava a um interesse e o estudava por horas a fio até entender o tema profundamente e ser capaz de escrever sobre ele em nível profissional. E, assim como Darcy, descobri que é diferente ter conhecimento e aplicar corretamente o conhecimento em questão para lidar com a própria vida. A clássica história da pessoa ambiciosa que tropeça quando a teoria vira prática, né?

Ao contrário de Brougham, não sou especialmente atlética, e, sinceramente, minhas emoções aparecem fácil até *demais* no meu rosto. Mas, assim como Brougham... eu sou do sul da Austrália! (Brincadeira, não era esse o aspecto que ia mencionar aqui... mas, sério, ter a oportunidade de compartilhar partes da cultura australiana, sobretudo sul-australiana, com leitores internacionais foi sem dúvida uma das coisas mais especiais para mim.) Eu *ia* dizer que, assim como Brougham, eu tenho um estilo de apego ansioso. Só na vida adulta entendi o que significa isso, mas esse conhecimento mudou tudo para mim. De repente, compreendi algumas das minhas experiências mais dolorosas e confusas, pois as vi por outra perspectiva. Criar Brougham, um personagem que pode ter muitos defeitos, mas cuja necessidade de segurança e estabilidade não é um deles? Permitir que ele fosse entendido e apoiado, e que tivesse a possibilidade de relaxar o suficiente para dar o melhor de si sem medo de rejeição? Escrever isso, francamente, foi uma experiência terapêutica poderosa para mim.

Minha esperança é que esta história chegue a alguém que precisa dela. Que se veja nestes personagens e no que eles enfrentam. Que talvez saia da leitura com uma pontada nova de compreensão a respeito de si, e de por que sente o que sente.

Para Moe Ferrara e a equipe da Bookends, obrigada pelo apoio e pela paixão na defesa do meu trabalho.

Obrigada a Sylvan Creekmore, que continua a ser a melhor de todas. Muito obrigada pela sua sabedoria editorial, por aguentar minha bagunça nas primeiras versões, e por me ajudar a lapidar o que escrevi até chegar ao que *quis* dizer. É muita sorte ter você!

Muito obrigada à equipe da Wednesday Books, pela paixão, pela experiência, pelo apoio e pelo amor infinitos. É uma bênção trabalhar com uma equipe tão talentosa e comprometida. Um agradecimento especial a Rivka Holler, DJ DeSmyter, Dana

Aprigliano, Jessica Preeg, Sarah Schoof, Sara Goodman, Eileen Rothschild, e NaNá V. Stoelzle!

Obrigada a Jonathan Bush, ilustrador e designer da capa da edição original, por esse sonho em coral!

Muito obrigada a Angela Ahn, Mey Rude, Meredith Russo, e outras pessoas que fizeram leitura de autenticidade deste livro, pelos comentários atenciosos.

Um enorme agradecimento também aos leitores que me ajudaram na pesquisa sobre natação na escola e na faculdade, assim como outros fatos escolares estadunidenses, para eu acertar bem no ambiente: Don Zolidis, Amy Trueblood, Mel Beatty, Emma Lord, Harker DeFilippis, e Sammy Holden.

Para os amigos que leram as primeiras versões mais rudimentares de *Perfeita* (*na teoria*), Julia Lynn Rubin, Cale Dietrich, Ashley Schumacher, Ash Ledger, Emma Lord, Hannah Capin e Becky Albertalli: muito obrigada pelos seus comentários, por sua sabedoria e por seu retorno.

Para meus amigos incríveis, Julia, Cale, Claire, Jenn, Diana, Alexa, Hannah, Ash, Cass, Sadie, Astrid, Katya, Ella, Samantha, Becky, Ashley, e Emma: obrigada por segurar minhas crises e compartilhar alegrias e prazeres comigo do mundo todo.

Um agradecimento especial a Emma Lord, Erin Hahn, Kevin van Whye e Becky Albertalli pelo apoio inicial a *Perfeita* (*na teoria*). Vocês são todos incríveis!

Para minha mãe, meu pai e Sarah: obrigada por seu apoio, encorajamento e amor sem fim.

Cameron, obrigada por aprender centenas de fatos, nomes e cargos editoriais por mim. E obrigada por todo o chocolate e por sempre saber quando dizer "Fica aqui, vou cuidar do jantar".

E à pessoa que estiver lendo isto: obrigada por ler minhas palavras. Posso não conhecer você, mas, por um momento, nos conectamos por meio desta história, através do tempo e do espaço. Onde quer que você esteja e quem quer que seja, desejo todo o amor e a felicidade do mundo.

ESTA OBRA FOI COMPOSTA POR VANESSA LIMA EM BEMBO E
IMPRESSA PELA LIS GRÁFICA EM OFSETE SOBRE PAPEL PÓLEN SOFT
DA SUZANO S.A. PARA A EDITORA SCHWARCZ EM FEVEREIRO DE 2023

A marca FSC® é a garantia de que a madeira utilizada na fabricação do papel deste livro provém de florestas que foram gerenciadas de maneira ambientalmente correta, socialmente justa e economicamente viável, além de outras fontes de origem controlada.